KiWi
PAPERBACK
1150

Das Buch

Eigentlich hatte Charlotte immer gedacht, sie würde einen Lachanfall bekommen, sollte jemals ein Mann vor ihr niederknien und um ihre Hand anhalten. Doch bei Georg war alles anders. Na ja, fast. Denn gelacht haben sie trotzdem – in dem dummen Irrglauben, das Schwerste sei mit dem Antrag schon geschafft.

Herzförmige Nippelaufkleber. Turtelnde Täubchen auf Luftballons. Einladungskarten mit Diddlmaus. Die ersten Recherchen zum Thema »Hochzeit« fallen für Charlotte, bekennende Turnschuhträgerin, niederschmetternd aus. Aber es kommt noch schlimmer. Die Freunde schielen ihr bei der Verkündung erst mal skeptisch auf den Bauch. Die beste Freundin fängt plötzlich an, über die Ehe als Symbol der weltweiten Ausbeutung der Frau zu referieren. Und dann die Verwandtschaft: Die deutsche fordert lauthals Babys, die polnische Wodka, eimerweise. Woher, bitte schön, kriegt man ein Kleid, in dem man nicht aussieht wie Schwarzwälder Kirsch mit Toupet? Und wie soll man sich darauf freuen, »ja« zu sagen, wenn man die ganze Zeit nur »neeeeiiiin« kreischen will?

Sympathisch, gnadenlos ehrlich und herrlich komisch: Wie sich Charlotte auf ihrem Weg zum Glück durch die Tücken der Hochzeitsvorbereitungen kämpft, das ist zum Lachen, Lächeln, Kichern, Brüllen – und manchmal auch ein bisschen zum Weinen. Für alle, die sich trauen.

Die Autorin

Filippa Bluhm, geboren 1977, lebt in Frankfurt. Sie hat vor Kurzem geheiratet, und zwar in Weiß, mit Konfetti und Orgelbegleitung. Ein Irrsinn, und dennoch: das Beste, was sie je in ihrem Leben gemacht hat.

Filippa Bluhm

Heiraten für Turnschuhträgerinnen

Roman

Kiepenheuer & Witsch

1. Auflage 2010

Umschlaggestaltung: Barbara Thoben, Köln
Umschlagmotive: © plainpicture/Johner
© Fotolia/japonka
Gesetzt aus der Berling, Meta+ und Arial
Satz: Pinkuin Satz und Datentechnik, Berlin
Druck und Bindung: CPI – Clausen & Bosse, Leck
ISBN 978-3-462-04208-5

kiuk kiuk

Noch diesen Sommer …

»Liebe Trauergemeinde!«, sagt Georg und klopft mit einem Messer gegen sein Glas.

Überrascht blicken unsere Freunde auf. Lala, Kristin, Susanne, Heiner, Daniel, Katja, Markus, Bene und Paul, alle unsere Liebsten sind da. Es ist jetzt ganz still in der »Henne«, einer kleinen Eckgaststätte in Kreuzberg, die sich nach ihrer Spezialität benannt hat: knusprige Brathähnchen. Peinlicherweise hat die ganze Kneipe ihre Gespräche unterbrochen. Georgs bester Freund Christian vergisst sogar, den Hähnchenflügel aus dem Mund zu nehmen. Genau in diesem Moment trägt die Kellnerin ein großes Tablett mit Sektgläsern heran.

Georg wartet, bis die Gläser verteilt sind und die Kellnerin seltsam blinzelnd wieder hinterm Tresen verschwindet, wo sie so tut, als würde sie die Zapfhähne polieren.

»Liebe Freundinnen, liebe Freunde, wir sind nicht nur hier, um uns anlässlich unserer Geburtstage, die der liebe Gott wie durch ein Wunder auf denselben Tag hat fallen lassen …«

Am Tisch das erste Gekicher.

»… um uns anlässlich unserer Geburtstage und angesichts der traurigen Tatsache, dass wir zusammen schon siebzig werden, höllisch zu besaufen …«

Schon etwas lauteres Lachen.

»… nein, wir haben euch auch etwas mitzuteilen.«

Das Gelächter bricht ab. Alle Blicke am Tisch richten

sich auf mich, genauer gesagt, auf meinen Bauch, der aussieht, wie er nach einem Brathähnchen und zwei großen Bieren immer aussieht: nach vier Hähnchen und sechs Bier. Augenbrauen heben sich. Einige am Tisch grinsen. Isabell, die bereits zwei Kinder hat, zwinkert mir verschwörerisch zu. Verzweifelt schüttle ich den Kopf und nehme demonstrativ einen großen Schluck aus meinem Sektglas: Seht ihr? Ich trinke Alkohol! *Alkohooool!* Aber eigentlich hatte ich genau das erwartet: Alle denken, ich wäre schwanger. Nur weil in unserem erweiterten Freundeskreis inzwischen jede zweite Frau trächtig ist oder bereits geworfen hat, zum Teil sogar mehrfach. Die Sache grassiert wie ein hochgradig ansteckendes Virus, mit einem Schlag liegt halb Kreuzberg auf Lammfelldecken vom Biomarkt am Kollwitzplatz und grinst debil. Und sabbelt von U-7-Untersuchungen. Und davon, dass es auch Vorzüge hat, mal ein paar Monate lang *keinen* Alkohol zu trinken. Großes Thema sind auch Wimmelbücher, je nach Alter der Brut. Anlass zum Heiraten ist die erfolgreiche Fortpflanzung jedoch für niemanden. Wir sind die Ersten, die ihre Verlobung kundtun werden, jetzt gleich und hier.

»Zwei gute Nachrichten.«

Erschrocken blicke ich auf. Zwei? Was soll denn die zweite sein? Entsetzt schiele ich auf Georgs Bauch. O ja, da wölbt sich was, aber das sind doch wohl bitte die zwei halben Brathähnchen mit Kartoffel- und Krautsalat, die er gerade verdrückt hat?

»Die erste ist: Ich wurde heute befördert, zum Leiter des Politik-Ressorts!«

Verhaltener Applaus. Nur ich springe auf, denn Georg hat mir bislang kein Wort davon verraten.

»Wie? Was? Warum? Seit wann weißt du denn das, warum hast du nichts gesagt?«, flüstere ich atemlos.

Georg erklärt leise, aber ob der gelungenen Überraschung triumphierend, dass sein ihm verhasster Chef heute fristlos entlassen worden sei und man die freie Stelle sofort ihm angeboten habe.

»Das ist ja toll!«, quieke ich und falle ihm in die Arme. Aber dann spüre ich Blicke im Rücken. Unsere Freunde scheinen zu ahnen, dass das noch nicht alles war. Der ganze Tisch schaut uns an. Die ganze Kneipe schaut uns an. Sogar die Kellnerin fängt erst wieder an, sich den Zapfhähnen zu widmen, als ich sie mit dem vernichtenden Blick versehe. Ich beeile mich, den Bauch einzuziehen, grapsche mir mein Glas und leere es in einem Zug.

»Die andere Sache ist«, sagt Georg und erhebt noch einmal die Stimme, »wir haben uns verlobt.«

Am Tisch: verständnislose Blicke. Auch das habe ich geahnt: »Verlobung« ist ein Begriff, mit dem keiner unserer Freunde etwas anfangen kann. Georg holt Luft, hebt sein Glas und klärt die Sache auf:

»Wir werden heiraten! Noch diesen Sommer!«

Eine Woche zuvor …

Eigentlich hatte ich ja immer gedacht, ich würde einen Lachanfall kriegen, sollte jemals ein Mann vor mir niederknien und um meine Hand anhalten. Genau genommen kam mir allein der Gedanke ans Heiraten schon albern vor. Ich und ein Mann und für den Rest meines Lebens? Bis dass der Tod uns scheide? Ich hielt ja nicht mal eine Diät durch, geschweige denn eine längere Beziehung. Männer, die bei mir bleiben wollten, waren mir immer suspekt gewesen. Wer mich akzeptierte, so wie ich war, mit meinen Stimmungsschwankungen und meiner Wankelmütigkeit, die sich unberechenbar in Starrsinnigkeit verkehren konnte, der hatte entweder ein emotionales oder ein psychopathologisches Problem.

Aber dann kam alles anders.

Ich kann nicht sagen, was *genau* Georg so entzückend fand, als er mich mit dem Finger in der Feigenmarmelade vor der offenen Kühlschranktür erwischte. Er jauchzte auf, und ich erschrak so sehr, dass ich vergaß, den Zeigefinger aus dem Mund zu nehmen.

»Du bist so wahnsinnig …«, rief er und brachte den Satz nicht zu Ende.

Ich starrte ihn an.

»Wahnsinnig *was?*«

Ich stellte die Marmelade zurück in den Kühlschrank und wartete wütend darauf, dass er »verfressen« sagen würde, denn das hätte ihm Ärger eingebracht. Ich mag es gar nicht, wenn man sich über meinen Hintern lustig macht, zumal er mit seinem Bauch nicht viel besser aussah.

Aber Georg sagte nichts, sondern wandte sich ab und ging ein paar Schritte in Richtung Fenster. Ich hörte ihn tief einatmen.

»*Was* bin ich?«, fragte ich, diesmal lauter.

»Egal, ich tu es jetzt einfach«, sagte er zu sich selbst.

»*Was* denn?«

Ich verstummte, als ich sah, wie er mit tränengefüllten Augen auf mich zukam. Plötzlich hatte ich so eine Ahnung.

Es ist nämlich nicht so, dass ich nicht mit einem Antrag gerechnet hätte. Wir waren zwar erst seit neun Monaten, drei Wochen und drei Tagen zusammen, aber abgesehen davon, dass er der erste Mann war, bei dem ich mir das Datum unseres Kennenlernens *überhaupt* merken konnte, wussten wir ziemlich schnell, dass wir heiraten wollten. Genau genommen wusste ich es schon etwas früher als er: und zwar seit dem Morgen, an dem ich zum ersten Mal neben ihm aufwachte.

»Dich will ich heiraten!«, verkündete ich damals, kaum, dass er die Augen geöffnet hatte. Und bevor ich nachdenken konnte.

»Was?«

»Na ja, vielleicht«, stammelte ich, erschrocken über mich selbst. »Und jetzt hoch mit dir, Frühstück!«

»Na, na, na, nicht so schnell«, sagte er, aber immerhin, er lachte. Weil er sich freut, dachte ich. Aber als ich kurz darauf aufs Klo musste und einen raschen Blick in den Spiegel warf, stellte ich entsetzt fest, dass ich wie Alice Cooper nach einer durchfeierten Nacht aussah. Ich musste in der Aufregung des Abends zuvor vergessen haben, mich abzuschminken.

Ach, was heißt Aufregung. Um ehrlich zu sein, ich vergesse das Abschminken eigentlich immer. Schon das mit dem Schminken ist nicht so mein Ding. Ich mache es, weil ich mit vierzehn damit angefangen habe und seitdem finde, dass ich ohne Wimperntusche wie ein Nacktmull aussehe. Blass und irgendwie konturlos.

Als Georg an diesem Abend auf mich zukam, sah ich vermutlich nicht viel besser aus, aber da hatte ich mich bereits daran gewöhnt, dass ihm der Zustand meines Make-ups völlig egal ist. Er behauptet sogar, mich mit verschmierter Wimperntusche noch ein bisschen süßer zu finden als ungeschminkt.

»Was?«, fragte ich mit brüchiger Stimme. Er nahm meine Hände, die immer noch ein bisschen klebrig waren, und sank auf die Knie. Ich weiß nicht mehr, ob er »Willst du meine Frau werden« oder »Willst du mich heiraten« fragte, ich weiß auch nicht mehr, ob ich »ja« gesagt habe oder »natürlich«, oder ob ich am Ende nicht doch einfach nur gelacht habe. Ich weiß nicht mehr, ob wir uns geküsst haben. Das Einzige, woran ich mich erinnere, ist, dass ich irgendwie ebenfalls auf die Knie sank, dass wir heulten und schluchzten und verwirrt waren und dass wir uns ganz eng umschlungen hielten.

Habe ich erwähnt, dass Georg nur Boxershorts anhatte? Und ich nicht mehr als eines der zeltartigen T-Shirts aus seinen Hip-Hop-Tagen? Mit einem kiffenden Frosch darauf und der Aufschrift »Funky Frog«? Und auch, wenn meine Mutter das Gegenteil behaupten würde: Es *war* romantisch. Sehr.

Wir müssen eine Ewigkeit da unten verbracht haben, denn als wir wieder aufstanden, hatte ich höllische Schmerzen in den Beinen, aber das war mir egal. Wir rubbelten uns die Küchenbodenkrümel von den Knien und riefen nacheinander unsere Eltern an, die völlig verängstigt und total gerührt nur *Wirklich!* und *Mein Gott!* und *Kinderchen, ach, Kinderchen* riefen. Meine Mutter schickte sogar ein Dankgebet in den Himmel: *chwała Bogu!*

Na gut, das macht meine Mutter eigentlich ständig. Sie ist Polin und hält sogar ein hübsches Paar Ballerinas im Schaufenster für göttliche Vorsehung. Sie *liebt* Ballerinas. Die Frau ist Mitte fünfzig!

Nach dem Telefonieren machten wir eine Flasche Fürst von Metternich auf, die irgendein skrupelloser Partygast mal bei uns entsorgt hatte, und stießen an. Der Sekt hatte oben auf dem Kühlschrank gestanden und schmeckte lauwarm endgültig beschissen, was die Sache aber irgendwie *noch* romantischer machte. Wir entwarfen eine vorläufige Gästeliste und kamen auf 210 Leute. Wir strichen unsere alten Schulfreunde, mit denen wir ja ohnehin nicht mehr viel zu tun hatten – 180. Wir öffneten eine Flasche Mirabellenbrand und strichen Georgs Kollegen – 160, immer noch zu viel. Wir überlegten, auch die Verwandtschaft wegzulassen – ich dachte dabei vor allem an den polnischen Teil der Familie und dessen Eigenschaft, so viel Wodka zu trinken, bis jedes Gespräch unmöglich ist. Als schließlich Georgs Fußballmannschaft von der Liste verschwand, waren wir bei 122 und so betrunken, dass wir unser Vorhaben vergaßen und ins Bett fielen. Wir waren aufgeregter und zugleich ruhiger als je zuvor, glücklich und zugleich seltsam wirr, und dann schliefen wir irgendwann ein – friedlich und in dem dummen Irrglauben, dass die Hauptsache hiermit erledigt wäre.

Am Morgen nach unserer großen Verkündung will ich Georg überhaupt nicht mehr loslassen, so glücklich bin ich.

»Ach komm, Schatz, bleib noch ein bisschen!«

»Ich kann nicht!«

»Bitte!«

»Was soll ich denn dem Chef sagen, Lotti? Herr Ulrichs, ich bin zwar jetzt Ressortleiter, aber wissen Sie, meine Verlobte wollte noch ein bisschen schmusen, und wenn sie noch ein bisschen mit mir schmusen will, dann vergesse ich alles, das Büro, den nächsten Leitartikel, Guido Westerwelles Amtsbilanz?«

Seinem Blick entnehme ich, dass er das tatsächlich gerne sagen würde, und dass er sich mit ganzer Kraft dazu zwingen muss, sich aus meinen Armen zu winden. Er torkelt ins Bad, durch die offene Schlafzimmertür kann ich ihn laut aufstöhnen hören, als er nach ein paar Minuten heißen Duschens den Hahn umdreht und ihn ein eiskalter Wasserstrahl trifft. Ich höre, wie er sich die Zähne putzt und die Haare föhnt, und die gespannte Stille, als er versucht, im Stehen frische Socken anzuziehen. Danach kommt er zurück ins Schlafzimmer gestolpert und schimpft leise, als er kein gebügeltes Hemd findet. Aber er verschwindet natürlich nicht, ohne sich noch einmal zu mir an die Bettkante zu setzen und mich auf die Stirn zu küssen.

»Na, bleibste heut den ganzen Tag im Bett?«, grinst er und streichelt mir eine Strähne aus dem Gesicht.

»Nur noch einen kleinen Augenblick.«

Normalerweise stehe ich immer gleich auf. Aber das hier heute, das will ich fühlen. Seit die Sache offiziell ist, ist die Aussicht auf unsere Hochzeit noch mal so schön. Und das Gefühl der Liebe … hach.

»Adieu, mein Engel!«

»Bis heute Abend, Liebster!«

Ich höre, wie die Wohnungstür zuschlägt und Georg die knarrende Treppe runterfegt. Ich höre, wie die Haustür ins Schloss fällt. Ich höre, wie das Leben draußen ihn verschlingt.

Ich höre mein Herz leise pochen vor Glück.

Ich bleibe im Bett liegen, ohne irgendetwas zu tun, ohne Buch, ohne Zeitschrift, ohne Toast mit Feigenkonfitüre. Mein Handy auf dem Nachttisch piepst, aber ich kümmere mich nicht darum. Ich wälze mich nach links, ich wälze mich nach rechts. Ich wälze mich im Glück. Lasse jede einzelne Minute des gestrigen Abends noch einmal in Zeitlupe an mir vorüberziehen. War das herrlich! Es gab Applaus. Es gab Standing Ovations. Menschen sind uns in die Arme gefallen vor Freude. Haben uns einzeln gedrückt, haben uns beide gleichzeitig gedrückt, haben den gerade Drückenden gedrückt. Ich fühle mich immer noch ganz zerknautscht.

Lala hat gar nicht mehr aufgehört zu jauchzen!

Lala. Ich schaue jetzt doch auf mein Handy, und tatsächlich, da ist eine SMS von ihr:

Ooooh, Lotte, ich freu mich so! Das wird super! Und wenn ich irgendwie helfen kann, melde dich!

Ich muss lächeln. Lala hat sich über unsere Verlobung am meisten gefreut, und erst recht, nachdem ich sie bat, unsere Trauzeugin zu werden, gemeinsam mit Georgs bestem Freund Christian. Sie träumt von einer Märchenhochzeit, seit wir uns kennen, also seit über zehn Jahren. Sie war der erste Mensch, mit dem ich mich angefreundet habe, als ich zum Studium von München nach Berlin gekommen bin. Wir haben uns kennengelernt, als wir uns bei H&M in der Friedrichstraße um ein pinkfarbenes T-Shirt gestritten haben, auf dem in einer damals unfassbar cool wirkenden Glitzerschrift das Wort »Babe« geschrieben war. Das letzte in Größe S.

»Okay, wir probieren es beide an, und dann kriegt es die, der es besser steht!«, rief sie.

»Meinetwegen«, antwortete ich, mit einer Stimme, in der keinerlei Hoffnung lag. Denn Lala ist groß, schlank und hübsch, leider auf eine Weise, die grundsätzlich die falschen Männer anzieht. Ich glaube, das liegt an der Kombination blond, lange Beine und, äh, große Möpse, was ich ihr natürlich so nicht *unbedingt* sagen würde. Auf alle Fälle ist sie das Gegenteil von mir. Es war von Anfang an klar, wer gewinnen würde.

An Lala sah das T-Shirt dann auch hervorragend aus, cool und sexy. Als ich damit in der Kabine verschwand und mich im Spiegel anguckte, wollte ich es sowieso nicht mehr haben, das blöde Ding. Am Anfang meiner Berliner Zeit habe ich an jedem Dönerstand, an dem ich vorbeikam, einen in mich reingeschlungen.

»Salat?«

»Nur Zwiebeln, bitte!«

»Mit scharf?«

»Viel scharf!«

»Soße?«

»Knoblauch *und* Joghurt.«

Das hat innerhalb kürzester Zeit Spuren hinterlassen. Kein Wunder, dass mir meine Ich-wohn-noch-bei-Mami-wo-es-täglich-Gemüse-gibt-Größe nicht mehr passte. Mein Bauch blitzte unter dem Saum hervor, und der Schriftzug über meiner Brust war völlig verzerrt. Ich sah aus, als müsste vor »Babe« noch »Schweinchen« stehen!

»Deins«, sagte ich, als ich schlecht gelaunt aus der Kabine kam, und drückte ihr das T-Shirt in die Hand. Dann verließ ich grußlos den Umkleidebereich, um nach einer neuen

Jeans zu suchen. Ich hatte schlagartig verstanden, dass meine alten Hosen gar nicht deshalb so eng waren, weil ich meine Wäsche seit Neuestem selber waschen musste. Ich Idiot hatte tatsächlich gedacht, sie seien eingelaufen!

Als ich eine Viertelstunde später aus dem Laden kam, lief ich fast in sie hinein. Sie hatte auf mich gewartet.

»Ich bin Lala, und zur Entschädigung spendiere ich dir einen Kaffee!«

Ich war ein bisschen verunsichert, nickte aber.

Sie gab sich sofort als Berlinerin zu erkennen und führte mich durch Straßen und Höfe und noch mehr Straßen in Clärchens Ballhaus, wo wir uns gleich am ersten Nachmittag nicht nur kennen-, sondern auch lieben lernten. Wenn mich nicht alles täuscht, dann hat sie mir schon an diesem Tag von ihrer Hochzeitssehnsucht erzählt.

»Also, ich will später mal in die Werbung. Und heiraten. Und ganz viele Kinder haben, mindestens vier!«

»Echt?« Ich war tatsächlich verblüfft. Werbebranche, Ehe und Mutterschaft waren für mich das *Gegenteil* von Zielen.

»Ich glaube, ich bin einfach zum Heiraten geboren. Ich hab schon als Kind den Jungs auf dem Spielplatz Ringe aus Alufolie gebastelt, sorgfältig von herumliegenden Bierflaschen abgeschält.«

Ich musste lachen. Lala war komplett anders als ich. Unernsthaft, absolut mädchenhaft und völlig unreflektiert. Sie machte damals ein Praktikum bei einer Werbeagentur, war mit ihren immer sauber polierten Fingernägeln auf eine seltsam naive Weise emsig und diszipliniert. Als kleines Mädchen hatte sie mit Puppen gespielt, jetzt führte sie ihren Haushalt mit demselben Eifer wie damals die Puppenküche. Ich hingegen hatte als Kind nur eine Puppe, und ich rede nicht gern darüber, was ihr zugestoßen ist. Meine

Schulzeit verbrachte ich damit, verschiedene Dinge in die Mikrowelle zu legen und zu beobachten, was passiert, wenn sie sich auf höchster Stufe auf dem Teller drehen. Und während meines Studiums hing ich in meiner unaufgeräumten Einraumwohnung herum, las kettenrauchend Nietzsche und Gedichte von Gottfried Benn.

Trotzdem wurde Lala zu meiner besten Freundin. Ich habe darüber nie nachgedacht, aber auf einmal empfinde ich auch das als ein großes Glück.

Ich liege auf dem Rücken, umarme Georgs Kissen und stelle mir vor, wie Lala auf unserer Hochzeit durchdrehen wird. Wahrscheinlich grinse ich dabei wie seinerzeit Carolin Reiber beim Moderieren der »Lustigen Musikanten«. Lala wird vor dem Standesamt anfangen zu heulen und erst wieder aufhören, wenn sie schlafen geht. Ich verschränke die Arme hinterm Kopf und male mir unsere Hochzeitsfeier aus, die Bilder sind noch verschwommen, auf eine David-Hamilton-artige Weise unscharf, aber ganz deutlich ist es Sommer, ist es grün und hell und fröhlich, und es riecht nach frischen Gartenkräutern und Anaïs Anaïs.

Tröööt!

Oder doch eher nach Daisy von Marc Jacobs?

Tröööt!

Ich stöhne und presse zwei Atemzüge lang das Gesicht ins Kissen. Unsere Klingel klingt ein bisschen so, wie wenn man bei *Geh aufs Ganze* den Zonk kriegt. Ich atme ein, dann ziehe ich meine Pyjamahose hoch und schlurfe zur Tür.

Tröööt!

»Hallo?«, sage ich mit genervter Stimme in die Gegensprechanlage. Seit wann kommt denn die Post so früh?

»Ich bin's, Kristin.«

Kristin.

Ohne zu antworten, drücke ich den Knopf. Das Brummen des Türöffners ist durch das ganze Treppenhaus zu hören. Ich komme nicht auf die Idee, auch die Wohnungstür zu öffnen. Ich stehe im Flur wie ein Gorillaweibchen mit amputiertem Hirn.

Kristin? Was will Kristin um alles in der Welt? Hier? Von mir? In aller Herrgottsfrüh?

Es ist nämlich so: Ich habe noch eine andere beste Freundin. Kristin sehe ich allerdings nicht so oft wie Lala, vor allem nicht, seit sie in dieser Neubau-Dachgeschoss-Wohnung im Wedding lebt, die so minimalistisch eingerichtet ist, dass darin nicht einmal ein Sessel steht. Sie ist da hingezogen, weil ihr, nachdem sie von Prenzlauer Berg nach Mitte, von Mitte nach Kreuzberg und von Kreuzberg nach Neukölln gegangen ist, inzwischen sogar Neukölln zu hip und oberflächlich geworden ist. Das kann man nur verstehen, wenn man weiß, dass Kristin schon der Anblick einer Latte macchiato trinkenden Frau in Sommerkleidung *too much* ist. Kristin trinkt ihren Kaffee schwarz und dreht selbst, aber ohne Filter. Sie trägt ausschließlich schwarze Hosen zu schwarzen Pullovern über schwarzen T-Shirts, eine Kombination, die sie allerhöchstens mal durch ein khakifarbenes Hemd aufbricht. Sie hat kurze schwarze Haare und kurze, dunkelrot lackierte Fingernägel, Rouge Noir von Chanel, der einzige Luxus, dem auch sie regelmäßig erliegt. Und sie ist sehr dünn, aber nicht aufgrund irgendwelcher Schönheitsideale, die sie ohnehin am liebsten verbieten würde. Sie ist dünn aus Prinzip. Mit fünfzehn ist Kristin Vegetarierin geworden, isst seitdem ausschließlich Demeterprodukte und schimpft auf das Aldi-Bio-Zeug, dessen Herstellungsrichtlinien sie verlogen findet. Und sie hat kein einziges H&M-Teil mehr gekauft, seit die ersten Gerüchte aufkamen, dass die Sachen in Kinderarbeit hergestellt werden. Von diesen Gerüchten hat sie sehr früh erfahren, denn sie machte damals ein Praktikum bei einer Produktionsfirma für TV-Reportagen und Dokumentarfilme, die bekannt für ihre relevanten Themen ist. Heute ist sie dort angestellt. Kristin findet es wichtig, sich politisch oder kulturell zu engagieren, und sie sieht es gern, dass ich als freie Journalistin fürs Feuilleton schreibe, Ausstellungen und Bücher rezensiere. Wenn sie wüsste, dass ich den Großteil meines Gelds damit verdiene, Broschüren und Anzeigen für einen Kosmetikkonzern zu texten – sie würde mir die Freundschaft kündigen. Na ja, immerhin werden die Produkte des Konzerns ohne Tierversuche hergestellt.

Kurzum: Kristin ist genau das, was ich eigentlich wäre, wenn ich nicht so einen fetten, bequemen Hintern hätte. Diesmal meine ich das im übertragenen Sinn.

Denn eigentlich empfinde ich mich durchaus auch als politischen Menschen, immerhin haben Kristin und ich zusammen Soziologie studiert, Nebenfächer: Afrikanistik und Politik. Und als sie mir von dem H&M-Skandal erzählte, habe ich natürlich ebenfalls aufgehört, dort Kleidung zu kaufen. Aber nach ein paar Monaten habe ich eingesehen, dass *alle* bezahlbaren T-Shirts dieser Erde in Kinderarbeit hergestellt werden und die Klamotten aus Dritte-Welt-Läden hässlich sind.

Irgendwann hat mich Kristin mit einer H&M-Tüte erwischt, das war ein Problem, das bis heute nicht vollständig aus der Welt geschafft ist.

Was sie so früh am Morgen will? Noch bevor sie an die Tür klopfen kann, durchfährt es mich wie ein Blitz. Kristin ist gestern Abend kurz nach unserer Verkündigung nach Hause gegangen, irgendetwas von Arbeit murmelnd und mit einem Gesicht, als hätte sie Rollsplitt zwischen den Zähnen. Ich habe mir nichts weiter dabei gedacht, so schaut sie öfter mal drein, wenn sie am nächsten Morgen wegen irgendeines Drehs um vier Uhr früh aufstehen muss. Aber jetzt … fallen mir die Gender-Studies-Seminare ein, die wir während des Studiums zusammen besucht haben. Judith Butler. Das Geschlecht als normatives Phantasma. Die kulturelle Performanz der Geschlechterrollen.

Ich ziehe den Kopf ein und öffne die Tür.

»Hallo, Charlotte!«

Die Ehe als Institutionalisierung weiblicher Unfreiheit, so hieß ein Artikel, den sie mal im Magazin des AStA veröffentlicht hat.

»Komm rein, Kris!«

Kris. Das hätte ich nicht sagen dürfen. Kristin hasst die Verniedlichung von Namen, sie findet, dass man damit auch den Menschen klein macht, den man so nennt. Sie würde sogar Hape Kerkeling Hans-Peter nennen. Immerhin nenne ich sie Kris, und nicht Krissi oder Tini.

Ich versuche, ihr finsteres Gesicht zu übersehen, und gehe mit ihr in die Küche.

Sie spricht kein Wort, während ich mit der Espressomaschine hantiere. Erst, als ich mich zu ihr setze und die dampfenden Tassen vor uns stehen, sieht sie mir eiskalt ins Gesicht.

»Warum, Charlotte?«, fragt sie und klopft mit dem Löffel auf den Tisch.

Ich ziehe die Schultern hoch und grinse debil.

»Bist du von allen guten Geistern verlassen, nur, weil da auf einmal ein Mann ist, der dich Liebste nennt und dir im Sekundentakt Küsschen gibt?«

»Nein, natürlich nicht …«

»Charlotte, es geht nicht nur darum, dass es Schwachsinn ist zu heiraten, es geht auch darum, dass die Ehe ein

Symbol ist, ein Symbol für die knallharten ökonomischen Realitäten dieser Welt, dafür, dass die Frau weltweit ausgebeutet wird. Die Ehe ist zu nichts anderem da, als das zu organisieren.«

»Aber Kristin, ich werde mich nicht ausbeuten lassen. Ich werde weiter arbeiten, weiter Geld verdienen …«

»Und nebenbei werden sich die Rollen verschieben. Georg hat gerade einen riesigen Karriereschritt gemacht, du glaubst doch nicht ernsthaft, dass die kapitalistische Ökonomie vor dir als Freiberuflerin haltmacht? Dass es ausgerechnet dir erspart bleibt, dass die unproduktive, häusliche Arbeit sich um dich zentriert?«

»Was? Kristin, du kannst doch nicht ernsthaft glauben, dass ich plötzlich zum hirnlosen Heimchen werde – bloß weil ich einen Ring am Finger habe?«

»Charlotte! Was denkst du denn, warum es so etwas wie das Ehegattensplitting gibt?«

»Damit man ein bisschen Steuern spart?«

»Träum weiter!«

Kristin löffelt wütend eine erstaunliche Menge Zucker in ihren Kaffee, rührt geräuschvoll um, nimmt einen Schluck und stellt die Tasse angewidert zurück auf den Tisch.

»Das Ehegattensplitting fördert die geschlechtshierarchische Arbeitsteilung auch noch steuerlich. Je größer der Unterschied zwischen zwei Einkommen, desto größer der steuerliche Gewinn. Das Ziel der Sache dürfte klar sein: Die wollen, dass es sich nicht mehr lohnt, wenn die Frau einen Job hat. Und warum? Damit sie brav kleine, neue Rentenbeitragszahler gebiert. Und am Ende spart der Staat dabei auch noch.«

»Was soll der Staat denn dabei sparen?«

»Solange das Subsidiaritätsprinzip gilt, hat eine verheiratete Frau nur dann Anspruch auf staatliche Unterstützung, wenn ihr Mann nicht in der Lage ist, sie zu versorgen. Womit die Abhängigkeit der Frau rechtlich festgeschrieben ist.«

»Kristin …«

»Außerdem wird in der Ehe die sexuelle Verfügbarkeit der Frau gesellschaftlich organisiert, nach dem Muster von Monogamie …«

»Kristin …«

»… und Heterosexuali…«

»Kris!«

»Was ist?«

»Kristin, ich liebe Georg wirklich. Ich hatte mein Leben lang Angst davor, mich zu binden, und immer, wenn ich mit einem Mann zusammen war, hatte ich genau dieses Gefühl, dass ich mich abhängig mache und meine Freiheit verliere. Aber jetzt, wo ich mit Georg zusammen bin, fühle ich mich plötzlich freier, als ich es je gewesen bin. Weißt du, früher hab ich versucht, alte Rollen aufzubrechen, und hab dabei doch wieder nur Rollen gespielt. Bei Georg kann ich einfach so sein, wie ich bin.«

Kristin sieht mich komisch an, nicht böse, nicht misstrauisch, eher so, als hätte ich ihr von einem Land erzählt, von dem sie nicht wusste, dass es existiert. Dann seufzt sie erschöpft und sehr, sehr tief.

»Komm her«, sagt sie, nachdem sie mich einen Moment lang nachdenklich angesehen hat. Ich gehe auf sie zu, sie steht auf und drückt mich an sich. »Ich bete, dass das, was du da sagst, auch tatsächlich stimmt.«

»Ich bin glücklich, Kris, wirklich.«

Sie lässt mich los, nimmt meine Hände in ihre und drückt und reibt und knetet sie.

»Mehr will ich doch gar nicht«, sagt sie.

Ein paar Augenblicke lang stehen wir einfach nur so in

der Küche und sehen uns an. Dann setzt sie sich hin und schlägt die Beine übereinander.

»Aber kein Theater machen, ja?«

»Was meinst du?«

»Na ja, man kann das ja immer wieder beobachten, dass Frauen, die heiraten, plötzlich zur Braut mutieren und völlig durchdrehen und dann anfangen, mit einem total kranken Perfektionismus ihre Hochzeit bis ins kleinste Detail zu planen!«

»Kristin! Du kennst mich doch – schon mal erlebt, dass ich die Fassung verliere? Ich bleib ganz cool, keine Sorge!«

»Okay. Und versprich mir, dass du keinen Schleier trägst!«

»Ich verspreche dir alles, Kris«, sage ich, lasse mich auf meinen Stuhl sinken und strecke die Beine aus. »Warum ausgerechnet keinen Schleier?«

»Weil der Schleier nicht nur ein Symbol für Unschuld, sondern auch für eheliche Schamhaftigkeit ist. Ich meine, geht's noch? Hast du dir schon mal klargemacht, was es bedeutet, wenn der Brautvater die verschleierte Braut dem Bräutigam übergibt, der dann den Schleier lüftet? Die Verfügungsgewalt über die Frau geht vom Vater auf den Ehemann über.«

»Aber wir wollen gar nicht kirchlich heiraten, damit erübrigt sich das Schleier-Thema eh.«

»Na, umso besser. Und was ist mit Georgs Namen? Nimmst du den an oder nicht?«

»Kristin«, sage ich mit einer Stimme, mit der man normalerweise zu Kleinkindern spricht. »Denk doch mal nach.«

»Ich denke«, erwidert sie schnippisch.

»Wie heißt Georg mit Nachnamen?«, versuche ich, sie auf die richtige Spur zu bringen.

»Äh, Link?«

»Und wie lautet mein Vorname?«

»Charlotte.«

»Und?«

»Charlotte Link«, sagt sie und schlägt sich gegen die Stirn. »Ist das diese Schmonzetten-Autorin? Auweia. Na, damit hat sich die Sache ja wohl erledigt.«

Ich nicke und versuche so zu tun, als sei es ohnehin völlig klar gewesen, dass ich meinen Namen behalten würde. Obwohl ich ihn eigentlich gern los wäre. Charlotte Michalski ist nicht gerade ein Name, mit dem man Weltstar wird. Zumindest, wenn man nicht aussieht wie Nastassja Kinski. Ich will endlich das Thema wechseln, aber Kristin ist noch längst nicht fertig.

»Und du wirst deine Brautschuhe nicht mit Pfennigen bezahlen«, sagt sie.

»Was ist daran so schlimm?«

»Weil du damit symbolisierst, dass du sparsam bist und das Geld deines Mannes nicht unnötig ausgeben wirst.«

»Okay, ich nehme die Visa.«

Kristin knackst zufrieden mit den Fingern. Dann fällt ihr doch noch etwas ein.

»Hast du eigentlich vor, in Weiß zu heiraten?«

»Was soll denn daran schon wieder falsch sein?«

Sie versucht, ernst zu bleiben, aber ich kann erkennen, wie sich ein breites Grinsen in ihr Gesicht schiebt.

»Gar nichts. Weiß steht dir hervorragend. Du wirst wundervoll aussehen!«

Von: »Georg Link«
An: »Charlotte Michalski«
Betreff: WG: Gasthaus zur Bärentatz
Datum: 16. Januar

weitergeleitete Nachricht

Lieber Georg,
Papi und ich haben gestern einen Spaziergang gemacht, und zufällig kamen wir am Gasthaus zur Bärentatz vorbei. Wir haben da ja schon deine Taufe gefeiert und deine Firmung, deshalb dachten wir, wir gehen mal rein und erkundigen uns nach den Möglichkeiten, dort eure Hochzeit zu feiern.
Was soll ich sagen – mir ist ganz warm geworden, schon als wir reingekommen sind. Alles sieht noch genauso aus wie früher! Die gemütliche Holzvertäfelung, die hübsch bestickten Kissen auf den Sitzbänken – auch Frau Schäfer, die Besitzerin, ist fast nicht älter geworden. Und nach wie vor so freundlich, nett und hilfsbereit! Sie hat uns folgendes Angebot gemacht:

Begrüßungs-Sekt (Hausmarke, haben wir probiert, sehr gut!)

Buffet:
Schweinegeschnetzeltes in Champignon-Kräutersoße
Rustikale Bauernente mit Rotkohl
Putenbrust mit Currysoße und Obst
Kartoffelklöße, Butterreis, Nudeln
große Salatplatte mit zwei Dressings
rustikale Brotauswahl mit Griebenschmalz und Kräuterquark

Dessert:
Rote Grütze
Schokopudding mit Vanillesauce
Obst

Mitternachtsbuffet:
rustikale Platte mit Mett- & Fleischwurst, Gouda & Brie

Die Veranstaltungsräume werden geschmackvoll mit Topfblumen der Saison, bunten Servietten und Kerzen dekoriert. Für passende Menükarten wird gesorgt.
Preis inkl. Wein, Bier und Säften: 59,60 Euro pro Person.
Kaffee und Kuchen kosten 5 Euro extra.

Pastor Fahlcke haben wir auch schon gefragt. Er hat einen Termin am 1. Mai frei. Frau Schäfer ist dann ebenfalls noch nicht gebucht.
Was sagt ihr? Sollen wir zusagen?
Alles Liebe,
Deine Mami (und ein herzlicher Gruß von Papi!)

Von: »Charlotte Michalski«
An: »Georg Link«
Betreff: AW: WG: Gasthaus zur Bärentatz
Datum: 16. Januar

Neeeeeeeeeeiiiiiiiiiin!

Die Diskussion, die Georg und ich gerade führen, fällt, nun ja, wie soll ich sagen, etwas lauter aus. Wir sind bei unserem Lieblingsitaliener, der eigentlich ein Sarde ist, wir wollten nur noch mal die Gästeliste überarbeiten, und eigentlich war alles friedlich – bis wir nach der Vorspeise auf den Vorschlag von Georgs Eltern, die Hochzeit bei ihnen in Hattingen zu feiern, zu sprechen kamen. Keine Ahnung, wie er darauf kommt, eine Feier am anderen Ende der Republik überhaupt in *Erwägung* zu ziehen, aber seit einer halben Stunde beharrt Georg darauf, dass es bei einer Hochzeit gar nicht um das Brautpaar geht.

»Aber Lotte, eine Hochzeit ist ein Familienfest! Da muss man sich eben auch mit den Vorstellungen der Familie arrangieren!«

»Ganz wie du meinst«, sage ich schnippisch, »dann frag ich mal meine Mutter, was *die* sich so vorstellt!«

»Aber Schatz!«, ruft er und wird kreidebleich. »Wir können doch nicht in *Polen* heiraten!«

»Nein? Polen liegt immerhin näher an Berlin als … Hattingen!« Ich bemühe mich, das Wort nicht zu abfällig auszuspucken. Ich meine, ich will ja nichts sagen, aber Hattingen entspricht meiner Vorstellung einer spießbürgerlichen deutschen Kleinstadt wie kaum ein anderer Ort. Ich mag Georgs Eltern wirklich sehr, aber *Hattingen?*

Schmollend reißt Georg eine Scheibe Weißbrot in Fetzen.

»Schatz«, versuche ich ihn zu beschwichtigen. »Was ich doch nur sagen will: Findest du wirklich, dass das die Hochzeit ist, die wir feiern wollen? Das Gasthaus zur Bärentatz? Curry-Putenbrust und Schokopudding? Sind das *wir?*«

Georg will gerade zum großen Verteidigungsschlag ausholen, als der Wirt unsere Hauptgänge an den Tisch bringt: zweimal sardischen Schweinebraten. Er muss meine letzten Worte gehört haben, denn er verzieht das Gesicht, ruft angewidert »Curry-Butänbrrruuust!« und »Mamma mia!« und schaut drein, als würde er sich gleich auf unsere Teller erbrechen. Was er danach noch sagt, verstehe ich nicht, aber die Tendenz ist klar, das verrät seine Mimik.

Ach, die Italiener und ich! Wir verstehen uns eben!

Georg hingegen schweigt beschämt.

Er schweigt so beschämt, dass ich mir das Totschlag-Argument spare, dass meine Mutter vielleicht gar nicht von einer polnischen Hochzeit träumt, sondern genauso gut auf die Idee kommen könnte, in München zu feiern, in der Stadt, in der meine Familie seit ungefähr 35 Jahren lebt. Denn so sicher, wie ich weiß, was ich von Hattingen halte, weiß ich, dass eine Hochzeit in München für Georg die Höchststrafe wäre – Menschen, die außerhalb von Fetischklubs Lederhosen tragen und, wie er es nennt, »Bier aus großen Gläsern« trinken, sind ihm aus Prinzip unheimlich. Er ist da wirklich so was von stur! Ich habe ihn jetzt schon viermal mit nach München genommen und versucht, ihn für die vielfältigen Reize dieser Stadt zu begeistern, aber alles, was er München zugesteht, ist eine gewisse *architektonische* Attraktivität. Sobald er hört, wie jemand im Dialekt eine Leberkas-Semmel bestellt, verengen sich seine Augen zu Schlitzen, und er gibt Laute von sich, die eher im hottentottischen Sprachraum anzusiedeln wären.

»Oi La-aba-ka-semmal.«

Er jedoch behauptet steif und fest, das, was er da stammle, sei bayerisch.

»Na komm, Schatz«, sage ich. »Ich bin mir sicher, dass wir einen wunderbaren Ort in der Nähe von Berlin finden werden. Ist doch auch die fairste Lösung. So wird sich keiner unserer Eltern benachteiligt fühlen.«

Das habe ich einmal in einem Ratgeber für Verhandlungstechnik gelesen: Formuliere dein Angebot stets so, dass es auch für die Gegenseite attraktiv klingt.

»Meinst du wirklich?«, fragt er unsicher.

»Ja, das meine ich«, sage ich mit fester Stimme, obwohl ich weiß, dass es nicht stimmt. Wenn wir in Berlin heiraten, werden *beide* Familien beleidigt sein. Ich kann meine Mutter jetzt schon hören: Berlin? Berlin? Warum nicht Katowice! Da ist es viel schöner!

»Na gut«, sagt Georg.

»Und jetzt lass uns endlich essen«, sage ich, damit er es sich nicht noch einmal anders überlegt.

Mit Essen oder Gesprächen über das Essen kann man Georg immer ablenken. *Meine* Begeisterungsfähigkeit für dieses Thema ist schon slightly over the top. Aber was für mich nur eine Leidenschaft ist, ist für ihn eine Art Religion, eine heidnische Verehrung. Georg hat in seinem Leben mehr Kochbücher als Romane gelesen. Während sich andere in Rom die prächtigen Fresken diverser Barockkirchen ansehen, kann er stundenlang im Anblick der Theke einer traditionellen Macelleria schwelgen. Was anderen ein Sonnenuntergang über dem Meer ist, ist ihm ein sich langsam über offenem Feuer drehendes Weidelämmchen. Und neulich bin ich mitten in der Nacht aufgewacht, weil er im Schlaf geredet hat. Mit glockenheller Stimme und einem Gesicht, als würde er gerade einem Engel begegnen, rief er erst: »Safran!«, und dann: »Pancetta!«

Könnte sein, dass wir uns auch deshalb so gut verstehen. Vor die Wahl zwischen einem perfekt gebratenen Bisonsteak und einem Wochenende in Paris gestellt, würden wir beide keine Sekunde zögern.

Es sei denn, jemand könnte uns versprechen, dass in dem hübschen Restaurant gegenüber dem Eiffelturm saftige Bisonsteaks serviert werden.

Nicht dass uns der Eiffelturm dann noch interessieren würde.

Wie dem auch sei. Mein Ablenkungsmanöver scheint auf alle Fälle zu funktionieren. Statt weiterzureden, widmet Georg sich nun voll und ganz seinem Braten. Ich habe ihm das noch nie gesagt, aber wenn man ihm beim Essen zusieht, kann man dabei drei unterschiedliche Phasen ausmachen. Phase eins: Er schließt die Augen, schnuppert, kostet, genießt vorsichtig die ersten Bissen. Phase zwei: Alle Hemmungen fallen, er schlingt, als würde er fürchten, dass ihm der Kellner das Essen wegzieht, bevor er fertig ist. Phase drei: Er kratzt so lange auf dem leeren Teller herum, bis nicht einmal mehr ein Tröpfchen Soße übrig ist. Im Augenblick befindet er sich in Phase 1: Er säbelt ein Stück Braten ab, nimmt es auf die Gabel und betrachtet es andächtig von allen Seiten. Er betrachtet es so intensiv, dass er den Blick nicht mehr davon abwenden kann und zu schielen anfängt, als er es sich in den Mund schiebt. Dann verdreht er die Augen verzückt gen Himmel und macht das Geräusch, das er immer macht, wenn ihn eine Welle des Wohlbefindens überschwemmt. Es klingt ein bisschen so, wie wenn Alf eine Katze sieht.

Ich beschließe, dass dies exakt der richtige Zeitpunkt ist, um endgültig das Thema zu wechseln. Wenn es neben Essen und Trinken noch eine dritte Sache gibt, mit der man Georg ködern kann, dann ist das: Urlaub.

»Hast du dir schon überlegt, wohin unsere Flitterwochen gehen könnten?«, frage ich ihn genau in dem Moment, in dem er sein nächstes Stückchen Schweinebraten anschielt.

»Keine Ahnung«, schmatzt er und lässt den Braten von der rechten in die linke Backentasche wandern. »Indien?«

»Indien?«, frage ich und schlucke ein Stück Kartoffel unzerkaut hinunter. »Was soll das heißen: Indien.«

»Na ja, Goa, Kerala oder vielleicht auch Sri Lanka!«

Ich bin so fassungslos, dass ich nicht einmal widersprechen kann. Dabei ist es gar nicht so, dass mich Georgs Vorschlag allzu sehr überraschen würde. Eigentlich schleppt er jedes Wochenende einen Reiseteil mit Fotos an, auf denen nur Türkis und Weiß und ein paar Kokosnüsse zu sehen sind. Sein Traumurlaubsziel besteht aus einer Hängematte, die zwischen zwei Palmen aufgespannt ist und von der aus man das Meer rauschen hört. Na ja, und aus einer nahe gelegenen Garküche, in der irgendwelcher Fisch in möglichst naturbelassenem Zustand auf einem dreckigen Kellerschachtgitter über einer brennenden Öltonne gegrillt wird. Beim Anblick eines perfekten Strandes vergisst er einfach *alles*, sogar seine Vorliebe für die Errungenschaften der mittel- und südeuropäischen Gastronomie.

»Indien«, wiederhole ich und lasse das Besteck sinken.

»Ja, es soll dort tolle Strände geben, türkisfarbenes Meer, herrliche Fische, und alles fangfrisch!«

Sag ich doch!

»Aber Indien ist ja doch ziemlich weit weg. Und sicher sind auch die Flüge sehr teuer!«, versuche ich, rationale Gründe ins Spiel zu bringen.

»Quatsch. Das ist unsere Hochzeitsreise«, sagt er und schiebt sich noch einen Bissen zwischen die Kiefer. Er ist jetzt in Phase zwei angelangt, der Schling-Phase.

Ich ahne, dass es nichts bringen wird, ihn daran zu erinnern, dass ich indisches Essen in erster Linie matschig und scharf finde, denn dann würde er mir wieder predigen, dass ich es nur nicht mag, weil ich noch kein ordentliches probiert habe. Deshalb versuche ich, ein Argument anzubringen, das bei Georg normalerweise so ziehen müsste wie eine Pfanne mit brutzelnden Bratkartoffeln und Speck:

»Aber es gibt doch sicher gar keinen guten *Wein* in Indien!«

»Trinken wir halt Bier«, sagt Georg ungerührt. Er hebt nicht einmal den Blick von seinem Teller. »Außerdem werden wir nach der Hochzeit vermutlich eh erst mal zwei Wochen lang keinen Schluck Alkohol runterkriegen.«

Ich schweige. Eigentlich hatte ich mir den Verlauf dieses Gesprächs einen *Tick* anders vorgestellt. Ich war mir sicher, dass er mich nach meinem Traumreiseziel fragen und ich »Italien« antworten würde, er sich nach kurzem Murren meinem Wunsch beugen würde und wir den Rest des Abends die kulinarischen Vorzüge der verschiedenen Regionen diskutieren würden. Nicht, dass ich etwas gegen andere Länder hätte, ich halte mich durchaus für kosmopolitisch, ja, im Herzen bin ich geradezu eine Weltbürgerin! Unter anderem war ich schon in London, Paris, New York und Südafrika; ich interessiere mich für asiatische Kunst, liebe brasilianischen Bossa nova; Georg und ich waren neulich sogar äthiopisch essen, und sicher ist auch Indien ein erstaunliches und hochinteressantes Land. Aber das sollen doch unsere Flitterwochen werden, und in den Flitterwochen muss man glücklich sein, und zum Glücklichsein brauche ich: ordentlichen Cappuccino, ordentlichen Wein und Pastagerichte erster Güte. Und gerade, was die Sache mit dem Cappuccino angeht, kommt an Italien einfach nichts ran.

Während Georg zu Phase drei übergeht, fange ich langsam, aber mit deutlich abgekühlter Leidenschaft an, mich meinem Teller zu widmen. Dieser Schweinebraten gehört zu meinen absoluten Leibgerichten, aber die Flitterwochenfrage ist mir auf den Magen geschlagen. Indien!

»Hast du keinen Hunger?«, fragt er, als er sieht, wie ich in meinem Fleisch herumstochere. Normalerweise sind wir beim Essen ungefähr gleich schnell.

»Doch«, knurre ich und verdopple mein Tempo, denn ich weiß, dass er auf meine Reste spekuliert. Aber die gönne ich ihm nicht.

Indien!

»Was ist los mit dir?«, fragt Georg, als ich aufgegessen habe. Er nimmt meine Hand und streichelt sie. »Willst du nicht nach Indien?«

Ich mache mich ganz klein und meine Augen ganz groß und schüttle leise den Kopf.

»Wo möchtest du denn hin, Liebste?«

»Italien«, sage ich zaghaft.

»Italien?«, sagt er sehr laut.

»Italia!«, ruft der Wirt und bringt uns die Dessertkarte. »Itaaaliaaaa«, singt er, als er sich wieder von unserem Tisch entfernt.

»Italien!«, sage ich bekräftigt.

»Kommt überhaupt nicht infrage!«

Und dann erzählt er mir wieder einmal die Geschichte von dem Schnösel mit der Lackfrisur und der venezianischen Bar.

Glück braucht Zeit, denn es schlummert in jenem kurzen Moment, in dem wir uns vollkommen lieben, weil Körper und Seele …

… Körper und Seele harmonisch …

… in Harmonie …

Mann, warum muss ausgerechnet jetzt das Telefon klingeln? Immer wird man abgelenkt, wenn man kurz vor dem geistigen Durchbruch steht. Gut, Kristin würde Texte für Kosmetikbroschüren eher für geistigen Durch*fall* halten, aber wer noch nie versucht hat, schwachsinnigen Schmalz zu schreiben, hat keine Ahnung, wie *anspruchsvoll* das sein kann.

»Michalski?«

»Lotta?«

Auch das noch, meine Mutter. Angeblich gibt es ja Mütter, die dazu in der Lage sind, es am Telefon kurz zu machen. Meine gehört nicht dazu.

»Mama, ich stecke mitten in der Arbeit, was gibt's denn?«, sage ich, obwohl ich weiß, dass sie solche Ausreden nicht im Geringsten beeindrucken.

»Wir haben dir gerade eine E-Mail geschrieben«, sagt sie stolz.

»Aha«, sage ich. Eine E-Mail. Deshalb ruft sie an?

Sie schweigt.

Ich schweige.

Dann kapiere ich langsam, was sie meint.

»Eine E-Mail?«, rufe ich.

Meine Eltern haben in ihrem ganzen Leben noch nie eine E-Mail geschrieben. Sie haben noch nicht einmal Internet, weil mein Vater der Meinung ist, dass sich dort ausschließlich menschlicher Abschaum bewegt. Leute, die nichts Besseres zu tun haben, als dummes Zeug zu »tschätten«. Nutten. Rockbands. Kinderpornohändler.

»Wir empfangen jetzt auch das Internet«, sagt sie.

»Wow«, sage ich.

»Sag ihr, sie soll die E-Mail lesen«, höre ich meinen Vater aus dem Hintergrund.

»Lies die E-Mail«, sagt sie mit einer Stimme, als stünde die Weltformel darin.

Ich klicke auf den Posteingang, und tatsächlich, da steht

eine E-Mail von »Ewa und Matthias Michalski«. Ich öffne sie und lese:

Von: »Ewa und Matthias Michalski«
An: »Charlotte Michalski«
Betreff:
Datum: 20. Januar

Huhu! Wir haben Dir eine E-Mail geschrieben!
Deine Eltern

Das ist alles.

»Toll! Danke, Mama!«, sage ich.

»Ach was«, sagt sie mit gespielter Bescheidenheit. »Und? Wie geht's bei dir?«

»Ach, Mama, geht so. Weißt du, ich stecke gerade mitten in der Arbeit, vielleicht können wir heute Abend …«

»Und die Hochzeit?«

Das ist meine Mutter. Manchmal frage ich mich, warum ich überhaupt noch *versuche*, sie abzuwürgen.

»Ach, nichts Neues. Georg und ich nehmen nächste Woche ein paar Tage frei, wir wollen uns in Brandenburg oder Mecklenburg nach einer Location umsehen.«

»Mecklenburg?« Sie ringt nach Luft. »Warum nicht Katowice?«

Ächz. Wusste ich's doch.

»Ach, Mama, in Polen zu heiraten, weißt du, das wird vielleicht ein bisschen kompliziert …«

»Das ist doch nicht *kompliziert!*«

»Aber wir können kein Polnisch, wie sollen wir das denn alles organisieren?«

»*Ich* kann organisieren.«

»Mama!«

»Warum denn nicht? In Polen werden Hochzeiten *immer* von den Müttern organisiert!«

»*Mama!!* Wir heiraten *nicht* in Polen!«

»Dann eben in München!«

»Bleibst du mal eben kurz dran?«, sage ich mit liebenswürdiger Stimme, dann drücke ich die Stummschaltetaste am Telefon.

»Aaaaaaaaaaaaaaaaaaaaaaaaaaaaaaaaaaaaaaah!«, kreische ich, so laut ich kann. So. Besser.

»Mama?«

»Was war denn?«

»Ach, nichts. Weißt du, Mama, das Problem ist: Wenn wir in München heiraten, dann sind Georgs Eltern sauer, und das wollen wir doch nicht?«

»Ach«, sagt sie spitz. »Auf Georgs Eltern wollt ihr Rücksicht nehmen und auf uns nicht.«

Aaaaaaaaaaaaaaaaaaaaaaaaaaaaaaaaaaaaaaaah!

»Mama!!!«

»Ich muss jetzt aufhören«, sagt sie. »Bis bald.«

Und weg ist sie. Na toll. Jetzt ist sie beleidigt. Mist.

Ich atme durch und versuche, mich wieder auf den Text zu konzentrieren. Eine halbe Stunde später lese ich mir das Resultat durch.

Glück braucht Zeit, denn es schlummert in jenem kurzen Moment, in dem wir uns vollkommen lieben, weil Körper und Seele in Harmonie zueinander gefunden haben. Mit unserer neuen Lait Rafraîchissant Perfumé liegt das Glück in Ihrer Hand.

Eigentlich ganz gut. Eigentlich … ach Scheiße, warum sind Eltern so! Ich nehme das Telefon und wähle ihre Nummer.

Es klingelt.

Niemand geht ran.

Noch dreieinhalb Monate ...

Alles ist weiß. Ich meine wirklich: weiß. Vor uns, hinter uns, neben uns. Trotz der Dunkelheit. Und still ist es. Ganz still. Still, bis auf das Heulen des Gebläses. Hin und wieder höre ich Georg fluchen, Flüche, die im Schneesturm untergehen. Die Scheinwerfer leuchten keine zwei Meter weit, sie strahlen nur die dicken Flocken an, die uns neurotisch entgegentänzeln.

»Fuck!«

Georg tritt auf die Bremse. Wir schlittern, kommen von der Straße ab, nein, doch nicht, aber es war knapp.

»Dann fahr halt endlich langsamer!«, keife ich und kralle mich an der Straßenkarte auf meinem Schoß fest. »Außerdem kann ich sonst die Schilder nicht lesen!«

»Welche Schilder?«, bellt er zurück. »Und überhaupt, ich fahre nicht mal zwanzig.«

Er hat recht. Die Kurve war einfach nicht zu sehen gewesen, und seit ein paar Stunden sind auch die Straßenschilder nicht mehr lesbar. Alles ist überschüttet mit Unmengen Weiß, Weiß, Weiß. Scheiße. In einer Stunde ist unser Besichtigungstermin in Schloss Beetzow, aber wir haben keine Ahnung, wie weit es noch ist bis dorthin. Wir wissen nicht einmal, ob wir überhaupt noch in die richtige Richtung fahren. Wir wissen gar nichts mehr, außer dass es seit zwei Tagen wie verrückt schneit.

Es hat genau in dem Moment angefangen, als wir vom Parkplatz der Autovermietung auf die Straße gerollt sind.

Ich hatte Georg eine gemütliche Spritztour durch den Nordosten Deutschlands versprochen, Locations angucken, in Schlosshotels essen. Und nun das.

Der freundliche Mann in der orangefarbenen Kluft der Autovermietung hatte noch gefragt, ob wir nicht lieber einen Wagen mit »wintertauglicher Bereifung« nehmen wollen.

»Es soll einen Wintereinbruch geben.«

»Wintereinbruch, papperlapapp«, habe ich geantwortet. »Ich bin Münchnerin, ich hab mit Sommerreifen schon die Alpen überquert.«

Ich hatte daran gedacht, dass wir durch Mecklenburg-Vorpommern fahren würden, ein Landstrich, der nicht eben bekannt dafür ist, dass sich dort Filmteams um Drehgenehmigungen für Weihnachtsproduktionen prügeln. Außerdem wollte der Halsabschneider für die »wintertaugliche Bereifung« sechzehn Euro Aufpreis – pro Tag.

Als wir vom Parkplatz fuhren und die ersten Flöcklein vom Himmel trudelten, machte Georg den Vorschlag, den Wagen vielleicht doch lieber noch zu tauschen.

»Ach komm«, habe ich gesagt. »Schnee in Meck-Pomm ist nicht gerade das, was wir in Bayern Schnee nennen.«

Jetzt hasse ich meine blöde bajuwarische Arroganz. Schon wieder schliddern wir um eine Kurve, der Schneefall lässt nicht nach, es ist, als würde man nicht durch eine Windschutzscheibe gucken, sondern einen sehr, sehr alten Film. Meine Schuhe sind dreckverschmiert, meine Füße klamm, weil Georg darauf besteht, dass die Heizung mit ganzer Kraft gegen die Scheiben bläst und nicht dorthin, wo sie *wirklich* gebraucht wird. Hinzu kommt, dass er schon seit ungefähr zwei Stunden kaum noch mit mir spricht.

»Karamellbonbon?«, frage ich hin und wieder und halte ihm die Tüte hin.

»Ich muss mich konzentrieren!«

Es sind unsere Lieblings-Karamellbonbons. Für die würde Georg normalerweise auch einen Umweg ans andere Ende der Stadt in Kauf nehmen.

»Soll ich dich ablösen?«, frage ich pflichtschuldig und bin froh, als Georg den Kopf schüttelt. Ich merke, wie müde ich bin. Todmüde. Inzwischen strengt mich sogar das Kauen der Karamellbonbons an. Wir sind schon den ganzen Tag unterwegs.

»Glaubst du, dass wir noch auf dem richtigen Weg sind?«, frage ich.

»Woher soll *ich* das wissen, *du* wolltest doch kein Navi.«

Ich ducke mich in meinen Sitz. Ich hatte völlig verdrängt, dass uns der Mann bei der Autovermietung noch ein Navigationssystem angeboten hat. Meine müde lächelnde Antwort war: »Danke, Kartenlesen beherrsche ich durchaus.«

Reumütig packe ich ein Karamellbonbon aus, schiebe es Georg zwischen die Lippen und sage, dass es mir leidtut. Dass mir alles so leidtut.

Das Bonbon nimmt Georg an. Was mit meiner Entschuldigung ist, weiß ich nicht. Mein Blick wandert zu dem leuchtenden Ziffernblatt am Armaturenbrett.

»Noch vierzig Minuten.«

»Scheiße.«

»Soll ich nicht doch lieber in Beetzow anrufen und den Termin verschieben?«

»Kommt gar nicht infrage.«

Georg drückt aufs Gas, der Wagen gewinnt schlitternd an Tempo. Ich verkneife mir das erschreckte Quieken. Er macht ein Gesicht wie MacGyver bei einer Verfolgungsjagd.

Die Sache ist nämlich die: Schloss Beetzow ist unsere letzte Hoffnung. Eigentlich liegt es schon fast ein bisschen zu weit von Berlin entfernt, mit dem Auto braucht man fast zwei Stunden, aber es ist nun mal die letzte Location auf unserer Liste, der letzte von insgesamt elf Orten, die ich aus dem Internet herausgesucht habe. Drei Tage habe ich damit verbracht, mich durch die Hotel-, Schlösser- und Gutshofverzeichnisse zu klicken, um mich schließlich auf das Gebiet nördlich von Berlin zu konzentrieren – Brandenburg und Mecklenburg, um genau zu sein. Die Gegend schien mir perfekt für unsere Hochzeit: massig alter Baubestand, I-a-Landschaft wegen Mecklenburgischer Schweiz und Seenplatte, Weiderinder und Müritz-Lämmer, nicht zu teuer, weil Ostdeutschland. Ich habe eine genaue Reiseroute festgelegt, Termine im Zwei-Stunden-Takt gemacht, Georg etwas von hübscher Spritztour vorgesäuselt und war mir sicher: Eines dieser gottverdammten Gutshäuser und Schlösser wird es sein.

Die Enttäuschung setzte ein, als wir das *dritte* Schloss betraten, in dem sich statt alten Parketts und roten Teppichs ein kotzgrüner Linoleumboden durchs Foyer erstreckte. Es roch nach einem Gemisch aus Erbsensuppe und Behörde, über der Tür, die offensichtlich in die Verwaltungsräume führte, hing eine Wanduhr aus orangefarbenem Plastik, die mit dem Werbespruch einer Lkw-Spedition bedruckt war. Wir gingen ein paar Schritte hinein. Niemand zu sehen.

»Ähem?«, machte ich.

Nichts.

»Hallo?«, fragte ich leise.

Keine Antwort. Nur die Uhr über der Tür tickte.

»Lass uns abhauen, bevor uns jemand sieht«, sagte Georg.

In diesem Augenblick ging irgendwo im ersten Stock eine Tür. Wir erstarrten, drehten uns um und rannten durch den Schnee zurück zum Wagen.

Als Nächstes besichtigten wir ein altes Gutshaus, das ganz in der Nähe lag. Mein Herz machte einen Sprung, als wir durch die Einfahrt bogen. In einem Verschlag hoppelten Kaninchen, eine Katze lief durch den Schnee, ihr hinterher ein Hund. Vor einem zweistöckigen Fachwerkhaus erwartete uns eine Frau mit Blümchenschürze und blauem Kopftuch. Ein Idyll wie aus »Der Landarzt«. Glücklich gingen wir der Frau entgegen, sie begrüßte uns herzlich und stellte sich vor.

»Holler mein Name, Elli Holler.«

Wir strahlten und hätten fast vergessen, ebenfalls unsere Namen zu sagen.

»Das sind die Gästezimmer«, sagte sie, als wir das große Nebengebäude betraten. »Hier kriegen wir vierzig Leute unter, hinten in die Scheune passen noch einmal sechzig rein. Sie können auch zelten, wenn Sie wollen, wir sind da völlig frei.«

Sie führte uns in die riesige Scheune, in der eine Unzahl von kleinen Zimmern durch Holzwände voneinander abgetrennt war. In der Mitte des Raums hatte jemand kleine Hütten errichtet mit Fensterchen, Vorhängen und Holzdächern, die knallrot angemalt waren. Es war alles andere als luxuriös, aber irgendwie gefiel mir der rustikale Charme. Und für die Kinder der Gäste wäre dieses kleine Dorf in der Scheune ein Traum. Frau Holler zeigte uns den See, der nur einen Hechtsprung entfernt gleich hinter dem Gutshaus lag. Der Schnee fiel still auf die glatte, weiße Fläche; der von Schilf gesäumte Steg schien über dem Eis zu schweben. Trotzdem strahlte der See etwas von Sommer aus, ich sah mich im weißen Kleid auf dem Steg drapiert, die nackten Füße im Wasser, ein Glas Champagner in der Rechten, einen Wiesenblumenstrauß in der Linken. Verstohlen drückte ich Georgs Hand, und er nickte. Ihm gefiel es auch. Als wir wenig später an dem alten Holztisch in der Küche des Gutshauses saßen, Frau Holler Tee kochte und wir die obligatorische Mappe mit den Beispielbildern von anderen Hochzeiten durchblätterten, war die Sache für uns endgültig klar. Die Fotos zeigten lange, gedeckte Tafeln, die sich wie Weißer-Riese-Wäscheleinen über grüne Wiesen erstreckten, weiße Tücher, die im Wind flatterten, Kinder, die lachten und planschten, Brautpaare, die strahlten.

»Wie sähe denn so ein Abendessen bei Ihnen aus?«, fragte Georg.

Frau Holler stellte uns einen Teller mit Haferkeksen hin, setzte sich zu uns und begann, vom hofeigenen Gemüsegarten zu erzählen, von dem Wildkräutersalat, den sie bei Hochzeiten gerne machten, von frischen Tomaten und dem Feigenbaum hinten im Garten, und dass sie gern auch mal ein Schwein aus eigener Haltung schlachteten, um es im Ganzen über offenem Feuer am Spieß zu braten.

»Schweine aus eigener Haltung«, wiederholte Georg entzückt und biss ein Stück von seinem Keks ab.

»Bunte Bentheimer Landschweine«, sagte Frau Holler.

»Bunte Bentheimer Landschweine«, murmelten wir ehrfürchtig und versuchten, uns unsere Begeisterung nicht anmerken zu lassen. Es war nicht so, dass wir Quinoa-Schnitzel kategorisch ablehnen würden, aber wir hatten einmal Fleisch vom Bunten Bentheimer Landschwein probiert, erst als Leberwurst, dann als Kotelett, und zwar in einem Gourmetrestaurant in München, wo wir uns vor ein paar Monaten ein Vier-Gänge-Menü geleistet hatten – für einen Betrag, den wir unmittelbar nach Unterzeichnung des Kreditkartenbelegs für immer verdrängt hatten. Wir hatten später verzweifelt einen Berliner Metzger gesucht, der Fleisch vom Bunten Bentheimer im Angebot hatte. Fehlanzeige. Vermutlich ist es sogar in Kasachstan leichter, gutes Fleisch zu bekommen, als in Kreuzberg.

»Ja, wir schlachten regelmäßig«, sagte Frau Holler und deutete auf ein Regal in der Ecke der Küche, in dem verschiedene Einmachgläser aufgereiht waren. Wir sprangen auf und lasen die Etiketten: Jagdwurst, Blutwurst, Mett mit Schnauze. Und: hausgemachte Leberwurst! So glücklich hatten Georg und ich uns nicht mehr angesehen, seit wir uns das Eheversprechen gegeben hatten. Wir hatten den Mietvertrag quasi schon unterschrieben, als Frau Holler uns fragte, ob wir nicht noch einen Blick in den Festsaal werfen wollten.

»Ach so, na gut, dann machen wir das mal.«

Wir hielten uns an den Händen und grinsten uns an. Das Glück war auf unserer Seite!

Als Frau Holler das schiefe Holztor aufstieß, das sich auf der Rückseite des Gutshauses befand, nein, das an der Rückseite des Gutshauses lehnte, verging uns das Lachen.

»Moment, ich will kurz Licht machen«, sagte sie und verschwand im muffigen Dunkel.

»So!«

Was die Neonfunzel an der Decke beleuchtete, machte einen noch grausigeren Eindruck, als die Düsternis des abstellkammerartigen Raums uns hatte befürchten lassen. Die unverputzten Wände waren mit roten Stoffbahnen bespannt, die zerfetzt herunterhingen. Schäbige Bierbänke waren an die Wände gelehnt. Ein paar Plastikstühle lagen kreuz und quer im Raum. Vor der kleinen Bühne am Ende des »Festsaals« hing ein Glitzervorhang, der nicht nur halb heruntergerissen, sondern auch völlig zerschlissen war. Als wir näher traten, schreckten wir ein Huhn auf, das es sich in einem alten Pappkarton auf der Bühne gemütlich gemacht hatte.

»Da oben baut sich normalerweise der DJ auf. Ist auch eine tolle Bühne für Aufführungen und Spiele. Gefällt sogar den Hühnern, wie Sie sehen!«

Sie lachte gackernd. Ich fragte mich, ob der Muff nur Muff oder echter Schimmel war. Wir gingen noch ein paar Schritte, und mein linker Fuß verfing sich in einer zerfledderten Plastiktüte.

»Vor jeder Feier fegen wir natürlich noch mal durch.«

Aha.

»Ich frage mich«, sagte Georg langsam, »ich frage mich, wie hier hundert Leute reinpassen sollen. Für mich sieht der Raum nach vierzig Sitzplätzen aus.«

»Nein, nein«, sagte Frau Holler beschwichtigend. »Achtzig Leute an Bierbänken sind kein Problem, und außerdem«, sie ging auf eine kleine Tür an der rechten Seite des Raumes zu und stieß sie auf. »Und außerdem können wir hier noch vierzig Leute reinsetzen.«

Ich sparte es mir, das Chaos in dem dunklen Nebenraum genauer zu betrachten. Georg machte ein paar Schritte rückwärts und murmelte etwas davon, dass er das nicht *ganz* ideal fände, wenn man eine Hochzeitsgesellschaft auseinanderreißen und auf zwei Räume verteilen müsste.

»Na ja, das ist Ansichtssache«, sagte Frau Holler, »wenn man die Verbindungstür offen lässt, dann könnte man durchaus ...«

Aber da flüchteten wir bereits ins Freie.

»Also, ich würde vorschlagen, dass Sie das alles jetzt mal ein bisschen sacken lassen«, sagte Frau Holler, nachdem sie die Lichter gelöscht und das Tor verschlossen hatte und wir uns draußen vor dem Gutshaus wieder trafen. »Und wenn Sie sich entschieden haben, dann rufen Sie einfach an, ja?«

Wir nickten zustimmend, bedankten uns artig und wollten uns schon auf den Weg zum Wagen machen, da drehte sich Georg noch einmal um.

»Entschuldigen Sie!«

»Ja?«

»Ob wir von dieser Leberwurst wohl ein, zwei Gläser mitnehmen könnten?«

»Ja, gerne, eines kostet 4 Euro 80, wie viele wollen Sie denn?«

»Vielleicht drei oder vier?«

»Gut, ich komme gleich wieder«, flötete sie, drehte sich um und ging auf das Haus zu. Blitzschnell überschlug ich, wie viel Bargeld ich noch im Geldbeutel hatte.

»Machen Sie sechs draus!«, rief ich ihr nach. Georg sah mich erstaunt an. Dann fügte er hinzu: »Und vielleicht noch ein paar von diesen köstlichen Keksen!«

Unser nächster Termin war in Schloss Reinershof. Lala war dort auf einer Hochzeit gewesen, von der sie sehr geschwärmt hatte: romantisch heruntergekommenes Schloss, eine Art verstaubter Laura-Ashley-Style, Feiern bis zum Morgengrauen, das ganze Schloss zur freien Verfügung, und das alles auch noch schwarz und zu einem Spottpreis. Eine befreundete Stylistin hatte dort ihre Hochzeit gefeiert, ich weiß nicht mehr, ob sie bei *Elle*, bei *Vogue* oder sonst wo war. Eine Stylistin auf alle Fälle, die dem Vernehmen nach mit Kostas Murkudis befreundet war.

»Okay, wohin?«, fragte Georg und rollte zurück auf die Dorfstraße.

»Erst mal zurück auf die B 189 bis Wittstock und da dann auf die A 19 Richtung Rostock.«

»Wie weit insgesamt?«

»Gute Stunde von hier, schätz ich mal.«

Georg gab Gas. Ich fand, dass wir inzwischen richtig gut eingespielt waren, ich die Karte auf dem Schoß, er am Lenkrad. Wir wechselten nur wenige Worte. Man muss nämlich nicht groß rumreden, wenn man ein gemeinsames Ziel hat.

Hach, was macht einen die Ehe weise. Schon vorher!

»Nächste links!«

»Rechts halten!«

»Über den Kreisverkehr da vorne geradeaus rüber!«

Ohne größere Probleme fanden wir zur Autobahn. Der Verkehr war dicht. Nervöse Fahrer, die sich ihren Weg durch den Schneematsch bahnten.

»Wo gehen denn hier die Scheinwerfer an?«, fragte Georg hektisch, nachdem er eine Zeit lang an den Knöpfen neben dem Lenkrad herumgefummelt hatte.

»Die Scheinwerfer *sind* an, Schatz. Schon den ganzen Tag.«

»Oh«, sagte Georg und legte die Hände wieder aufs Lenkrad. »Mann, ist die Sicht beschissen!«

Er wurde nervös, das war nicht zu übersehen. Ein typischer Ruhrpottie. Zucken bei Kohlenstaubexplosionen nicht mit der Wimper, aber kaum bedeckt eine Raureifschicht die Straße, packen sie vor lauter Angst Schuhe mit Spikes aus. Klar, der Schneefall war heftiger geworden, es hatte zu dämmern begonnen und man sah nicht mehr besonders weit, aber das war doch längst kein Grund, sich anzustellen, als sei man mit einem Rennrad in der Arktis unterwegs.

»Wir sind bald da. Die übernächste Abfahrt und dann

vielleicht noch dreißig Kilometer«, beruhigte ich ihn, obwohl ich wusste, dass es mindestens fünfzig waren.

Georg ächzte.

»Können wir da eigentlich übernachten, in diesem Schloss Reinersdorf?«

»Reinershof«, verbesserte ich ihn. »Na ja, weißt du, es ist kein Hotel im *eigentlichen* Sinne, aber Jo hat gesagt, es sei überhaupt kein Problem, ein Bett für uns zu finden.«

»Wer zum Teufel ist Jo?«

»Der Schlossherr. Hab mit ihm telefoniert vor ein paar Tagen. Er rechnet um fünf mit uns.«

Es war halb sechs, als wir endlich durch die Toreinfahrt des Schlosses bogen, aber angesichts der Witterungsverhältnisse war es erstaunlich, dass wir es *überhaupt* geschafft hatten. Mindestens vierzig Zentimeter Neuschnee waren in den letzten Stunden gefallen – wir erkannten erst auf den zweiten Blick, dass die Auffahrt vor dem Schloss völlig zugeparkt war. Ein Wagenchaos, das im Weiß versunken war. Ich überzeugte Georg, den Leihwagen einfach irgendwo in den Park zu stellen, es war sowieso nicht mehr zu erkennen, wo oben und unten war.

»Ich dachte, das hier sei kein Hotel«, sagte Georg mürrisch. Er bekommt grundsätzlich schlechte Laune, wenn er keinen ordentlichen Parkplatz findet.

»Ist es auch nicht.«

»Warum stehen hier dann so viele Autos?«

»Scheint eher so, als sei hier gerade eine Party. Hörst du?«

Aus dem ersten Stock des Schlosses dröhnte Musik.

»Gianna Nannini«, knurrte Georg verächtlich.

»Na komm«, sagte ich und zupfte ihn am Ärmel. »Wir suchen erst mal diesen Jo.«

Wir stapften die riesige Freitreppe hoch, stemmten die

mit Schnitzereien verzierte Flügeltür auf und blinzelten ins Halbdunkel. Auf einer Sofagruppe in der stuckverzierten Eingangshalle hing eine Gruppe lustig plaudernder Italiener herum und trank im Schein eines Teelichtermeeres Bier. Es sah fröhlich und friedlich aus, wie sie da saßen. In Gedanken tauschte ich die Italiener gleich gegen unsere eigenen Gäste aus – eine Vorstellung, die mir durchaus gefiel.

»Hallo«, lächelte ich, »könnt ihr uns sagen, wo Jo ist?«

»Ciao«, riefen die Italiener, »ciao, bellissima!« Sie waren wohl ziemlich betrunken. Und das um die Uhrzeit!

»Do you know where Jo is?«, versuchte ich es noch einmal.

»Yo? Yo!«, antwortete das Mädchen, das sich auf die Schöße von drei nebeneinandersitzenden Jungs drapiert hatte. Sofort riss der Rest der Gruppe die Beck's-Flaschen in die Höhe und rief: »Yo, yo!«

»Yo«, antwortete ich nervös lachend, machte das Peace-Zeichen und zog Georg über den etwas abgewetzten roten Teppich die mit einer Lichterkette beleuchtete Treppe hinauf zur nächsten Flügeltür. Die Musik wurde lauter. Eros Ramazzotti. O weh. Ich spähte zu Georg hinüber, auf dessen Stirn eine Ader bedenklich weit hervorgetreten war.

»Guck mal, wie niedlich!«, rief ich, um ihn abzulenken, und deutete auf den Teddybären, der mit einer Schleife um den Hals auf einem Klubsessel in der Ecke saß, aber Georg ließ sich nicht ablenken und verzog das Gesicht. Die Ader auf seiner Stirn begann deutlich sichtbar zu pulsieren. Eros Ramazzotti ist in Georgs Augen der schlimmste aller Italiener, unmittelbar gefolgt von Jovanotti. Ich finde, er hat da das rechte Maß verloren. Silvio Berlusconi zum Beispiel ist doch eindeutig schlimmer. Jovanotti finde ich eigentlich sogar ganz süß.

»Ich hab die Handynummer von Jo, ich ruf ihn einfach an«, flüsterte ich eilig, zog mein Handy aus der Tasche, wählte die Nummer und lauschte in den Hörer.

»Es klingelt!«

Es klingelte und klingelte und ich wollte fast schon auflegen, als sich endlich eine Stimme meldete, die nach Tom Waits in seinen wirklich dunklen Zeiten klang.

»Oh, ah, ihr seid schon da? Uh, äh, Moment mal, hab eben noch geschlafen, sorry, äh, war gestern echt 'ne lange Nacht. Bleibt, wo ihr seid, bin gleich da, ja?«

Eine Viertelstunde später schlurfte uns ein Mann mit langen, zerzausten Haaren und Dreizehn-Tage-Bart entgegen.

»Hi, ich bin Jo.«

Die Wasserperlen in seinen Haaren verrieten, dass er sich mal eben schnell überm Waschbecken frisch gemacht hatte. Immerhin. Ansonsten sah er aus, als sei das Sauberste, womit sein Körper in den letzten Tagen in Kontakt gekommen war, eine Flasche Wodka gewesen. Seine Fahne hätte uns eigentlich schon auf der Autobahn entgegenschlagen müssen.

»Tut mir leid, Leute. Hatte völlig vergessen, dass wir dieses Wochenende eine Party haben. Italiener. Irgendein Geburtstag. Sind schon seit vorgestern da.«

»Ach, Italiener?«, sagte Georg spitz.

»Ja. Na ja. Ich zeig euch mal alles.«

Als er uns durch das Schloss führte, verstand ich sofort, warum diese Stylistin ihre Hochzeit hier gefeiert hatte. Dutzende Kerzen brannten im Treppenhaus, alles war voll mit antiken Möbeln, dabei aber nicht so poliert wie die anderen Schlösser, die wir gesehen hatten, sondern eher leicht demoliert: ein heruntergekommener Salon, ein schummrig beleuchteter Billardraum, alles gerade so morbid, dass es einen besonderen Charme hatte. Ich war begeistert, Georg jedoch machte ein Gesicht, als wolle ihm jemand die Weisheitszähne ziehen. Gut, natürlich sah es nicht gerade so aus, dass man das Bedürfnis gehabt hätte, unbedingt *vom Boden essen* zu müssen, aber …

»Ja, und hier gibt's dann das Dinner«, sagte Jo und stieß die Flügeltüren zum Festsaal auf.

»Ooooh!«

Ein Lichtermeer tat sich auf. Von außen hatte das Schloss schon wie Disneyland im Winter ausgesehen, mit seinen Türmchen, Giebelchen und Erkerchen, aber dieser Anblick hier übertraf das um Längen! Prächtige Kronleuchter glitzerten über festlich gedeckten, großen runden Tischen, die großzügig über den Saal verteilt waren. Stuck, Säulen, Spiegel, riesige Sprossenfenster, die auf eine Veranda führten. Am Kopfende des Raums befand sich als perfekter Stilbruch eine Bar, die ganz im sozialistischen Barock der Sechzigerjahre gehalten war. Ein Porträt von Mao hing neben dem Flaschenregal. Extrem lässige Lederbarhocker. Der Saal hätte ohne Umbauten für einen Chanel-Werbespot getaugt. Für ein *Vogue*-Shooting mit Kate Moss. Für eine Party von David Lynch.

»Tässchen Kaffee?«

»Gern!«

Wir nahmen in roten Arne-Jacobsen-Sesseln Platz, die sehr einladend in einem Erker arrangiert waren. Jo brachte uns Espresso, der gar nicht übel schmeckte.

»Das tut gut!«, seufzte er, als er den ersten Schluck aus der Tasse genommen hatte. Sein Gesicht veränderte langsam die Farbe: von Zombiegrau zu Vampirbleich. Er wirkte schon fast wieder lebendig.

»Ja«, stimmte ich zu, »grad bei dem Wetter.«

»Wetter?« Er spähte aus dem Fenster und ließ den Mund

offen stehen, als er die Schneemassen sah. »Wow! Seit wann geht das denn so?«

»Seit zwei Tagen«, sagte Georg und sah mich vorwurfsvoll an. Als sei *ich* daran schuld, dass der Typ die letzten Nächte durchgefeiert hatte!

»Also, wie funktioniert das hier?«, wollte ich wissen, und Jo erklärte, dass man das Schloss wochenendweise mieten könne, der Preis gelte pauschal für alles inklusive Schlafräume und Festsaal, dazu käme eine Pauschale für Getränke, außerdem habe er einen guten und günstigen Koch fürs Buffet an der Hand. »Und wenn wir das Ganze ohne Rechnung machen«, sagte Jo und senkte die Stimme wie ein Dealer in der Hasenheide, »kriegt ihr obendrauf noch fünfzehn Prozent Rabatt. Bei Barzahlung zwanzig.«

Zum ersten Mal fragte ich mich, wie es sein konnte, dass so ein halbseidener Westentaschenmafioso in den Besitz dieses Schlosses gekommen war. War er ein wohlstandsverwahrloster Erbe? Hatte er eine Amphetamin-Küche im Keller? Oder gar die Leiche des *echten* Schlossherrn? Mir wurde langsam unwohl bei der Sache. Ich meine, ich bin wirklich nicht obrigkeitshörig. Aber ich bin auch nicht *kriminell*. Andererseits: Ich bin korrumpierbar, vor allem, wenn alter Stuck im Spiel ist, sodass ich, statt das Gespräch abzubrechen, aufzustehen und zu gehen, Jo verschwörerisch zublinzelte und flötete:

»Super! Und hundert Gäste sind kein Problem?«

»Nee, gar nicht. Also, hier in den Saal passen 120 Leute rein, und die Zimmer, na ja. Sind halt nicht nur Doppelzimmer, ne? Aber ihr seid ja noch jung, wa?«

Ich stutzte.

»Was heißt das, nicht nur Doppelzimmer?« Ich versuchte, ganz harmlos zu klingen, aber in Wirklichkeit fühlte ich mich so locker wie ein gefrorener Wasserfall.

»Na ja, ein Teil der Zimmer sind Mehrbettzimmer, aber macht euch keine Sorgen, für Braut und Bräutigam haben wir ein sehr elegantes Schlafgemach, mit einem Doppelbett, auf dem man, na ja …« Er lachte dreckig.

Ich verzog das Gesicht und hoffte, dass es wie ein Grinsen aussah. Außerdem machte ich mir keine Sorgen um Braut und Bräutigam, die immerhin schon mal im Laderaum eines Kombis miteinander geschlafen hatten, wenn auch sehr betrunken. Ich machte mir Sorgen um unsere Gäste. Auch Georg schien etwas zu ahnen.

»Vielleicht können wir mal einen *kurzen* Blick in die Zimmer werfen?«

«Ou – gaaaanz schlecht gerade«, wiegelte Jo ab. »Also, eigentlich wäre das natürlich *überhaupt* kein Problem, aber das Schloss ist ja heute vermietet, ne, und da kann ich euch nicht einfach in die Zimmer der Leute lassen.«

»Oh, ich dachte, wir könnten hier übernachten?«, fragte Georg.

»Jaja, genau, also, ich hab halt jetzt dummerweise kein Zimmer mehr, aber unten im Kaminzimmer könnt ihr euch einfach aufs Sofa hauen. Bettzeug geb ich euch. Und ich sag den Italienern Bescheid, dass ihr euch heute Abend ein bisschen unter die Leute mischt. Dass ihr Gäste seid. Esst, trinkt, macht, was ihr wollt. Am besten, ihr probiert mal alle Gerichte am Buffet durch, dann könnt ihr für euer Fest schon mal ein bisschen planen.«

Er stellte seine Tasse auf dem Couchtisch ab und hatte es plötzlich sehr, sehr eilig, uns unser Bettzeug zu übergeben.

»Komm schon«, stupste ich Georg an, als wir vor der Wäschekammer warteten. »Ist doch lustig, auf einer völlig fremden Party zu sein!«

Georg grummelte irgendwas in sich hinein.

»Na komm!«

Georg grummelte etwas von Gianna Nannini, bemühte sich aber um ein Lächeln, als Jo mit der Bettwäsche kam.

»Ach so, ja, ich würde dann noch 25 Euro für die Übernachtung und 25 für Essen und Getränke nehmen.«

Verwirrt zog ich meinen Geldbeutel aus der Tasche und drückte ihm einen Fünfziger in die Hand.

»Pro Nase!«, sagte Jo.

»Ach, scheiß doch auf das Geld«, sagte ich, als wir am hintersten Ende der Bar Platz nahmen. »Wir saufen uns jetzt die Hucke voll, futtern uns durchs Buffet und mischen uns unter die Leute.«

Georg grummelte schon wieder. Er hasst es, auf Partys von Leuten zu gehen, die er nicht kennt. Vor allem, wenn sie Italiener sind. Er hat mal ein Wochenende bei der Biennale in Venedig verbracht, wo ihn ein befreundeter Journalist in eine »echte Local-Bar« mitgenommen hat. Dort ist er nach dem siebten Negroni an einen Schnösel mit Lackfrisur geraten, der es wohl ein *klein* wenig unpassend fand, dass Georg mit stierem Alkoholblick versonnen den Hintern seiner Begleitung betrachtete. Die Narbe am Kinn, die er von dieser Begegnung davongetragen hat, zeigt er mir immer wieder; dann muss ich *oooh* machen und so tun, als sei sie *nicht* so winzig klein, dass man sie kaum erkennen kann. Egal. Seit dem Abend in Venedig hat er mit dem Thema Italien abgeschlossen. Er hasst Italiener fast so sehr, wie er die Bayern hasst. Das einzige Italienische, was er akzeptiert, sind Speisekarten, in denen Ossobuco und Risotto Milanese aufgeführt sind. Risotto Milanese vor allem. Er liebt Fleisch, er liebt Safran, er liebt Rindermark. Am liebsten pur, auf knusprigem Baguette. Rindermark! Würg.

»Glas Sekt?«

»Aber immer doch!«

Immerhin schien er fest entschlossen, das Beste aus unserem unfreiwilligen Partybesuch zu machen und sich zu betrinken. Und immerhin schien niemandem aufzufallen, dass wir mit der Geburtstagsgesellschaft nichts zu tun hatten. Der Festsaal füllte sich langsam, ohne dass wir weiter beachtet wurden, es gab kein Gemunkel, keine fragenden Blicke. Allein die Italiener aus der Eingangshalle erkannten uns wieder. Sie riefen begeistert »Yo! Yo!« und winkten uns zu sich an den Tisch. Wir schüttelten verzweifelt lächelnd die Köpfe und taten schleunigst so, als würde etwas Hochinteressantes auf der Cocktailkarte stehen.

»Der Sekt war bei Ihnen?«, fragte der Barmann.

»Yo!«, antwortete Georg mit schmerzverzerrtem Gesicht.

Wir stießen an und beobachteten, wie die italienische Party langsam in Fahrt kam. Reden wurden gehalten, Toasts ausgegeben, eine Gruppe älterer Frauen führte ein offenbar lustig gemeintes Ballett auf, anschließend reihten sich sechs Männer mit dem Rücken zum Publikum auf und ließen aus unerfindlichen Gründen gleichzeitig die Hosen runter. Wir rätselten, wer das Geburtstagskind sei, aber wir kamen nicht darauf. Wir fanden auch keine Erklärung dafür, warum gut hundert Italiener zu einem Fest nach Deutschland reisten, und wozu sie so ein luxuriöses Schloss brauchten, wenn sie am Ende doch nur komische Grapsch-Spiele spielten. Wir bemerkten nur, dass wir langsam Hunger bekamen, und waren heilfroh, als zwei Spiele später das Buffet eröffnet wurde. Eigentlich hatten wir uns ja vorgenommen, uns höflich zurückzuhalten, bis sich alle »echten« Gäste bedient hatten, aber inzwischen war es zehn Uhr abends, in unseren Mägen fauchten bereits je zwei Sekt und ein Riesling, und so reihten wir uns in

Erwartung köstlicher Antipasti in die Schlange der Gäste ein, die am Buffet anstanden.

Das Brötchen, das ich mir aus dem großen Korb am Anfang des langen Tisches angelte, war leicht wie ein Pingpongball und fühlte sich schon zwischen den Fingern staubig an. Der Mozzarella mit den holländischen Wintertomaten und dem getrockneten Basilikum sah irgendwie ausgewaschen aus. Der Kartoffelsalat war mit Majo angemacht, der Blattsalat mit Cocktailsoße aus dem Eimer. Georg und ich gingen von Station zu Station, wir mussten uns nicht ansehen, um zu wissen, wie enttäuscht der jeweils andere war. Unsere Teller blieben leer. Es ging schleppend voran, offenbar waren wir die Einzigen in der langen Schlange, die so wählerisch waren. Die Italiener griffen mit gesundem Appetit sogar zu den Wiener Würstchen. Endlich machte ich in wenigen Ellbogenlängen Entfernung geradezu appetitlich aussehende Chicken Wings aus. Innerlich begann ich bereits zu jubilieren, doch als wir das Blechtablett erreicht hatten, lag nur noch ein einziger, kläglicher Flügel darauf. Ich überließ ihn Georg, denn der sah nicht nur saumäßig hungrig, sondern auch völlig verzweifelt aus.

»Italien hat seine guten Zeiten einfach hinter sich«, jammerte er leise. »Und eines schwör ich dir: Bevor wir unsere Hochzeitsreise nach Italien machen, fahre ich lieber nach Bayern!«

Wütend griff er sich die einzige Frikadelle, die nicht verbrannt war, und löffelte sich mit beleidigtem Gesicht Ketchup darauf. Ketchup nimmt er wirklich nur im allerallleräußersten Notfall! Ich schöpfte mir etwas von dem Chili con Carne auf den Teller, das dabei war, in einer elektrischen Party-Gulaschkanone aus schwarzem Plastik zu verenden, denn schließlich ist es zwar schwer, ein gutes

Chili zu machen, aber genauso schwer, es wirklich zu versauen. Schwer, aber nicht unmöglich, wie ich feststellen musste. Das Zeug schmeckte, als würde man versuchen, ein schmutziges Backrohr mit der Zunge sauber zu lecken, nur ein bisschen schärfer. Ich ließ den Löffel in den Teller fallen und blickte neidisch auf Georgs Frikadelle. Doch der bestellte unmittelbar nach dem ersten Bissen ein Beck's, das er mit wenigen Schlucken austrank.

O nein. So einfach würde ich mir dieses Schloss nicht vermiesen lassen. Mir fiel ein, dass Lala etwas von einem Catering-Service erzählt hatte, der bei dieser Stylistinnen-Hochzeit ebenso preiswertes wie köstliches Essen geliefert hatte. Thai-Food, Fingerfood, mediterrane Häppchen. Doch als ich Georg davon erzählte, schüttelte er störrisch den Kopf.

»Ohne mich. Vergiss den Laden hier einfach. Hier würd ich nicht mal meinen Polterabend machen. Das Einzige, was man hier feiern kann, ist eine Abriss-Party!«

Wohlgemerkt: Er saß auf einem Arne-Jacobsen-Stuhl, als er das sagte!

»Ach komm, Schatz, du musst aber doch zugeben, dass die Location großartig ist! Ich hab vorhin gedacht, man könnte hier sofort …«

»… einen Porno drehen«, fiel er mir ins Wort. Ich musste an Jos dreckige Lache denken. Wahrscheinlich hatte Georg recht. O weh!

»Quatsch!«, sagte ich trotzdem. »Ich dachte eher an einen Spot für Calvin Klein.«

»Mit dem Plüsch? Und diesem Lüsterzeugs? Gina Wild, allenfalls«, schnaubte Georg.

Grundgütiger! Er hätte mir auch gleich sagen können, dass er Schlösser schrecklich findet!

Aber ich wollte nicht aufgeben, obwohl ich nach der

Diskussion kurz davor war. Nicht wegen ein paar Frikadellen.

»Komm, alle sind am Essen«, versuchte ich, noch mal Schwung in die Sache zu bringen. »Der ideale Zeitpunkt, eine kleine Geheimmission zu den Zimmern zu unternehmen!«

Wir schlichen uns in den Schlaftrakt und begegneten: dem Grauen. Wir sahen Zimmer ohne Türen, die nur durch festgenagelte Stofffetzen voneinander abgetrennt waren. Schlafsäle mit vierzehn Matratzen. Duschräume ohne Kabinen. Dreck. Es war kalt. Es war zugig. Staubige Zementsäcke lehnten in den Ecken. Es wirkte, als hätte sich jemand vorgenommen, das Schloss zu renovieren, um dann, kurz nachdem er mit dem großen Saal fertig geworden war, wieder aufzugeben. Zu dieser Ruine hier verhielt sich der »Festsaal« im Gutshof vom Nachmittag wie das Hotel Burj Al Arab in Dubai zu einem Hamburger Hafenstraßen-Haus. Ich dachte an meinen ehemaligen Professor, der versprochen hatte, zu meiner Hochzeit auf alle Fälle im Smoking zu erscheinen. Ich dachte an die Perlohrringe von Clara, die mir den Texter-Job bei dieser Kosmetikfirma zugeschanzt hat. Ich dachte an meine Schwiegereltern. Ich dachte an meine Mutter. Und dann fiel mir meine Schimmelpilzallergie wieder ein. Sofort spürte ich, wie mich am ganzen Körper ein Jucken befiel.

»Raus hier«, sagte ich, aber da zog mich Georg auch schon am Ärmel zur Tür.

»Hätten wir uns ja denken können«, sagte Georg kauend, als wir eine halbe Stunde später auf dem ausgezogenen Schlafsofa in der Veranda saßen. »Diese Scheiß-Modeindustrie ist einfach pervers. Deine Stylistinnen-Tussi fand das wahrscheinlich dekadent und schick, mit ihren Fashion-Freunden in so einer Ruine zu hausen.«

»Nanana«, schimpfte ich halbherzig und schmierte mir noch eine Scheibe Baguette. Wir hatten uns ein Glas Leberwurst aus dem Auto geholt und vom Buffet Brot und Messer geklaut, und der Barkeeper hatte keine Fragen gestellt, als wir um eine Flasche Wein und zwei Gläser gebeten hatten.

»Und was machen wir jetzt?«

»Essen, Wein austrinken, schlafen. Müssen ja morgen eh wieder zeitig los.«

»Jo hat gesagt, wir könnten uns am Frühstücksbuffet bedienen«, sagte ich.

»Muss das sein?«

»Wir können auch Leberwurst frühstücken, mit dem Löffel direkt aus dem Glas.«

Georgs Gesicht entspannte sich. »Das Zeug ist köstlich, nicht?«

Heute Morgen wurde ich mit einem Kuss geweckt. Ich knurrte ein bisschen, aber eigentlich nur pro forma, denn normalerweise ist es Georg, der knurrt, wenn ich versuche, ihn zu wecken. Er braucht morgens eine halbe Stunde, in der er sich in völliger Regungslosigkeit und mit geschlossenen Augen emotional auf das drohende Aufwachen einstellen kann. Ich hingegen bin in der Regel schlagartig wach – noch bevor der Wecker überhaupt richtig anfangen kann zu klingeln, bin ich topfit und will spielen. Das war schon so, als ich noch ein Kind war. Und es war auch heute so. Georg küsste mich sanft auf die Wange, und ich war sofort voll im Leben. Ich wollte ihn nur ein bisschen zappeln lassen. Zur Rache, dass er sonst meine Weckversuche knurrend ignoriert. Er küsste mich noch einmal.

»Hmmmmpf!«

»Aufstehen, mein Engel!«, säuselte er.

»Gnnhmmm!«, machte ich und drehte mich weg. Ich benahm mich, als sei ich er. Es fiel mir schwer, ernst zu bleiben.

»Na, komm schon, Lotte, es ist schon …«

Er drehte sich weg, ich hörte, wie er auf der Suche nach seinem Handy die Flasche Wein von gestern Abend umschmiss, sie kullerte sonst wo hin; ich dachte an mein neues T-Shirt, das neben dem Sofa lag, aber dann fiel mir ein, dass wir die Flasche ausgetrunken hatten. Ich horchte meinen Kopf nach Schmerzen ab, und tatsächlich, da war etwas. Der Anflug eines Katers.

»Scheiße! Schatz!«

»Was denn?«, fragte ich mit meiner Es-ist-mitten-in-der-Nacht-warum-musst-du-mich-eigentlich-immer-wecken-wenn-du-aufs-Klo-musst-Stimme.

»Es ist halb elf!«

Ich fuhr hoch. Oha. Wir hatten vor einer halben Stunde unseren Termin in Schloss Beetzow gehabt.

Zum Glück fanden wir trotz der gleichmäßigen Schneedecke, die alles bedeckte, sofort unser Auto. Zum Glück gelang es uns, es aus dem Tiefschnee herauszumanövrieren. Zum Glück hatte ich die Telefonnummer von Schloss Beetzow parat.

»Ja, Charlotte Michalski hier, liebe Frau Messmer, es tut uns furchtbar leid. Wir sind einfach … Ob wir den Termin … ja, gern, also, 17 Uhr dann, nein, es wird garantiert nicht später, nein, also, wenn Sie nur bis 17 Uhr 30 da sind, also, vielen Dank, und noch mal Verzeihung!«

Ich sah Georg an, der strahlte und sagte: »Immerhin haben wir so das Frühstück verpasst!« Dann setzte er den Blinker und folgte den Schildern mit der Aufschrift: McDrive.

Normalerweise wehre ich mich mit Händen und Füßen, zur Not auch mit den Zähnen, wenn Georg schon morgens zu McDonald's will. Ich finde, dass die meisten Sachen auf der Frühstückskarte so schmecken, als hätte man sie vorher in der Spüle eingeweicht. Georg hingegen, der sich eigentlich selbst für die Sandwiches bei Starbucks zu fein ist, pflegt eine heimliche Leidenschaft für den McMuffin. Bäh. Aber weil er gestern Abend schon so gelitten hatte, wollte ich an diesem Morgen nicht unsolidarisch sein. Loyalität gilt schließlich als *die* Kardinalstugend in einer glücklichen Ehe.

»Ich nehm auch einen!«, sagte ich und lächelte Georg liebevoll an.

»Vier McMuffin Egg and Bacon bitte und dazu zwei Cappuccino.«

Es war himmlisch zuzusehen, wie Georg ein Rührei-Rundstück nach dem anderen verdrückte. Er grub seine Kiefer in die blassbraune Masse, leckte sich die Hände, schmatzte. Ich hielt ihm meinen angeknabberten McMuffin hin, er nahm ihn, ohne zu zögern.

»Aber du musst doch auch was frühstücken«, sagte er kauend. Ich dachte an die Ersatztüte Karamellbonbons im Handschuhfach, die es zur Not auch tun würde, und winkte ab. Georg suchte die fettigen Papierverpackungen aus der Fahrerkabine zusammen und fuhr zu einem Papierkorb, der in der Nähe der Ausfahrt stand.

»Und als Nächstes?«, fragte er.

»Als Nächstes haben wir Glück!«

Hatten wir aber nicht. Wir fuhren durch Wald und Feld, besichtigten Schlösser und Gutshäuser und Gutshäuser und Schlösser, aber jedes Mal beschlich uns schon auf dem

Parkplatz das Gefühl, dass irgendetwas nicht passte. Und so war es dann auch. Mal war der Festsaal zu klein, mal die Luft zu miefig, mal waren die Zimmerpreise jenseits von Gut und Böse. Aber inzwischen versuchten wir nicht mal mehr, trotz irrwitziger Preise oder miserabler Ausstattung höflich Interesse zu heucheln. Wir hatten gelernt, dass es keinen Sinn macht, irgendwelchen Gutshofbesitzern und Schlossverwalterinnen etwas vorzumachen. Locations besichtigen ist so etwas wie Shopping: Egal, wie viel Zeit man in der Umkleide verbracht hat, man lässt sich die Teile, die nicht passen, nicht zurücklegen, sondern drückt sie der Verkäuferin vor der Umkleide wieder in die Hand – und geht, ohne ein schlechtes Gewissen zu haben.

Inzwischen sieht Georg so aus, als würde er am liebsten ins Lenkrad beißen vor Frust. Es ist aber auch wirklich unglaublich, dass aus extrem dichtem Schneefall noch extrem dichterer werden kann – dass immer noch mehr Flocken in die Luft passen. Man könnte glauben, irgendwo im Himmel sei ein Wasserrohr explodiert, genau über unseren Köpfen. Und die Zeit, sie rast uns in einer Geschwindigkeit davon, die sich umgekehrt proportional zu unserem Sommerreifen-im-Schneematsch-Tempo verhält. Es ist inzwischen schon Viertel nach fünf, und wir haben noch nicht einmal eine Ahnung, wo wir sind.

»Die Frau Messmer ist nur noch eine Viertelstunde lang da, Georg. Selbst wenn Beetzow da vorne an der nächsten Ecke liegt: Wir kommen zu spät.«

»Glaub ich nicht«, sagt Georg genau in dem Moment, als wir zufälligerweise ein Straßenschild mit der Aufschrift »Merwelitz« passieren.

»Da stand ›Merwelitz‹«, sage ich, obwohl ich weiß, dass er das Schild selbst gesehen hat.

»Hab ich selbst gesehen! Kannst du lieber mal raussuchen, wo das ist? Wozu hast du denn die Karte!«

Herrje! Inzwischen kann man Georgs Laune nur noch mit sehr viel gutem Willen als schlecht bezeichnen. Wenn nicht bald etwas passiert, dann besorgt er sich eine Knarre und läuft Amok. Oder sagt, noch schlimmer, am Ende gar die ganze Hochzeit ab! Völlig verzweifelt blättere ich mich durch das Ortsverzeichnis unseres Falk-Plans.

»E 15«, rufe ich und blättere wieder in den Kartenteil zurück. Ich suche mit dem Finger die Ortsnamen ab und seufze schließlich: »Vergiss es.«

»Was, sind wir so falsch?«

»Nein, fast gar nicht. Wir sind nur einfach noch fünfzig Kilometer entfernt von Beetzow.«

Georg schweigt, ich schweige. Schweigend starren wir in den Schnee, der uns entgegentänzelt, als ob nichts wäre.

»Okay«, sagt Georg schließlich. »Ruf da an und sag, dass wir morgen früh kommen, aber diesmal sicher.«

»Am besten, ich frage sie auch gleich, ob sie ein Hotel im Ort weiß. Oder in der Nähe. Dann fahren wir da jetzt hin, essen, schlafen und stehen morgen so zeitig auf, dass gar nichts mehr dazwischenkommen *kann!*«

»Kluges Kind«, sagt Georg.

Frau Messmer ist ein *bisschen* düpiert darüber, dass wir den Termin schon wieder verschieben, aber als ich sie auf das Schneechaos auf den Straßen hinweise, wird sie etwas milder und empfiehlt uns einen Gutshof im Nachbarort. Bei dem Wort Gutshof dreht sich mir nach den Erlebnissen der letzten zwei Tage zwar schlagartig der Magen um, aber ich wage es nicht, mich nach unserer Unzuverlässigkeit jetzt auch noch kompliziert zu geben. Ich lasse mir von Frau Messmer die Nummer des Hotels geben und verabschiede mich so schleimig, dass unser Wagen gleich wieder ins Schlittern kommt. Na ja, immerhin scheint sie jetzt versöhnt.

»Und?«, fragt Georg, als ich das Gespräch beendet habe.

»Sie hat uns irgendeinen Gutshof Waldeck empfohlen.«

»Noch ein Gutshof? Oje.«

»Na ja, irgendwie bleibt uns nichts anderes übrig, oder hast du Lust, heute noch zwei Stunden durch die Provinz zu gondeln, um irgendein anderes Hotel zu suchen? Ich hab jetzt schon Hunger.«

»Weil du nicht anständig gefrühstückt hast.«

Ich versehe ihn mit einem Linda-Evangelista-Blick.

»Soll ich da jetzt anrufen oder nicht?«

»Tut mir leid. Ja, ruf da einfach an.«

Die Warteschleifenmusik ist eine zierliche Klavier-Fantasie von Mozart, die sogar ich erkenne, dazu flötet eine damenhafte Frauenstimme, ich möge mich bitte einen Moment gedulden, der nächste freie Apparat sei für mich reserviert.

»Ich will mich aber nicht gedulden«, meckere ich leise vor mich hin, »ich bin müde, und außerdem hab ich einen mordsmäßigen Kohl…«

»Gutshof Waldeck, mein Name ist Estelle Lohmeier, was darf ich für Sie tun?«

»Oh, äh, guten Tag, Charlotte Michalski hier, ich wollt nur fragen, ob Sie für heut Nacht noch ein Doppelzimmer haben.«

Ich merke, dass meine Stimme unangemessen schroff klingt, aber nach diesem Tag hab ich von Freundlichkeiten die Nase voll, und zwar gestrichen, und das bis hier. Doch die Dame antwortet unbeeindruckt liebenswürdig, dass man uns gerne als Gäste willkommen heiße.

»Allerdings sind nur noch unsere kleinen Jagdzimmer frei. Keine Kutscherzimmer und auch keine Markgrafenzimmer.«

»Macht nix, Jagdzimmer klingt super«, antworte ich. »Nur noch eine Frage: Ob wir bei Ihnen noch was zum Abendessen kriegen?«

»Ich reserviere Ihnen gerne einen Tisch in unserem Restaurant. Darf ich fragen, um wie viel Uhr wir mit Ihnen rechnen dürfen?«

»Keine Ahnung, vielleicht um sieben?«

»Dann ist um 19 Uhr ein Tisch für Sie reserviert!«

Eineinhalb Stunden später fahren wir durch ein Tor, dessen schmiedeeiserne Gitter sich wie von Geisterhand vor unserem Leihwagen öffnen. Wir rollen die lange Auffahrt hinunter, vorbei an scheinwerferbeleuchteten Nebengebäuden, die wie gepflegte Kuhställe aussehen, bis wir zu einer mittelgroßen, festlich beleuchteten Villa kommen. Ich denke mir nichts, sondern springe einfach aus dem Wagen, stapfe zum Kofferraum und hieve gedankenlos unsere Reisetasche heraus. Georg fährt weiter, um einen Parkplatz zu suchen. Ich sehe noch das Messingschild mit der Aufschrift »Relais & Château«, aber auch da fällt bei mir der Groschen nicht. Es fällt nicht einmal eine Ein-Lira-Alumünze. Ich stapfe mir unter dem Säulenportal vor der Schwingtür den Schnee von den Schuhen und trete ein.

In dem Moment wird mir alles klar.

Zuerst ist überall Glitzern. Dann sehe ich die antiken Möbel, die silbernen Kerzenständer, die polierten Kirschholztischchen, die eleganten Ledersofas. Leise Musik plänkelt, ein Feuer prasselt im Kamin. Eine Dame lächelt mir entgegen, eine Dame in sehr edlem Kostüm und mit fein toupiertem Haar. Doch als ich einen Schritt auf sie zumache, gefriert das Lächeln in ihrem Gesicht. Ich blicke an mir hinab und stelle fest, dass ich nicht nur meinen ältesten Winterparka und Turnschuhe trage, sondern dass diese Turnschuhe obendrein auch noch völlig schlammverkrustet sind, bis hoch zu den Beinen meiner Jeans. Mein Haar sieht vermutlich aus, als sei ich gerade aus einem Müllcontainer geklettert, immerhin sind wir heute wieder und wieder durch den Schneesturm gestapft.

Plötzlich habe ich den dringenden Wunsch, mich wegzublinzeln, wie die bezaubernde Jeannie. Ich blinzele sogar, aber als ich die Augen wieder öffne, steht das frostige Fräulein immer noch da.

»Guten Abend«, sagt die Dame und sieht mir befremdet ins Gesicht. In diesem Augenblick verfluche ich sämtliche Gutshöfe Mecklenburgs. Am allermeisten den, in dessen Lobby ich eben eine dreckige Fußspur auf dem Marmorboden hinterlassen habe. Und ich verfluche mich. Ich habe immerhin ein Paar Pumps in der Tasche. Warum habe ich die nicht angezogen, und zwar *vor* der Tür?

»Kann ich Ihnen helfen?«

»Ja, Michalski mein Name. Ich habe vorhin telefonisch ein Zimmer reserviert.«

Ich reiße mich zusammen und strahle sie freundlich an. Die Dame verschwindet hinter dem zierlichen Biedermeier-Sekretär, der offensichtlich als Rezeption dient. Ganz kurz fürchte ich, dass sie bei der Polizei anrufen will, um zu melden, dass hier eine Landstreicherin abzuholen ist. Aber sie tippt nur ein bisschen im Computer herum, verlangt meinen Ausweis und meine Kreditkarte und legt mir schließlich einen Wisch zur Unterschrift hin. Ich wage es nicht, nach dem Zimmerpreis zu fragen, weil ich weiß, dass nonchalante Ignoranz in Geldfragen die einzige Möglichkeit ist, diese Situation halbwegs würdevoll durchzustehen.

In diesem Moment kommt Georg zur Tür herein. Sein Gesicht sieht nicht weniger verdutzt aus als meines vorhin.

»Zimmer vier, die Treppe nach oben in den ersten Stock und dann nach rechts«, sagt die Dame und reicht mir den Schlüssel.

»Danke schön«, stammele ich und erstarre, als ich den roten Läufer sehe, der über die gewendelte Treppe nach oben führt. Er sieht aus wie fabrikneu. Er sieht aus wie noch nicht einmal gewebt. Ich denke an meine Schuhe. Ich kann die schwarzen Fußtapser jetzt schon sehen.

»Einen angenehmen Aufenthalt wünsche ich!«

Aus den Augenwinkeln wirkt es, als würde sie die linke Braue heben. Wahrscheinlich bringt sie als Nächstes den Montblanc-Kuli zum Desinfizieren. Auf Zehenspitzen eile ich die Treppe hoch, so schnell es geht. Ich bin sogar versucht, zwei Stufen auf einmal zu nehmen, um so wenig Teppich wie möglich zu berühren, aber das verkneife ich mir.

Das Erste, was ich auf unserem Zimmer tue: Ich werfe meine Turnschuhe in die Badewanne und hole die Pumps aus der Reisetasche. Ich habe auf Reisen immer ein Paar dabei, schließlich weiß man ja nie. Aber in den seltensten Fällen kommen sie auch zum Einsatz, inzwischen darf man ja sogar den Eingangsbereich des Adlons mit Turnschuhen passieren. Na gut, die Wahrheit ist: Ich kann in Pumps einfach nicht so wahnsinnig gut gehen. Wenn es passiert, dass ich schickere Schuhe anziehen muss und weiß, dass die Strecke, die ich darin zurücklegen muss, mehr als fünfzig Meter beträgt, nehme ich lieber Ballerinas, auch, wenn ich mich darin immer wie eine aus der Yogurette-Werbung fühle. Unbeschwert, aber auf eine alberne Highschool-Prinzessinnen-Weise.

Ich ziehe die Socken aus und trete ein paarmal auf der Stelle, um die Durchblutung zu reaktivieren. Dann schlüpfe ich in die guten Schühchen und betrachte mich in dem ovalen Spiegel, der in die Tür des antiken Kleiderschranks eingelassen ist. Toll. Ich sehe genauso aus wie vorher, nur, dass meine Schuhe jetzt schöner sind. Wie soll ich denn in diesem Zustand das Restaurant betreten?

»Hast du denn keinen Rock dabei?«, fragt Georg.

Ich schüttle den Kopf.

»Auch keine zweite Hose?«

»Nein«, sage ich leise. Einen Moment lang denke ich darüber nach, diese gottverdammte Dreckhose kurz im Waschbecken auszuspülen und trocken zu föhnen, aber dann sehe ich auf die Uhr: In einer Viertelstunde ist unser Tisch reserviert. Neidisch beobachte ich, wie Georg gemütlich ein Paar Lederschuhe aus der Reisetasche nimmt, in ein frisches Hemd schlüpft und sich eine Nadelstreifenhose über den Hintern zieht. Er zupft sich vor dem Spiegel die Haare zurecht und besprüht sich mit etwas Parfum. Er sieht aus wie aus dem Ei gepellt, ich wie ein verbranntes Rührei mit Pilzen. Wegen meiner Locken kann ich mir nicht einmal die Haare bürsten, weil ich dann erst recht aussehe wie die Hexe Schrumpeldei nach der Walpurgisnacht. Ich könnte heulen. Georg nimmt mich in den Arm und drückt mich eine Weile an sich.

»Na komm, Lotte. Du legst jetzt ein bisschen Parfum und Schminkzeug auf, schlüpfst in ein frisches T-Shirt, und dann tun wir einfach so, als sei deine Hose aus der nächsten Sommerkollektion von Prada. Kopf hoch, dann merkt das gar niemand.«

»Aber mein Kopf sieht aus, als hätte ein Dreijähriger

auf Ritalin-Entzug mit mir Friseur gespielt!«, sage ich mit weinerlicher Stimme.

Georg lächelt mich an, zupft mal hier und mal dort und sagt dann mit einem Charme und einer Überzeugungskraft, die mich unter anderen Umständen sogar dazu bringen würden, mich bei einem DSDS-Casting anzumelden: »Liebste, du bist das schönste Wesen, das diesen Erdball je betreten hat.«

»Ich muss unbedingt eine Zigarette rauchen, und zwar jetzt sofort auf der Stelle«, flüstere ich Georg leise zu. Immerhin habe ich bereits ein Törtchen von der Gänsestopfleber, Jakobsmuschelravioli mit Hummercappuccino und ein neuseeländisches Wagyusteak mit Trüffeljus intus, dazu einen gemischten Salat, den ich mir, ohne überhaupt einen Blick in die Karte zu werfen, vornweg bestellt hatte, weil ich kurz davor gewesen war, vor Unterzuckerung an der Tischdecke zu kauen. Es war mir schon klar gewesen, dass auf dieser Karte kein gemischter Salat stehen würde, aber ich dachte mir, wenn wir hier schon einen Haufen Asche lassen, dann sollen die mir gefälligst auch kochen, was ich will. Erst auf dem Weg zum Klo habe ich die Urkunden an den Wänden gesehen: zwei Michelin-Sterne und 18 Hauben im Gault Millau. Schluck! Von diesem Moment an wagte ich kein Wort mehr zu sagen, geschweige denn noch irgendeinen Sonderwunsch zu formulieren. Ich bestellte das empfohlene Menü, den dazu empfohlenen Wein und beschwerte mich nicht, als man uns ohne Nachfrage stilles Wasser servierte, obwohl ich stilles Wasser nicht ausstehen kann. Ich muss dabei immer an Krankenhäuser denken. Und an Frauen, die zum Frühstück grünen Tee statt Kaffee trinken.

Was ich sagen will: Georg und ich sind völlig verrückt nach Feinkost aller Art, wir gehen auch wirklich gerne essen, vor allem teuer und gut – aber in ein Zwei-Sterne-Restaurant haben wir uns noch nie getraut. 130 Euro für ein Menü? Pro Person? Wein exklusive? Haben wir vielleicht einen Dukatenkacker zu Hause? Aber an diesem Abend bleibt uns nichts anderes übrig, und wir setzen alles auf eine Karte: die VISA in meiner rechten hinteren Hosentasche.

»Aber du kannst doch jetzt nicht einfach vor die Tür, bestimmt kommt gleich unser Nachtisch!«, gibt Georg zu bedenken.

»Wir müssen denen ohnehin sagen, dass wir eine Pause brauchen. Bei mir geht echt nichts mehr rein.«

Verschwörerisch ziehe ich die Tischdecke ein Stück zur Seite und enthülle den Bund meiner Jeans, über dem sofort ein tsunamigroßer Speckwulst aufwallt. Ich sehe aus wie eine Papiertonne nach Heiligabend. Ich quelle über.

Erschrocken dreht sich Georg um. Alle sechs Tische in dem Raum sind besetzt, aber die Gäste sind ausnahmslos in ihr Essen vertieft, zumindest beobachtet uns niemand.

»Okay«, sagt Georg schließlich. »Lass uns rauchen gehen.«

Wir hängen unsere Servietten gefaltet über die Stuhllehne, offensichtlich macht man das so, zumindest haben wir das mal in irgendeinem Film gesehen. Nach links und rechts lächelnd trippeln wir auf die Restauranttür zu, irgendwie ist es uns ein bisschen peinlich, einfach so während des Menüs rauszugehen. Kurz bevor wir es zur Tür geschafft haben, laufen wir einer Kellnerin in die Arme.

»Kann ich Ihnen helfen?«

»Ähem, ja«, sagt Georg und senkt die Stimme auf ein Minimum. »Wo ist denn hier der kürzeste Weg zu einer Zigarette?«

»Einer Zigarette?«

Die Stimme der Kellnerin schrillt durch den Raum. Irgendjemand lässt sein Besteck fallen. Dann ist alles still. Menschen mit Gänseleberbrioche im Mund sehen uns an.

Jede Millisekunde fühlt sich wie eine Stunde an, ach was, wie ein Jahr. Ich fühle mich, als sei ich schlagartig sehr, sehr stark gealtert. Bestimmt entdecke ich morgen früh mein erstes graues Haar.

»Gehen Sie doch einfach in den Salon. Heute Abend geht das in Ordnung.«

Ich drehe mich um und bemerke den älteren Herrn, der mit einer eleganten Dame beim Essen sitzt. Beide lächeln uns an.

»Ja?«, frage ich und suche verunsichert den Blick der Kellnerin. Die Kellnerin sieht den Mann an, der Mann nickt, ein Nicken wie ein geheimes Zeichen.

»Aber sicher, gerne! Folgen Sie mir!«

Als ich an ihm vorbeigehe, blinzelt der Mann mir zu. Ich blinzele zurück, ohne genau zu wissen, was der Grund dafür ist.

Sobald wir aus der Tür sind, bricht die Kellnerin in Hektik aus. Nervös sucht sie einen Aschenbecher, Streichhölzer und überprüft, ob alle Verbindungstüren geschlossen sind.

»Eigentlich ist Rauchen in unserem Haus verboten«, erklärt sie und wischt hastig den blitzblanken Tisch vor uns ab, »aber wenn der Chef sagt, das sei in Ordnung …«

»Ach, das war der Chef?«, sage ich erstaunt.

»Herr von Bismarck, der Inhaber, mit seiner Frau. Darf ich Sie alleine lassen?«

»Natürlich.«

Sie flitzt aus dem Zimmer und macht sorgfältig die Tür hinter sich zu. Bedrückt sinken wir in unseren Sesseln zurück und sehen uns an. Auf einmal ist es ganz still um uns.

Die holzvertäfelten Wände, die polierten Coffeetables, das sanfte Kerzenlicht, die glitzernden Flaschen hinter dem Tresen – es ist zwar schön, eine Sonderbehandlung zu bekommen, aber nicht, wenn man das Gefühl hat, dass man eine *Sonder*behandlung kriegt. Schweigend rauchen wir unsere Zigaretten. Als wir fertig sind, bleiben wir sitzen. Keiner von uns hat Lust, nach der Aufregung im Restaurant zurück an den Tisch zu gehen.

»Krieg ich noch eine Zigarette?«

»Ich nehm auch noch eine«, sage ich und reiche Georg genau in dem Moment Feuer, als die Tür aufgeht.

»Stören wir?«

Herr und Frau von Bismarck stehen Arm in Arm in der Tür und sehen uns verschwörerisch an.

»Nein, bitte, setzen Sie sich!«

Die beiden nehmen am Couchtisch neben uns Platz. Herr von Bismarck gibt Frau von Bismarck Feuer. Sie zieht genüsslich an der Zigarette und seufzt mit tiefer Inbrunst: »Herrlich!«

»Meine Frau raucht, seit wir uns kennen, seit über vierzig Jahren«, erklärt er und lächelt milde. »Ich verstehe sehr gut, wie das heutzutage als Raucher ist. Dabei finde *ich* Rauchen natürlich schrecklich.«

»Ich habe mir aber vorgenommen, dieses Jahr aufzuhören«, verteidigt sie sich.

»Du nimmst dir das seit zwanzig Jahren vor, meine Liebe. Inzwischen ist schon Anfang Februar, und von Aufhören kann ich bislang nichts bemerken! Na ja.« Er wendet sich wieder an uns. »Hatten Sie nicht noch Wein am Tisch?«

Ehe wir antworten können, steckt eine der Kellnerinnen den Kopf durch die Tür.

»Felicitas, würden Sie unseren Gästen bitte ihren Wein bringen?«

Wir plaudern. Wir plaudern wirklich nett, viel netter, als ich es für möglich gehalten hätte. Ich habe keine Ahnung, aus welchem Grund dieser Herr von Bismarck eine solche Sympathie für uns aufbringt. Erst die Raucherlaubnis, dann die Order mit dem Wein, jetzt bestellt er auch noch eine Flasche von einem besonders raren Bordeaux, natürlich auf seine Rechnung. Er ist mindestens doppelt so alt wie wir, er hat mindestens sechzehntausendmal so viel Geld wie wir, und seine Schuhe sind so sauber poliert, wie sie es bei mir nicht einmal mehr sind, wenn ich sie zu Hause aus der Einkaufstüte ziehe. Unwahrscheinlich, dass er glaubt, wir könnten es uns leisten, nach einer Charmeattacke neue Stammgäste zu werden. Oder? Eine Weile denke ich darüber nach, ob er uns für Gastrokritiker hält, die Gourmettempel einem neu entwickelten Härtetest unterziehen, à la: Bis zu welchem Punkt ist der Gast hier König? Ganz unmöglich ist das nicht, vielleicht hat man mich an der Rezeption gegoogelt und ist dabei auf meinen großen Biergarten-Test gestoßen, der vor ein paar Jahren in einer Berliner Tageszeitung erschien. Ist ja auch irgendwie Gastrokritik, oder? Aber als Herr von Bismarck sich völlig unbedarft und absolut liebenswürdig nach dem Grund unseres Aufenthalts erkundigt, verwerfe ich diesen Gedanken wieder.

»Wir haben morgen früh einen Termin auf Schloss Beetzow«, sagt Georg.

»Wir heiraten nämlich«, füge ich hinzu, aus Stolz vor allem, aber auch in der Hoffnung, dass uns das mit diesem Gutsbesitzerpärchen ein Millimeterchen mehr auf Augenhöhe bringt.

»Schloss Beetzow«, wiederholt Herr von Bismarck langsam und lässt vorsichtig den Wein in seinem Glas kreisen. »Schloss Beetzow. Warum feiern Sie denn nicht *hier?*«

Ich zucke zusammen. Allein das Glas Winzersekt, das wir statt des angebotenen Champagners zum Aperitif genommen haben, hat elf Euro gekostet.

»Na ja«, sagt Georg und hüstelt lächelnd. »Ich fürchte, dieses Haus ist leider nicht so ganz unsere Kategorie.«

»Ach was. Wir können prima Menüs für achtzig, neunzig Euro anbieten, und unsere Getränkepauschalen sind …«

»Schnuffel«, unterbricht ihn seine Frau, die offensichtlich besser kapiert, was wir mit »unsere Kategorie« gemeint haben, und Mitleid hat. Ihr Mann verstummt sofort, dabei hat sie nicht mehr gesagt als: Schnuffel.

»Was mein Mann eigentlich sagen wollte«, sagt sie nun. »Schloss Beetzow würden wir Ihnen nur mit Magenschmerzen empfehlen.«

»Warum?«, frage ich.

»Nun ja, es liegt uns wirklich fern, uns nachteilig über unsere Nachbarn zu äußern …«

»Aber?«

»Aber … Unsere Tochter hat dort vor vier Jahren ihre Hochzeit gefeiert. Sie wollte unbedingt ein Schloss, und weil Beetzow ja ganz in der Nähe ist … Na ja, auf alle Fälle …« Sie zögert.

»Auf alle Fälle was?«, frage ich, ziemlich aufgewühlt. Schloss Beetzow ist doch unsere letzte Hoffnung!

»Die Besitzerin hatte wohl keine Ahnung, mit wem sie es zu tun hatte.«

»Das Essen war das Letzte. Und der Wein erst!«, mischt sich ihr Mann erbost wieder ein. »Sie hat behauptet, Robert-Weil-Riesling auszuschenken, wir haben gleich gemerkt, dass was nicht stimmte. Wieso bringt sie den Wein in Karaffen? Am Ende kam heraus, in den Karaffen war irgendein Pennerglück, das Tetra-Pack zu je zwei Euro.«

»Oh!«, entfährt es uns einstimmig.

»Ja, der Wein war wirklich nicht besonders«, sagt seine Frau, »und für den dann auch noch den fünfzehnfachen Preis zu kassieren …«

»Aber das Schlimmste war: keine laute Musik nach zwölf! Sie hat die Polizei geholt! Bei einer Hochzeit auf dem Lande!«

Herr von Bismarck sieht aus, als würde er gleich in den Tisch beißen vor Wut. Georg und ich sehen uns an. Was sollen wir tun? Den Termin absagen? Einfach nicht hingehen? Aber was dann?

»Inzwischen führt unsere Tochter ein eigenes Haus.«

»Ach ja?«

»Gut Klein Schönhagen, hier ganz in der Nähe. Fahren Sie doch dort mal hin! Ein wunderschön renovierter Gutshof aus dem 19. Jahrhundert. Altes Fachwerk, riesige, denkmalgeschützte Scheune, in der man Symphoniekonzerte geben kann. Und: Seit der Panne in Beetzow hat sie einen besonderen Ehrgeiz, was Hochzeiten angeht. Wenn Sie wollen, könnten wir Sie dort gerne gleich morgen anmelden«, bietet Frau von Bismarck an.

»Und was machen wir mit Schloss Beetzow?«

»Fahren Sie hin – oder sagen Sie gleich ab. Das zumindest würde ich empfehlen.«

Wir nicken.

»Soll ich Ihnen Ihr Dessert nicht hierherkommen lassen? Dann müssen Sie hinterher nicht noch einmal aufstehen«, sagt Herr von Bismarck, offensichtlich fest entschlossen, das Thema zu wechseln.

»Oh, das wäre ja toll«, sage ich.

»Was bekommen Sie denn Feines?«, fragt Frau von Bismarck neugierig.

»Irgendwas mit Schokolade, ich weiß nicht mehr genau.«

»Das Soufflé von der Valrhonaschokolade mit Mandarinenragout und weißem Mokka-Eis?«

Ich nicke und denke an meinen Hosenbund, der sich noch genauso straff um meinen Bauch spannt wie vor einer Stunde. Frau von Bismarck jedoch schließt die Augen und seufzt verzückt.

»Das Soufflé! Ich würde alles dafür tun, wirklich *alles*. Leider habe ich mir für dieses Jahr eine Diät verordnet.«

»Diese Diät verordnest du dir ebenfalls seit zwanzig Jahren«, sagt ihr Mann.

Sie seufzt und sieht ihn schuldbewusst an.

»Na los, bestell dein Soufflé, bevor die Jungs in der Küche zu putzen anfangen.«

»Meinst du?«, sagt sie und sieht ihn an wie ein Kind, dem seine Eltern erlauben, bis Mitternacht fernzusehen.

»Das war nett mit den beiden, oder?«, sagt Georg, als wir zwei Flaschen Rotwein und drei Schnapsrunden später endlich nebeneinander in den gebügelten Laken liegen.

Ich nicke. Ich bin zu betrunken, um noch irgendetwas anderes als Grunz- und Schnarchgeräusche hervorzubringen. Georg nimmt mich in den Arm und fängt an, mich sanft zu streicheln. Erst meinen Hals, dann meine Hüfte und schließlich meinen Bauch, der sich anfühlt, als würden sich darin Drillinge anbahnen, aber vermutlich noch fieser aussieht.

»Ich werde dich auch immer lieben. Selbst, wenn du ein bisschen dicker wirst.«

In diesem Moment möchte ich ihn ermorden, wirklich. Leider bin ich zu schwach dafür.

Ich wache auf aus einem Traum, in dem ein Buntes Bentheimer Landschwein über eine Matschwiese fegt und dabei einen Brautschleier trägt. Ich verzichte darauf, Georg zu wecken. Ich will abnehmen, und zwar sofort. Am liebsten fünf Kilo, gleich hier auf der Stelle. Schon lange habe ich mich unter der Dusche nicht mehr so schlecht gefühlt. Außerdem habe ich schon wieder einen Kater. Verzweifelt halte ich mein Gesicht in den Wasserstrahl, als würde ich dadurch Pfunde verlieren oder zumindest meine miese Laune, da öffnet sich die Duschkabinentür.

»Ach!«, ruft Georg entzückt. »Du bist so wunderschön!«

Er steigt aus seinen Boxershorts und zu mir in die Dusche. Er nimmt mich in den Arm und presst sich innig an mich. Er streichelt meinen Nacken, er streichelt meinen Rücken, er streichelt meinen Hintern. Ich packe seine Hand und zische: »Nicht!«

»Was ist denn?«, fragt er enttäuscht.

»Ich bin fett. Das ist.«

»Was?«

»Ich werde jetzt abnehmen.«

»Aber …«

Aber als ich eine halbe Stunde später das prachtvolle Frühstücksbuffet sehe, vergesse ich mein Vorhaben wieder. Zum Glück, denn die Croissants sind so köstlich, dass ich meine Kinder für sie verkaufen würde, wenn ich denn welche hätte. Und als die von Bismarcks eine halbe Stunde später mit einem handbeschriebenen Zettel an unseren Tisch treten, bin ich mit mir, meinem gut gefüllten Bauch und der Welt wieder restlos versöhnt.

Dann sitzen wir abermals im Auto, und endlich ist alles so, wie ich es mir vorgestellt habe: Sanft wiegen uns die Landstraßen, zufrieden surrt der Motor, Georg blickt über die Hügel, als wäre das alles seins, und genau in dem Augenblick, in dem wir von der Hauptstraße abbiegen, hört es auf zu schneien. Die Sonne bricht durch, als wir langsam eine schmale Allee hinabfahren, auf deren Bäumen der Schnee glitzert. Einzelne, winzige Flocken fliegen noch durch die Luft, sie funkeln wie Glitter. Dann sehen wir das Schild.

GUT KLEIN SCHÖNHAGEN
Herzlich willkommen!

Aus den Augenwinkeln sehe ich, wie Georg sich im Sitz aufrichtet, den Blinker setzt und nach links abbiegt. Wir rollen die Einfahrt hinab, biegen auf den Parkplatz ein, Georg dreht den Zündschlüssel um, und der Motor erstirbt. Wir sehen uns um, dann sehen wir uns an, und ich bin fast zu angespannt, um zu sagen, was ich empfinde, aber schließlich stoße ich es hervor:

»Wow!«

Georg will etwas erwidern, doch plötzlich sehen wir, wie uns strahlend eine kleine, schlanke Frau mit blonden Locken entgegenläuft. Wir lächeln uns noch einmal an, dann steigen wir aus.

Von: »Larissa Weber«
An: »Charlotte Michalski«
Betreff: Re: Die Location!!!!!
Datum: 08. Februar

Liebe Lotte,
ich bin total begeistert! Der Gutshof sieht traumhaft aus! Diese Fachwerkmauern! Die alte Scheune! Und dieses eine Foto mit der Katze, die sich auf der alten Bank sonnt! Und sehe ich das richtig, grenzt das Grundstück

direkt an einen See? Ach, Süße, das wird sooo romantisch!!!! Ich seh euch schon über die Wiesen laufen, barfuß und lachend und verliebt! Für diese Location brauchst du auf alle Fälle ein Kleid, das eher mädchenhaft wirkt, so etwas im Babydoll-Stil.
Du musst unbedingt bald Termine in ein paar Brautmodeläden machen! Nimmst du mich mit?
Ganz kirre vor Freude:
Lala

E-Mail von: »Kristin Engels«
An: »Charlotte Michalski«
Betreff: Re: Die Location!!!!!
Datum: 08. Februar

liebe charlotte,
sieht ja ganz hübsch aus, euer kleiner gutshof, aber bist du dir wirklich sicher, dass du so eine rügenwalder-landleberwurst-hochzeit willst? auf mich wirkt die location ein bisschen sehr pittoresk, das passt irgendwie nicht zu dir. ich hatte eigentlich erwartet, dass ihr in der stadt heiratet, sodass man zwischen standesamt und party noch mal nach hause kann. außerdem sehe ich ein paar probleme: dieser gutshof ist weit weg von jeder bahnverbindung, wie kommen wir da denn alle hin? und wie wieder zurück? sind die in der lage, vegetarisch zu kochen? können die anständigen rotwein servieren? nichts gegen mecklenburg, und ich sage das auch nur, weil ich dich kenne, liebe charlotte: aber als ich da vor zwei jahren urlaub gemacht hab, war das essen grausig …
gruß,
kristin

Kristins E-Mail habe ich natürlich sofort gelöscht. Ich meine – hallo??? Wie kann irgendjemand, der mich länger als drei Minuten kennt, auch nur auf den *Gedanken* kommen, ich würde irgendeinen gastronomischen Betrieb verlassen, ohne vorher den Wein zu probieren? Und wie wir probiert haben! Weißwein, Rotwein und Sekt! Und das Essen war vorzüglich! Ich habe vor dem Tafelspitz sogar etwas Vegetarisches probiert, Feldsalat mit Eiervinaigrette, na gut, es war Speck drauf, aber den kann man zur Not ja …

Nein. Kristin liegt falsch. Klein Schönhagen passt perfekt zu uns. Ein zauberhaftes Gutshaus mit genügend Zimmern. Eine riesige Scheune, in der wir feiern können. Ein See zum Baden. Eine Sauna zum Detoxing am nächsten Morgen. Eine unglaublich freundliche Geschäftsführerin. Herrliches Essen. Und der Wein war … na ja. Nach dem zweiten Glas schmeckt sowieso keiner mehr so genau hin.

Das Beste an Klein Schönhagen ist allerdings, dass es ganz in der Nähe von Milow liegt. Milow wiederum ist ein kleines Städtchen an der Müritz, die, wie ich inzwischen gelernt habe, Deutschlands größter Binnensee ist. Und in Milow gibt es eine Kirche, die zu DDR-Zeiten außer Betrieb genommen worden ist. Das Milower Standesamt bietet dort Trauungen an, ohne Altar, ohne Gott, ohne Pfarrerspredigt. Wir können dort standesamtlich heiraten und haben trotzdem den ganzen Kirchenklimbim!

Das ist auch ein Grund, warum ich Kristin nicht geantwortet habe. Ich brauche gar nicht erst anzufangen, ihr zu erklären, warum ich mich in einer Kirche trauen lasse, wenn ich gar keine kirchliche Trauung will. Lala versteht das. Zum Glück. Lala würde für eine Hochzeit mit Schleppe wahrscheinlich sogar Scientology beitreten.

Und unsere Gäste karren wir da schon irgendwie hin.

Ach so, ja: Wir haben sogar schon einen Termin! Wir

haben nämlich gleich von Klein Schönhagen aus beim Milower Standesamt angerufen.

11. Mai. Noch drei Monate. Klar, das ist ein bisschen *knapp*, aber es war der einzige Termin, den es für den Sommer noch gab, und wir haben ihn auch nur bekommen, weil irgendein anderes Paar die Verlobung gelöst hat. Diese Idioten! Das wird uns nicht passieren.

11. Mai.

Oh, wie ich mich freue!

Noch zweieinhalb Monate ...

To-do-Liste Hochzeit

8–12 Monate vorher

- Rahmen der Hochzeit vereinbaren
- Budget erstellen
- Hochzeitstermin festlegen: standesamtlicher und kirchlicher Termin
- Reservierung von Kirche
- Restaurant reservieren
- Musiker/DJ aussuchen und reservieren
- Oldtimer/Kutsche reservieren
- Trauzeugen wählen
- Gästeliste erstellen
- Hotelzimmer für Hochzeitsgäste reservieren
- Zimmer für die Hochzeitsnacht reservieren
- Einladungskarten auswählen/versenden

6–7 Monate vorher

- Alle Dokumente komplettieren und zur Hochzeit anmelden
- Hochzeitsgarderobe auswählen
- Menüvorschläge des Restaurants einholen
- Fotograf abklären
- Tischdekoration
- Platzkarten
- Menükarten

3–5 Monate vorher

- Kirchliche Trauung mit Pfarrer besprechen
- Hochzeitsmenü/Apéro bestellen
- Wunschliste erstellen und in Umlauf bringen
- Flitterwochen planen/Urlaubsantrag stellen
- Programm für den Hochzeitstag festlegen
- Apéro bei der Kirche
- Hochzeitstorte bestellen
- Rechtsanwalt für Ehevertrag konsultieren
- Versicherungen überprüfen
- Eheringe auswählen

2 Monate vorher

- Polterabend planen und organisieren
- Blumenschmuck für die Kirche/das Restaurant
- Brautstrauß bestellen
- Ansteckblumen oder Karten mit oder ohne Namen
- Dankeskarten auswählen
- Hochzeitsgarderobe anprobieren und falls nötig ändern lassen
- Termin bei Friseur vereinbaren
- Make-up auswählen (mit Visagist)

1 Monat vorher

- Tischplan erstellen
- Geschenkliste führen
- Solariumsbesuche beginnen
- Redner briefen
- Spiele vorbereiten
- Schuhe einlaufen

nach der Hochzeit

- Dankeskarten versenden

Heute Vormittag habe ich mir diese To-do-Liste aus dem Internet ausgedruckt. Mist. Warum habe ich mich in den letzten zwei Wochen keinen Strich um die Hochzeit gekümmert? Ich meine, das ist ja nun wirklich nichts Neues, dass man spätestens ein halbes Jahr vor der Hochzeit mit der Planung anfangen soll, und was mache ich? Milchkaffee trinken, Kuchen mümmeln, von der Hochzeit träumen und zwischendurch schwachsinnige Texte über hautstraffende Gesichtsseren schreiben. Über Körpergels mit Mikroperlen. Und regenerierende Pflanzenextrakte in getönten Tagescremes. In nicht mal zweieinhalb Monaten heiraten wir, und abgesehen davon, dass wir eine Location haben, sind wir noch keinen Schritt weiter. Laut Plan sind wir selbst für die Tischdekoration zu spät dran – aber wie soll ich mich denn um Platzkärtchen kümmern, wenn wir noch nicht einmal unsere Gäste eingeladen haben?

Seit zwei Stunden klicke ich mich jetzt schon durch das Internet-Angebot der verschiedenen deutschen Glückwunschkarten-Hersteller. Also, es ist ja nicht so, dass ich wahnsinnig viel von Design verstünde, aber ich habe immerhin genügend Geschmack, um zu erkennen, dass die Leute, die bei Einladungskartenfirmen arbeiten, keine Grafik-Designer sind. Jeder Telefonbuch-Layouter versteht mehr von Gestaltung!

Am Anfang dachte ich noch, ich müsste nur länger suchen, doch nach einer Weile wurde mir klar, dass das die Wahrheit ist: die Wahrheit über Deutschland. Schäbig gezeichnete Rosen, schäbig abfotografierte Goldringe, schäbig flott aufs Papier geworfene Herzchen. Die Karten heißen Grit oder Grazia, Doritt oder Wenke. Die dominierenden Farbtöne: Altrosa, Hautrosa, Plastikrosenrosa, Apricot, Melone, Flieder. Beliebt sind auch Einladungskarten mit Diddlmaus. Oder mit Snoopy. Snoopy! Na gut, als H&M-Kundin hätte ich es ahnen können. Da hängen ja schon seit Jahren Snoopy-Schlüpfer, mit schockierender Beharrlichkeit und in erstaunlicher Auswahl.

Ich klicke mich weiter, bis ich eine Karte mit zwei Sektgläsern sehe, in denen herzförmige Bläschen aufsteigen. Verzweifelt greife ich zum Hörer.

»Schatz!«

»Was ist denn?«

Ich muss erst durchatmen und vernehme dabei deutlich, wie Georg unbeirrt weiter in seinen Computer tippt.

»Es ist alles so schrecklich«, wimmere ich.

»Aber *was* denn?«

Das Tippen verstummt.

»Diese Einladungskarten, die es im Internet gibt. Die sehen alle aus wie von Schreibwaren Meiser, wo meine Oma immer ihre Geburtstagskarten gekauft hat.«

»Wie, und da gibt's nichts Modernes?«, fragt er und tippt weiter.

»Modern? Weißt du, was in Deutschland *modern* ist? Das, was in der *Junges Wohnen*-Abteilung bei Möbel Roller rumsteht!«

Georg schweigt. Ich weiß genau, was jetzt in seinem Kopf vorgeht. Wir hatten uns vorgenommen, um unsere Hochzeit nicht so ein Irrsinnsbrimborium zu machen, sondern ganz cool zu bleiben und alles so schlicht und unauffällig wie möglich zu halten.

»Aber Lotte, es wird doch irgendeine schlichte, unauffällige Einladung geben!«

»Gibt es aber nicht!«

Georg schweigt. Irgendwann sagt er: »Hm.«

»Hm? Hmmmm??? Was soll ich denn jetzt *machen?*«

»Vielleicht müssen wir einfach nur noch länger suchen.«

»Wir? *Wir?*« Ich schnappe vernehmlich nach Luft.

»Na gut, du.«

»Aber ich suche schon seit *Stunden!*«

»Wir haben doch noch Zeit.«

»Was? Wir heiraten in zweieinhalb Monaten! Die Einladungen müssten längst draußen sein!«

»Kannst du nicht Lala fragen?«

»Lala? Lala ist Werbekauffrau, keine Grafikerin.«

»Wieso, die kennt sich doch ein bisschen aus mit diesem ganzen Photoshop-Kram, und den Flyer, den sie neulich für Daniels Geburtstagsparty entworfen hat, fand ich richtig klasse.«

»Meinst du?«, frage ich misstrauisch.

»Ja, frag sie doch einfach. Das macht ihr bestimmt Spaß.«

»Hm«, sage ich langsam und versuche verzweifelt, mich zu erinnern, ob Lala möglicherweise nicht doch zu den Snoopy-Kolleginnen gehört. Ich weiß, dass sie ihre Unterwäsche bei H&M kauft, allerdings tue ich das auch, also muss das nicht *unbedingt* etwas bedeuten.

»Schatz«, sagt Georg, als ich beharrlich in die Leitung schweige. »Sei mir nicht böse, aber wir haben gleich Konferenz, und ich muss noch …«

»Schon gut. Bis später, Liebling.«

Als ich auflege, klackern die Tasten im Hintergrund bereits wieder wie verrückt. Ich bin ihm natürlich nicht böse. Georg arbeitet schon immer zu viel. Nur fühle ich mich gerade zum ersten Mal ein bisschen allein gelassen von ihm. Langsam schwant mir, dass wahrscheinlich die *ganze* Organisation an mir kleben bleiben wird.

Immerhin, seine Idee ist vielleicht gar nicht so dumm. Ich frage mich zwar, ob die völlig durchromantisierte Lala etwas *anderes* als rosa Herzchen auf champagnerfarbenem Papier hervorbringen wird. Andererseits waren die Flyer für Daniel wirklich ganz ordentlich. Nachdenklich klicke ich mich weiter durch meine Google-Treffer, bis ich das Modell »Frauke« mit dem in einen Sandstrand gemalten Herz sehe. Langsam habe ich die Faxen dicke.

Plötzlich klingelt das Telefon.

Lala, denke ich. Lala, wie immer meine Rettung!

Aber dann ist nur Georg dran, dem gerade eingefallen ist, dass seine Mutter morgen ihren 60. Geburtstag feiert, was für uns heißt: Wir müssen nach Hattingen, das im Ruhrgebiet liegt, und zwar mit dem Zug. Die Bahnfahrt dauert viereinhalb Stunden.

»Dann ist ja das ganze Wochenende weg! Georg! Am Ende werden wir absolut lächerliche Karten verschicken, Einladungen, die so hässlich sind, dass kein Mensch kommen wollen wird!«

»Lotte, meine Eltern zahlen die Hälfte der Hochzeit. Wir müssen da hin!«

Nachdem wir das Gespräch beendet haben, male ich mir in schillernden Farben meinen Selbstmord aus. Georgs Gesicht, wenn er mich findet, erhängt am Gürtel des herrlich flauschigen Frotteebademantels, den er mir zu Weihnachten geschenkt hat. Die Tränen in seinen Augen, wenn er noch einmal an meinen offenen Sarg tritt, in dem ich in meinem Brautkleid liege, von Profis geschminkt und bezaubernd schön. Blöd nur, dass ich noch gar kein Brautkleid habe. Ich habe nicht einmal Lust, mich um eines zu kümmern. Wenn ich allerdings … hm …

Ich habe mit meinen Plänen noch nicht ganz abgeschlossen, als es an der Tür klingelt. Ich verschlucke mich und muss husten, ich hatte gar nicht gemerkt, dass ich mir während meines Suizidplans ein Leberwurstbrot geschmiert habe. Es klingelt noch einmal. Grummelnd lege ich das Brot zur Seite und betätige die Gegensprechanlage.

»Ich bin's! Lala!«

Lala, meine Rettung!

Eigentlich bin ich gar nicht schüchtern. Wirklich nicht! Ich habe keine Probleme damit, fremde Leute auf der Straße nach dem Weg zu fragen. Ich werde nicht rot, wenn ich im Restaurant zehn Minuten brauche, um dem Kellner zu erklären, dass ich mein Steak mit Bohnen statt Frühlingsgemüse und statt der Pommes bitte Bratkartoffeln möchte, und bitte den Apfelstrudel mit Vanilleeis anstelle der Sahne, vielen Dank! Ich wünsche den wechselnden Liebhaberinnen des Nachbarn unter uns im Treppenhaus überschwänglich einen guten Morgen. Ich kneife Chefredakteure, die mir sympathisch sind, zum Abschied auch mal herzlich in die Wange. Ich habe sogar Uli Wickert bei einem Pressedinner schon mal ein Würstchen von seinem Teller geklaut, es sah einfach zu lecker aus, und als er mich verdutzt ansah, sagte ich einfach: »Oh, Verzeihung, ich dachte, Ihnen würden drei Stück genügen«, und hielt ihm das angebissene Würstchen wieder hin. Ich bin wirklich nicht schüchtern. Heute allerdings würde ich mich am liebsten unterm Tisch verkriechen. Oder mich im Klo einsperren. Oder aus diesem blöden Gasthaus zur Bärentatz und mich in irgendeine ordentliche Kneipe setzen, bis alles vorbei ist.

Ich kenne Tante Rosi seit allenfalls zwei Minuten, da zupft sie bereits an meinem Ausschnitt herum – Mann, das scheint ja schnell zu gehen, dass ich voll zur Familie gehöre. Sie tut, als sei ich ihre Tochter! Und ich lasse es über mich ergehen! Sie tätschelt mir die Wange und streicht mir eine Locke aus dem Gesicht, als mich Georgs Mutter von hinten an den Schultern nimmt und stolz sagt: »Ja, das isse!«

Ich lächle höflich und sehe mich nach Georg um, aber der steckt gerade im Busen einer ihn herzlich an sich drückenden Tante fest, die ich noch nicht kennengelernt habe. Ihr voluminöser Leib ist ganz in einen glitzernden türkisfarbenen Sari gehüllt. Ich dachte, wir seien im Ennepe-Ruhr-Kreis? Ich bekomme Angst.

»Und das ist Georgs Onkel Albert!«

Meine Schwiegermutter in spe packt mich an den Schultern und bugsiert mich an Tante Rosi vorbei in Richtung eines Mannes, der ein Hemd mit Blumenprint und einen Siebzigerjahre-Porno-Schnauzer trägt.

»Soso«, sagt Onkel Albert und mustert mich von oben bis unten, ehe er mir die Hand drückt. »Du bist also Georgs Glücksmarie.« Er grinst widerlicher als Til Schweiger, und ich verfluche mich dafür, dass ich ausgerechnet heute mein gutes Kleid und meine Strichmädchen-Stiefel mit den hohen Absätzen angezogen habe. Ich hatte gedacht, ein bisschen Eleganz würde mir bei diesem Anlass zum Vorteil gereichen. Stattdessen ringe ich um mein Gleichgewicht, emotional *und* statisch.

»Georgs Glücksmarie?«, kreischt es aus einer Ecke. »Lass mal sehen, die Kleine! Och, das ist ja allerliebst. Allerliebst! Entschuldige, Kindchen, ich bin Louise, Georgs Tante, sag einfach Lola zu mir, ja?«

»Hallo, Lola«, antworte ich höflich, »ich bin …«

Eigentlich will ich »Charlotte« sagen, denn diese alberne Glücksmarie-Nummer geht mir schon jetzt auf den Keks. Doch sie fällt mir ins Wort:

»Aber ich weiß doch, ich weiß! Wo ist denn nun dein lieber, kleiner Süßer?«

»Das frage ich mich auch«, sage ich leise.

Ich hatte mir ehrlich gesagt *gar nichts* vorgestellt, als ich Georg versprach, ihn zum Sechzigsten seiner Mutter zu begleiten. Na gut, dachte ich, dann sitzt man da halt ein paar Stunden in einer Alte-Leute-Runde, betrinkt sich mit Hausmarke, lächelt ein bisschen über das Weinglas hinweg, und ehe man sich's versieht, ist die Sache wieder vorbei. Aber jetzt läuft schon seit einer halben Stunde die Begrüßungszeremonie, der Tisch ist gedeckt, aber niemand denkt auch nur daran, endlich Platz zu nehmen. Die Verwandtschaft schreit und kreischt und fällt sich in die Arme. Ich würde nichts lieber tun, als mich an den bereits mit Namenskärtchen und Serviettenschwänen geschmückten Tisch zu setzen, ich könnte etwas zu trinken bestellen und wäre durch die Plastikblumengestecke wenigstens von einer Seite geschützt.

»Schatz?«

Georg stürzt mir mit schief sitzender Krawatte und zerzauster Frisur entgegen, im Schlepptau eine türkisfarbene wogende Masse. O nein, der Sari.

»Das ist Tante Waltraud!«

Ich strecke ihr die Hand zur Begrüßung entgegen und mache den Arm so steif, wie es geht, aber sie reißt mich einfach an sich.

»Kinderchen, ach, Kinderchen!«, höre ich sie seufzen und bemerke entsetzt, dass ihre Stimme durch das Volumen ihrer Brüste gedämpft und zugleich verstärkt wird.

»Tante Waltraud hat gerade eine Rundreise durch Indien gemacht!«, erklärt Georg mit strahlendem Gesicht.

»Oh«, sage ich.

»Ich hab ihr erzählt, dass wir uns das für unsere Hochzeitsreise auch überlegen.«

»Äh, ich dachte …«

»Kinderchen, das muss ich euch gleich alles ausführlich

erzählen!« Tante Waltraud trällert das »ü« in »ausführlich« wie eine Opernsängerin. »Aber jetzt brauche ich erst mal was zu trinken!«

»Ich auch«, murmle ich. Ich bin jetzt schon so erschöpft, dass ich mich nicht wehre, als sie mich mit an den Tisch und genau auf den Platz neben sich zieht. Sie fängt an, von ayurvedischen Massagen und indischen Tempeltänzerinnen zu schwärmen, ich nicke und spähe aus den Augenwinkeln nach Georg, der sich pudelwohl zu fühlen scheint. Er unterhält sich angeregt mit Onkel Albert, der unter seinem Pornobalken hindurch in meine Richtung grinst und anzüglich zwinkert.

Ich bestelle Prosecco, und zwar zwei Gläser auf einmal. Das eine für mich und – weil Onkel Albert offensichtlich wichtiger ist als ich – das andere ebenfalls für mich.

Doch erst, nachdem sich alle gesetzt haben, die Toasts gesprochen, die Reime vorgetragen und die Suppenteller ausgelöffelt sind, wird das volle Ausmaß dessen klar, was mir an diesem Abend bevorsteht: Jede kleine Berührung, jedes Küsschen, jeder Blick zwischen Georg und mir wird mit kollektivem Jubel kommentiert. Und zwar, wie sich bald herausstellt, umso lauter, je höher der Alkoholpegel steigt.

»Och, guckt mal!«

»Wie herzig!«

»Süüüüß!«

Süüüß, das ist natürlich Tante Waltraud.

Was soll's, es ist das Fest der Schwiegereltern, bemühe ich mich, mir zu sagen, sie sind unsere Hauptsponsoren, also versuch zumindest, gute Miene zu diesem doch eigentlich gar nicht bös gemeinten Spiel zu machen.

»Auf dich, Mutti!«, proste ich über den Tisch.

Die Verwandtschaft jubelt: »Mutti sagt sie, allerliebst!«

Das Schlimme ist: Je mehr ich im Zentrum der Aufmerksamkeit stehe, desto stärker wächst mein Bedürfnis, Georg Küsschen zu geben, mich an seiner Hand festzuhalten, mich in seinen Arm zu schmiegen – was unweigerlich zu gesteigerter Aufmerksamkeit führt. Am liebsten würde ich mich in der Brusttasche seines Jacketts verstecken, aber da prangt ja leider schon dieses Einstecktuch, das ihm seine Mutter vor Jahren einmal mit einem lesenden Frosch bestickt hat. Und unter den Tisch zu kriechen käme auch ein bisschen blöd.

»Können wir mal vor die Tür gehen?«, raune ich Georg ins Ohr.

»Was ist, geht es dir nicht gut?«

»Doch, aber ich muss dringend mal an die frische Luft.«

Wir stehen auf, und die Verwandtschaft hört nicht auf zu johlen, bis wir aus der Tür sind.

»Nimm mich in den Arm«, sage ich, als wir draußen vor dem Restaurant stehen. Es ist noch nicht spät, die Feier hat bereits um halb sieben begonnen, trotzdem ist kein Mensch auf der Straße zu sehen. Der Marktplatz einer Kleinstadt, das alte Rathaus, die schiefen Häuser, der Mond, die Sterne, der Kirchturm, der sich in den Nachthimmel streckt. Eigentlich hätte diese Kleinstadt-Szenerie sogar etwas Romantisches an sich, aber jetzt schlägt die Uhr acht, und ich muss daran denken, dass dieser Abend bestimmt bis Mitternacht gehen wird. Ich seufze, als Georg mich an sich drückt.

»Frierst du, Liebste?«

»Nein, das ist nur ein bisschen anstrengend für mich.«

»Ich weiß doch. Aber sieh mal: Alle lieben dich! Du bist der Star des Abends!«

»Der Star des Abends müsste eigentlich deine Mutter sein.«

»Ach, und wenn schon.«

»Meinst du nicht, dass sie eifersüchtig ist?«

»Eifersüchtig? Hast du mal gesehen, wie ihr Gesicht aussieht?«

Sie strahlt. Sie strahlt wirklich. Meine Schwiegermutter in spe strahlt jedes Mal, wenn eine ihrer Schwestern oder Cousinen oder Schwägerinnen in Jauchzen ausbricht. Sie ist stolz, so stolz, und ganz kurz schäme ich mich dafür, dass ich mich so dämlich ziere.

Außerdem bin ich heilfroh, dass sie nicht beleidigt ist, nachdem wir ihr klargemacht haben, dass wir nicht kirchlich heiraten wollen, und dass auch das Gasthaus zur Bärentatz, in dem Onkel Albert gerade einen Toast auf ihren Busen ausbringt, nicht *ganz* das Richtige für uns ist. Zumindest zeigt sie es nicht. Ganz im Gegensatz zu meiner Mutter, die sich seit unserem Telefonat in tiefes Schweigen hüllt. Kein Anruf. Keine weiteren E-Mails. Zwar hat Papa neulich kurz angerufen und sich verschämt nach dem Zustand der Bohrmaschine erkundigt, die er uns zu Weihnachten geschenkt hat, aber kaum war im Hintergrund meine Mutter zu hören, hat er schnell aufgelegt, ganz so, als habe er heimlich mit mir telefoniert. Kurz darauf habe ich noch einmal versucht, mit ihr zu sprechen, aber da hat sie behauptet, es liefe gerade eine interessante Dokumentation im Fernsehen, sie würde zurückrufen, was sie dann aber nicht tat. Seitdem bin *ich* beleidigt, zu Recht, wie ich finde. Die Sache mit dem Heiraten ist anstrengend genug, und schon John F. Kennedy wusste, dass es ungerecht und egoistisch ist, als Brautmutter nur zu fragen, was das Brautpaar für einen tun kann, und nicht, was man für das Brautpaar tun kann.

Herrje. Ich bin gespannt, wie es wird, wenn meine Mutter und Georgs Mutter sich kennenlernen. Das heißt, gespannt bin ich eigentlich nicht. Ich will es gar nicht wissen. Meine Mutter ist eine launische, zu Hysterie neigende Frau, die denkt, dass ihre Attraktivität mit der Menge des Goldschmucks steigt, den sie trägt. Sie ist aktives Mitglied eines literarischen Lesezirkels, hat ein Opernabo, knechtet zweimal pro Woche die Putzfrau und zitiert regelmäßig ihren Pilates-Trainer. Georgs Mutter hingegen kocht Würstchengulasch, redet mit ihren Balkonpflanzen und putzt so besessen, dass Georg vermutet, sie würde sogar mit dem Putzlappen in der Hand ins Bett gehen. Im wirklichen Leben würden die beiden sich nicht einmal die Hand schütteln, das weiß ich. Ich will mir gar nicht ausmalen, wie es wird, wenn sie sich auf unserer Hochzeit zum ersten Mal begegnen. Allein unsere Väter dürften sich gut verstehen. Beide sind Ingenieure und kommen hervorragend schweigend durchs Leben. Sie reden nur, wenn es wirklich etwas zu bereden gibt: einen kaputten Auspuff, eine kaputte Bohrmaschine, eine undichte Toilettenspülung.

Ich trinke noch ein Glas, inzwischen sind wir beim Rotwein, dann kommt das Hauptgericht, und ich bin dankbar, dass ich mich auf meine rustikale Bauernente mit Rotkohl konzentrieren kann. Ich esse so langsam wie möglich und zähle beim Kauen die Sekunden Ruhe mit, die mir das Essen schenkt.

Liebes Entlein, wir verbringen jetzt ein ganzes Stündchen, nur du und ich!

Als mir der Kellner den Teller wegzieht, obwohl da doch noch ein Fäserchen am Knochen hing, und ich wieder aufblicke, sehe ich, dass die Verwandtschaft inzwischen beim Schnaps ist. Wahrscheinlich sogar schon beim zweiten. Ihre Augäpfel sehen wie milchig schimmernde Glasmurmeln aus.

»Und dann macht ihr euren Eltern ein paar schnuckelige kleine Kinder, ja?«

Es klirrt, und ich bemerke, wie sich mein Rotwein langsam über das Tischtuch ergießt. Ich schaue mich Hilfe suchend nach dem Kellner um, aber es ist niemand zu sehen.

»Nicht ablenken!«, ruft Tante Waltraud und hält mich am Handgelenk zurück, als ich aufstehen will, um jemanden zu suchen, der mir einen Lappen gibt.

»Kinder!«, ruft Tante Lola entzückt.

Verzweifelt blicke ich über den Tisch. Meine zukünftige Schwiegermutter strahlt mich an.

»Also, es ist so«, stammle ich, »es ist so, dass Georg und ich …« Wo ist er eigentlich? Ich sehe mich nach ihm um, aber Georg ist in ein Gespräch mit Onkel Albert vertieft, der ihm den Arm um die Schultern gelegt hat.

»Ach, Kinderchen, so ein paar Kinder gehören doch zum Glück!«

»Das ist das Schönste an der Ehe, die Freude, die so ein Kindchen …!«

Alles ruft durcheinander. Ich versuche, zu erklären, dass ich eigentlich gar keine Kinder haben will, zumindest noch nicht, aber niemand beachtet mich.

»So ein paar süße kleine Enkelkinder!«

»Stellt euch doch mal vor, was für eine Freude ihr euren Eltern machen würdet!«

»Die allergrößte Freude!«

»Ein paar kleine Babys!«

»Babys!«

»Babys!!«

»Babys!!!«

Sie skandieren es jetzt im Chor, Babys, Babys, mein Blick sucht irgendjemanden, der mir hilft, aber alle machen mit, und ihre Augen sehen irgendwie … gierig aus. Ich wende mich Georg zu, aber der drückt Onkel Albert gerade gerührt einen Kuss auf die Wange. Mein Schwiegervater in spe macht eine Wiegebewegung mit den Armen und grinst. Ich lächle hektisch und verfluche mich dafür, dass ich meinen schönen Plan mit dem Bademantelgürtel so vorschnell fallen gelassen hab.

»Du hast waaaas?«

Draußen rauscht die Landschaft vorbei, verschneite Felder, verschneite Bäume, verschneite Dörfer. Es sieht so friedlich aus. Friedlich. Friedlich. Friedlich.

»Aber doch nur Tante Lola, Onkel Albert und Waltraud!«

Beruhige dich, Charlotte, beruhige dich. Friedlich. Friedlich. Friedlich.

Verdammt!

»Aber warum? Wir hatten uns doch darauf geeinigt, keine Verwandtschaft einzuladen?«

»Aber sie waren so nett gestern Abend. Wie sie sich über unser Glück gefreut haben!«

Gellende Schmerzen zucken durch mein Hirn. Ich schließe die Augen.

»Die waren so betrunken, die hätten sich auch gefreut, wenn du behauptet hättest, regelmäßig sodomistische Videos bei Beate Uhse zu klauen. Ich hab immer noch 'nen Kater!«

»Schatz«, sagt er, ein lang gezogenes Schaaaatz. Ich weiß genau, was jetzt kommt.

»Schaaaatz, jetzt sei nicht gleich sauer.«

Genau.

»Weißt du, was jetzt passiert?«, sage ich. »Wenn du deine Verwandtschaft einlädst, wird sich meine Mutter absolut berechtigt fühlen, auch ihre Geschwister einzuladen. Und weißt du, was uns dann blüht?«

»Die Polen«, stammelt er und wird blass.

Wir waren gerade mal ein paar Monate zusammen, als eine Einladung zur Hochzeit meiner polnischen Cousine im Briefkasten lag. Schön, dachten wir, also ab nach Polen! Ein bisschen seltsam war das Gefühl natürlich schon, einfach mal so in den Berlin-Warszawa-Express zu steigen, denn ich hatte Olga und den Rest meiner polnischen Verwandtschaft lange nicht gesehen – um genau zu sein, seit ungefähr anderthalb Jahrzehnten. Aber ich mochte Olga, zumindest hatte ich sie gemocht, als wir noch Kinder waren. Damals waren wir sie immer zu Ostern besuchen gefahren. Sie war der erste Mensch, mit dem ich mir eine Kussszene im Fernsehen anschauen konnte, ohne mir die Augen zuzuhalten. Und sie hat mir mit den Hello-Kitty-Sachen, die ihr meine Mutter mitgebracht hatte, das Schminken beigebracht. Jetzt war sie anscheinend Filialleiterin bei Douglas in Warschau, mehr wusste ich nicht von ihr. Wir kamen am Bahnhof an, mieteten einen Wagen und fuhren hinauf zur Masurischen Seenplatte. Was wir dann erlebten, war …

Wie soll ich sagen …

Mag sein, dass meine Befremdung daher kam, dass es meine *erste* Hochzeit war, aber es war …

Also gut: Auf dem Zimmer des Luxushotels, das selbstverständlich vom Vater der Braut bezahlt wurde, lagen kleine Willkommens-Briefchen bereit, in Pastellgrün und Pastellblau. Auf den Kopfkissen warteten pastellgrüne Schächtelchen, die mit pastellblauem Geschenkband verschnürt waren, die Zuckermandeln darin waren pastellgrün und – Überraschung! – pastellblau. Der Shuttlebus zu dem Schiff, auf dem die Trauung stattfinden sollte, war mit Schleifchen geschmückt, und zwar in – genau. Die Menschen, die in dem Bus saßen, kannte ich nicht, bis auf ganz wenige Ausnahmen. Meine polnische Verwandtschaft ist sehr groß und über den halben Erdball verstreut, der Mann neben mir war irgendein Onkel aus dem anderen Zweig der Familie, er war extra aus Amerika angereist, wie er erklärte. Seine Schwester lebe in Frankreich, die Kinder in England.

»Und die sind alle extra zur Hochzeit angereist?«

Zufällig sprach er ein bisschen Deutsch.

»Ja, ja, natürlich, natürlich.«

»Scheinbar hat euer Zweig der Familie mehr Talent darin, mit der Verwandtschaft Kontakt zu halten«, sagte ich.

»Ach, nein! Nein, nein! Kein Kontakt. Why do you think I moved as far away as America?« Er lachte meckernd.

»Warum bist du denn dann da?«

»Hey! Ist polnische Hochzeit, nicht?«

Und dann erklärte er: In Polen werde der Verwandtschaftsbegriff sehr weit gefasst, eingeladen würden alle, auch Großcousins und deren Großneffen, und Erscheinen sei Ehrensache. Außerdem wolle er sehen, wie fett seine Schwestern geworden seien.

Das Schiff, auf dem die Hochzeit stattfinden sollte, war ein Dampfer aus dem 19. Jahrhundert, der mit hellblauen Blumen geschmückt war. Meine alte Tante Wanda, Olgas Mutter, teilte Papiersonnenschirme und Fächer aus. Auf den Fächern waren Informationen zur Zeremonie abgedruckt, in jener seltsamen Sprache, die fast ausschließlich aus den Konsonanten z, ż, ź, ś, y, w und ł zusammengesetzt war und die ich nicht verstand. Immerhin kapierte ich, was die Papiersonnenschirme sollten, als der Dampfer sich langsam in Bewegung setzte und wir mitten auf dem See waren. Es war Hochsommer, und die Luft über der Wasserfläche fühlte sich wie in einem Dampfbad an. Zu Füßen der Gäste bildeten sich kleine Pfützen; der Sekt, der ausgeschenkt wurde, war binnen weniger Sekunden warm. Meine Mutter fotografierte mich dabei, wie ich mir verstohlen mit einem Deo-Tuch in den Ausschnitt und unter die Achseln ging. Sie fotografierte Georg, als er sich mit der Rückseite seiner Krawatte über die Stirn wischte. Sie fotografierte alles, auch meinen Vater, der sich mit geschlossenen Augen an eine Stahlwand drückte, die ein paar Zentimeter Schatten warf. Dann erklang der Hochzeitsmarsch von Felix Mendelssohn Bartholdy, und aus den Untiefen des Schiffes tauchte am Arm von Onkel Paweł meine Cousine auf. Olga sah stolz aus in ihrem Sahnetortentraum mit der Zwei-Meter-Schleppe. Das Glitzerzeugs auf dem Kleid tat in den Augen weh. Ihr Gesicht war in einen zuckerwatteartigen Schleier gehüllt. Andrzej, der Bräutigam, der sie gemeinsam mit dem Kapitän am Bug des Schiffes erwartete, machte ein Gesicht wie Adam Carrington aus dem Denver-Clan und sah wie ein Arschloch aus. Es war grässlich. Es war wunderschön. Ich fing sofort an zu heulen und hörte nicht mehr auf. Und das, obwohl die Zeremonie eine ganze Dreiviertelstunde dauerte und ich kein einziges Wort verstand. Georg kümmerte sich rührend um mich, er reichte mir Taschentücher und Getränke und fächelte mir liebevoll frische Luft zu, trotzdem sah ich ihm an, dass er keine Ahnung hatte, was mit seiner sonst doch eher coolen Freundin los war. Ich wusste es ja selbst nicht. Normalerweise ist er derjenige, der bei Filmen mit Hugh Grant zu heulen beginnt!

Olga und Andrzej hielten sich ihre Hände aufs Herz. Olga und Andrzej wurden mit einem Schiffstau zusammengeknotet. Olga und Andrzej ließen weiße Tauben in den gellend weißen Himmel steigen. Ich heulte von Neuem los, jedes Mal. Als die Zeremonie vorbei war, drängte ich mich rotzverschmiert an der Schlange der Gratulanten vorbei und fiel Olga in die Arme. Mein Körper zapfte noch mal ein ganz neues Tränenreservoir an und ich schluchzte irgendetwas davon, wie wunderschön es war. Olga bedankte sich in feinstem Sprachschuldeutsch höflich, dass ich gekommen war.

Es war das Einzige, was wir an dem Tag miteinander sprachen.

Ein Shuttlebus brachte uns ins Hotel, wo auf der Terrasse das Abendessen stattfand. Im Pool schwammen herzförmige, mit Kerzen dekorierte Blumengestecke, ringsherum waren runde Tische aufgebaut, die mit opulenten Schalen voller tropischer Früchte und prächtiger Orchideen dekoriert waren. Es gab riesige Kerzenleuchter und Tischkarten, in die die Initialen des Brautpaares eingeprägt waren, alles natürlich in Pastellgrün und Pastellblau. Georg und ich hatten an einem der drei Cousinentische Platz zu nehmen, weit weg vom Tisch des Brautpaars und noch weiter entfernt von dem Tisch, an dem meine Eltern saßen. Ich kannte niemanden, Georg erst recht nicht, und es fiel uns sehr schwer, so zu tun, als hätten wir gute Laune. Zuerst wurde ein Laib Brot herumgereicht, den jeder Gast küssen musste, um anschließend ein Glas Wodka zu trinken und das Glas mit lautem Klirren hinter sich zu werfen. Weil der Cousinentisch ganz hinten war, war der Laib, als er bei uns ankam, bereits feucht von der Spucke der weltweiten Verwandtschaft. Danach gab es einen Toast, danach Essen, nach dem Essen noch mehr Essen, zwischendurch immer wieder Wodka und Cocktails, wahlweise mit Midori-Melonenlikör oder Blue Curaçao. Es gab eine Filmvorführung im Cinemascope-Format und eine Tanzkapelle mit fünf Musikern und zwei singenden Frauen. Gegen Mitternacht wurde eine dreistöckige Buttercremetorte auf die Terrasse gefahren, auf deren oberster Etage Olga und Andrzej aus feinstem Zuckerguss nachgebildet waren. Es gab immer noch mehr Wodka, und als ich irgendwann meine flache Hand auf das Glas legte und mit schwerer Zunge *Nie dziękuję* – nein danke – stammelte, sah mich meine Verwandtschaft zum ersten Mal an diesem Abend an. Und zwar nicht gerade voller Verständnis. Um Mitternacht wurde ein Feuerwerk gezündet, das einer Stadt wie Hattingen alle Ehre gemacht hätte. Über die Farben, in denen es gehalten war, muss ich nichts sagen, und es war lang, sehr lang. Ich glaube, ich war die Einzige, der das so vorkam, denn als ich mir zwischendurch zehn Minuten lang die Nase pudern ging und wieder auf die Terrasse kam, machte die Verwandtschaft immer noch *Ah!* und *Oh!*. Dann begann die Tanzkapelle wieder zu spielen und hörte nicht mehr auf. Als wir uns davonschleichen wollten, fielen uns Menschen, die wir nie zuvor gesehen hatten, in die Arme und boten uns Wodka an. In diesem Moment fühlten wir uns sehr, sehr deutsch, nicht zum ersten Mal an diesem Tag. Zurück auf unserem Zimmer waren Georg und ich so angespannt, dass wir, statt ins Bett zu gehen, alle Wodka-Fläschchen aus der Minibar tranken. Danach rannte ich aufs Klo und kotzte die Torte aus. Die Buttercreme, die in der Schüssel schwamm, war pastellgrün und pastellblau.

»Wenn deine Mutter ihre Geschwister einlädt, dann kommen auch sämtliche Cousins, Cousinen und Großtanten«, sagt Georg und schließt die Augen.

»Und sie wird todbeleidigt sein, wenn deine Verwandtschaft kommen darf und ihre nicht.«

»Mist, daran hab ich echt nicht gedacht.«

Ich sehe ihn vorwurfsvoll an.

»Sie werden wahrscheinlich dieselbe Show erwarten wie bei deiner Cousine«, sagt er langsam.

»Wir sind Deutsche, sie werden eine Steigerung erwarten.«

»Eine fünfstöckige Torte.«

»Die Kelly Family.«

»Gastgeschenke in der Farbe des Brautstraußes.«

»Eine Pferdekutsche und einen ganzen Schwarm weißer Tauben.«

»Sie werden Champagner erwarten.«

»Und Wodka.«

»Den besten.«

»Und reichlich.«

»Sie werden uns die Haare vom Kopf saufen, verdammt!«

»Und sie werden davon ausgehen, dass wir das Hotel bezahlen.«

Georg sieht mich an, ich sehe Georg an. Wenn das hier ein Film wäre, würde die Musik jetzt dramatisch anschwellen, nervöse Geigen, Trommelwirbel … aber dann sagt Georg nur:

»Na ja.«

Na ja? Na ja? Das ist die totale Katastrophe! Ich reiße die Augen auf wie ein Manga-Mädchen, suche seinen Blick, aber Georg packt den Laptop aus und klappt ihn auf.

»Dann muss es halt irgendwie so gehen«, sagt er und fängt an, an irgendeinem in diesem Moment doch wohl völlig unwichtigen Kommentar zur Lage der Nation herumzutippen.

Von: »Larissa Weber«
An: »Charlotte Michalski«
Betreff: Einladungen
Datum: 03. März

Liebe Lotte,
sorry, am Wochenende war so viel los, dass ich nicht dazu gekommen bin, aber jetzt habe ich eine Woche frei, und bevor ich mich nun endlich an die Einladungen mache, habe ich ein paar Fragen.
Habt ihr euch schon ein Thema für eure Hochzeit überlegt? Also: romantisch, sommerlich, festlich, cool, elegant?
Was ist mit euren Corporate Colors? Eigentlich finde ich ja, dass Dir ein dunkles Blau am besten steht, aber wenn ich an die Bilder von der Location denke, sehe ich eher etwas in Hellgrün und Blau. Pink fände ich auch gut. Oder Orange! Was meinst Du?
Zu den Save-the-Date-Karten: Mit denen wollte ich anfangen, es eilt ja schließlich! Ich dachte da an einen ganz schlichten Gruß, vielleicht auch einfach nur eine Postkarte. Das geht am schnellsten. Oder wollt ihr etwas, das ausgefallener ist?
Zu den »richtigen« Einladungen: Ich würde ja gern mit Bändchen arbeiten oder mit farbigen Kordeln, die die einzelnen Teile der Karte zusammenhalten. Wäre das okay für euch?
Und dann brauche ich noch alle Informationen, die auf die Karte sollen. Was ist mit einem Anfahrtsplan? Habt ihr euch schon überlegt, wo ihr euren Hochzeitstisch einrichten wollt? Oder wollt ihr euch Geld schenken lassen? Das alles muss auf die Karte mit drauf.

Wollt ihr die Karten zweisprachig? Ich meine, wegen der polnischen Verwandtschaft?
Was ist denn nun mit deinem Kleid???
Alles Liebe, Lala

PS: Hast Du die Brautmagazine schon durchgesehen, die ich Dir letzte Woche geschickt hab?

»Corporate Colors?«, ruft Georg und hört einen Augenblick auf zu tippen. »Bleib mal dran.« Durch den Hörer kann ich verfolgen, wie er von seinem Schreibtisch aufsteht und die Bürotür zumacht. Bevor ich mich fragen kann, ob er sich etwa schämt, vor seinen Kollegen Worte wie »lila«, »grasgrün« oder »rosarot wie unsere Liebe« auszusprechen, ist er wieder dran. »Was soll das heißen, Corporate Colors?«

»Na ja, welche Farbe unsere Hochzeit haben soll. Und ein Thema will Lala haben.«

»Ein Thema.«

»Ja, ein Thema.«

»Wir heiraten, das ist das Thema. Was ist denn das für eine Frage?«, sagt er genervt.

»Ich weiß doch. Aber heiraten wir eher romantisch, sommerlich, festlich, cool oder elegant?«

»Also, darüber kann ich mir jetzt wirklich keine Gedanken machen.«

»Müssen wir aber! Lala kann sonst keine Einladungen gestalten!«

»Ach, Lotte, es ist mir völlig egal, ob wir elegant oder sommerlich heiraten, Hauptsache, wir tun es. Magst du dich nicht einfach drum kümmern? Du hast da doch viel mehr Fantasie und Geschmack. Tüftle das doch einfach mit Lala aus und überrasch mich.«

»Und hinterher beschwerst du dich wieder«, sage ich pampig.

»Was heißt hier *wieder?*«, entrüstet er sich.

»Tut mir leid.«

Es tut mir wirklich leid, denn Georg hat sich bis jetzt noch kein einziges Mal beschwert, außer über das Essen in Schloss Reinershof. Und irgendwie hat er ja auch recht. Eigentlich sollte das Thema unsere Liebe sein. Ein bisschen kleinlaut rufe ich Lala an.

»Können wir nicht einfach unsere Liebe zum Thema machen?«, frage ich.

»Eure Liebe? Alle Hochzeiten handeln von Liebe. Liebe ist die Voraussetzung, aber doch kein Thema!«

»Ach, Lala, da fällt mir wirklich nichts ein.«

»Denk doch mal nach, die Hochzeit soll schließlich zu dir und Georg, zu eurer Beziehung, zu eurer Geschichte passen.«

»Zu unserer Geschichte? Na herrlich! Wenn du dich erinnerst: Georg und ich haben uns kennengelernt, als wir beide sturzbetrunken am Halleschen Tor auf ein Taxi gewartet haben. Da hat es geregnet. *Genau* genommen haben wir uns aber erst kennengelernt, als ich am nächsten Morgen ins Bad gerannt bin, weil ich kotzen musste und über seine Leiche im Flur gestolpert bin. Den genaueren Ablauf haben wir vergeblich versucht zu rekonstruieren. Wir könnten natürlich eine Hochzeitsfeier unter dem Motto Filmriss feiern, aber …«

»Lotte, jetzt bleib doch mal ruhig. Schau dir einfach endlich mal die Brautmagazine an, da kommst du bestimmt auf eine Idee.«

»Na gut«, sage ich zerknirscht.

»Nicht verzagen, Lotte. Alles wird super!«

Missmutig gehe ich ins Wohnzimmer und ziehe wahllos ein Magazin aus dem Stapel auf dem Couchtisch. *Wedding Style,* die amerikanische Ausgabe, ziemlich zerlesen.

Ziemlich zerlesen?

Lala hatte doch behauptet, sie hätte die Magazine extra für mich besorgt!

Ich sehe nach, die Zeitschrift ist vom Februar 2004, laut Preisschild gekauft bei einem Hudson News Store auf dem JFK Airport in New York. Grinsend schaue ich den ganzen Stapel durch, dann greife ich zum Hörer.

»Lala?«

»Lotte! Hast du endlich eine Idee?«

»Nein, aber eine Frage. Sag mal, im Februar 2004, da kannte ich Georg noch nicht mal.«

»Und?«

»Wieso hast du mir denn vor sechs Jahren in New York eine Brautzeitschrift gekauft?«

»Äääääh …«

»Du kaufst heimlich Brautmagazine!«, ziehe ich sie auf.

»Nein!«

»Do-hoch!«

»Ach Mann, Lotte, ich dachte … ich hab nicht daran gedacht, die alten Dinger auszusortieren. Ich hab dir doch extra neue gekauft! Und die Zeitschrift aus New York, weißt du, damals war ich gerade mit Simon zusammen.«

»Du wolltest Simon *heiraten? Simon?*«

Ich habe Simon nur allzu deutlich in Erinnerung. Er war der Chef einer kleinen Werbeagentur, in der Lala damals gearbeitet hat. Er hatte einen Alfa Romeo Spider, trug Turnschuhe zum Anzug, war 14 Jahre älter als sie und ein solches Arschloch, dass er diesen Begriff in völlig neue Dimensionen führte.

»Natürlich nicht! Das heißt … Weißt du, damals lief es schon so ein bisschen komisch zwischen uns. Er hat kaum mit mir geredet, und ich wusste nicht, was los war, und dann hab ich ihn irgendwann aus einer Wempe-Filiale kommen sehen, mit einer kleinen, lackierten Tüte …«

»Und du hast gedacht, er hätte dir einen Ring gekauft?«

»Nein!«

»Lala«, sage ich drohend.

»Na gut, ja. Ich musste am nächsten Tag nach New York, und dort habe ich eine SMS bekommen, die so komisch klang, und da dachte ich … Aber als er mich ein paar Tage später vom Flughafen abgeholt hat, hat er mir als Erstes seine neue TAG-Heuer-Uhr gezeigt, zweitausend Euro. Und eine Woche später hat er mich verlassen.«

»Ich erinnere mich«, sage ich. Der Scheißkerl hat per SMS mit ihr Schluss gemacht, just in dem Augenblick, in dem sie einen Briefumschlag mit ihrer Kündigung auf dem Schreibtisch fand. Trotz dieser Aktion konnte ich Lala damals nicht davon überzeugen, dass er die Tränen, die sie in den Wochen danach vergoss, nicht wert war.

Ich hole Luft, aber Lara seufzt so tieftraurig, dass ich nicht wieder mit der Geschichte anfangen mag. Eine Frage kann ich mir allerdings nicht verkneifen:

»Und was ist mit den anderen Magazinen? *Vogue Sposa*? Der *Hochzeitsplaner*? Mai 2005? April und Mai 2006? Dezember 2007? Januar 2008?«

»Ach, lass mich in Ruhe.«

Ich muss heute wirklich extrem großzügig drauf sein, denn ich verkneife es mir, sie noch weiter aufzuziehen.

»Na gut, Lala, dann guck ich mir die Dinger mal an.«

»Ja, mach das. Und melde dich!«

»Klar. Bis später!«

»Und denk dran, auch nach einem Kleid zu schauen!«

Ich kann es kaum glauben. Ich, Charlotte Michalski, sitze bei einer Tasse Tee auf der Couch und sehe mir Brautmagazine an. Ich, die ich normalerweise schon rot anlaufe, wenn mich jemand mit einer *Glamour* in der U-Bahn erwischt, blättere mich durch Sahnetortenkleider, Brautdiademe, Brautmieder. Es ist schrecklich. Es ist weibisch. Aber irgendwie …

Nein, es *ist* schrecklich. Es *muss* schrecklich bleiben! Ich springe auf, um während der uncoolsten aller Aktivitäten wenigstens ordentliche Musik zu hören, fahre mit dem Finger das CD-Regal entlang, Feist, Ricardo Villalobos, Console, Tocotronic, White Stripes, Robbie Williams …

Robbie Williams.

Nein.

Nein, Lotte!

Ach, was soll's, ich meine, ich blättere in Brautgazetten, aus der Situation käme ich nicht einmal mit Zwölftonmusik würdevoll heraus, da ist es doch grad egal. Ich lege die CD ein. Dann denke ich, dass es eigentlich wirklich *scheiß*egal ist, und skippe direkt vor zu Track vier.

I sit and wait

Does an aaaaangel …

Robbie säuselt, die Seiten rascheln leise, und das Papier fühlt sich wunderbar glatt an. Ich blättere …

And through it aaaall she offers me protection

… und blättere …

A lot of love and affection

… und blättere …

Whether I'm right or wrong

… als es mich wie ein Schlag trifft.

Das ist perfekt!

Ich schlage das Heft wieder zu, um nachzusehen, was ich da eigentlich gerade in der Hand halte, und lese: *Martha Stewart Weddings*. O Gott. Ich schlage das Heft wieder auf. Sehe mir die Einladung, die da ganz rechts unten am Rand als winziger Bestandteil einer Collage zu sehen ist, genauer an.

Das *ist* perfekt!

Schlicht. Minimalistisch. Reduziert. Keine Schnörkel, sondern Schreibmaschinenschrift.

Und warum traue ich mich dann nicht, Georg anzurufen?

Okay, zugegeben, die beiden winzigen Vöglein, die um die Typo herumflattern, sind ein kleines bisschen … ziemlich … total … wahnsinnig niedlich!

Von: »Larissa Weber«
An: »Charlotte Michalski«
Betreff: Die Einladung!
Datum: 07. März

Liebe Lotte,
anbei ein Entwurf für eure Save-the-Date-Karten. Deine Idee mit den beiden Vöglein, die um diese total schlichte Typo herumfliegen, ist wirklich genial. Und so herzig!
Ich finde zwar immer noch, dass die Vöglein in Pink besser aussehen würden, und glaube auch, dass Georg das *durchaus* verkraften würde, aber wenn du meinst, Blau würde ihn eher mit dem Motiv versöhnen, dann kriegt ihr eben Blau!
Bitte schaut doch beide noch mal über den Text, dann

schicke ich die Karten gleich weiter in die Druckerei.
Sie müssten dann bis zum Wochenende fertig sein.
Ach, ich freu mich!
Deine Lala

PS: Jetzt brauchen wir nur noch ein Kleid für dich! Bitte schau doch noch mal die Brautmagazine durch, damit wir im Laden schon eine Vorstellung haben. Das ist jetzt wirklich allerhöchste Zeit, denn die meisten Kleider gibt es nicht in allen Größen vorrätig, wir können froh sein, wenn wir überhaupt noch etwas kriegen. Und dass du dich zu dem Thema so beharrlich nicht äußerst, verwirrt mich ein wenig. Das muss es doch nicht, oder? Lotte? Ich darf doch mit?

Noch zwei Monate ...

Okay. Wer es noch nicht mitgekriegt hat: Ja, ich habe ein klitzekleines Figurproblem. Ich bin vielleicht nicht so dick, dass ich bei H&M in die »Big is Beautiful«-Abteilung müsste, aber ... na ja, wenn's so weitergeht, bald. »Obenrum« sehe ich ganz gut aus, aber ich habe einen zu dicken Hintern, einen zu dicken Bauch, zu dicke Schenkel, noch dazu bin ich gerade mal eins siebenundfünfzig, da liegen die Problemzonen schon ziemlich dicht beieinander. Außerdem habe ich auf Fotos, auf denen ich versuche, mit gesenktem Kopf einen verführerischen Katzenblick in die Kamera zu werfen, ein Doppelkinn. Da kann mich Georg hinreißend finden, solange er will, ich bin mopsig. Ich stehe einfach zu sehr auf Essen, sei es salzig, sauer, bitter oder süß. Und am meisten stehe ich auf Umami, das ist die fünfte Dimension des Geschmackssinns. Umami kommt aus dem Japanischen und bedeutet so viel wie: wohlschmeckend, fleischig, herzhaft. Es ist die Geschmacksqualität, nach der man sich sehnt, während man in gemischtem Rohkostsalat ohne Dressing stochert.

Und wenn wir schon bei der großen Lebensbeichte sind: Ich habe Angst davor, ein Brautkleid zu kaufen.

Natürlich habe ich Lalas Brautmagazine längst durchgesehen. Ich bin doch nicht blöd, schließlich haben wir nur noch acht Wochen bis zur Hochzeit. Ich habe noch mal die Robbie-Williams-CD eingelegt und geblättert und geblättert. Ich habe zusätzlich eine Rosenduftkerze angezündet und weitergeblättert. Am Ende habe ich mir sogar eine Tasse Romantic-Moments-Früchtetee gemacht – nichts hat funktioniert. Der Punkt ist: Es besteht keinerlei Unterschied darin, ob man die *Vogue* oder die *Vogue Sposa*, äh … liest. Na gut, ein kleiner: In der *Vogue sieht* man, wie dürr die Models sind, in der *Vogue Sposa erahnt* man nur die Knochen unterm Tüll. Die ganze Zeit habe ich nur eines gedacht: Wie, bitte, soll jemand wie ich so etwas tragen? Giraffenartige Hälse ranken aus perfekten Dekolletés. Geraffte Satinstoffbahnen umspannen Taillen, deren Umfang unter dreißig Zentimetern liegt. Ein Meter sechzig lange Beine werden von glänzender Seide umhüllt. Bräutigame, die wie kalifornische Pornostars aussehen, streicheln über perfekt geformte Hüften. Jedes Mal, wenn ich ein Mieder sehe, stelle ich mir vor, wie *ich* darin aussähe – wie eine Schildkröte, die zu dick für ihren Panzer geworden ist.

Okay. Ein Geständnis habe ich noch. Ich *will* gar kein Brautkleid! Ich will nicht aussehen wie Schwarzwälderkirsch mit Toupet! Wer mich einmal gesehen hat, weiß, dass schon die Vorstellung von mir in schulterfreier Robe vollkommen lächerlich ist. Ich bin eine von denen, die sogar zum Sommerkleid Chucks anziehen! Und überhaupt trage ich Sommerkleider nur dann, wenn ich einmal im Jahr einen Girly-Anfall kriege und mich besonders liebreizend fühle, ansonsten trage ich Jeans! Ich bin nicht Lala, sondern …

»Charlotte Michalski?«

»Charlotte, ich bin's, Kristin. Du, ich bin gerade in der Nähe und wollte mal hören, ob du zu Hause bist?«

»Klar, komm vorbei!«

Ausgerechnet Kristin. Jetzt. Ich will gerade noch sämtliches Beweismaterial vom Küchentisch verschwinden lassen, da klingelt es bereits. Ich drücke den Türöffner und wenige Sekunden später steht sie in der Tür. Sie schwitzt nicht mal. Das muss daher kommen, dass Kristin sogar im Winter mit dem Fahrrad unterwegs ist. Wenn ich hingegen die Treppe zu uns in den vierten Stock hochgelaufen bin, geht es mir, wie es Kate Moss nach einem 900-Gramm-Steak mit Kräuterbutter und Pommes gehen muss: Ich bin fix und fertig. Kristin hingegen lächelt.

Moooment.

Kristin lächelt nie!

Außer …

»Was verschafft mir die Ehre, Kristin?«

»Och, nüx. Wollte nur mal gucken, wie's dir geht!«

Sie läuft an mir vorbei und direkt in die Küche. In die Küche, wo der Stapel mit den Brautmagazinen steht. Ich will sie einholen, aber …

»Kochst du uns einen Kaffee?«, fragt sie und setzt sich auf den Platz, auf dem sie immer sitzt.

Der Brautpostillen-Stapel liegt direkt vor ihrer Nase, aber sie beachtet ihn nicht. Sie lächelt, packt ihren Tabak aus und fängt an, sich über dem Titelbild von *Hochzeit* eine Fluppe zu drehen. Ich schalte die Kaffeemaschine an, stopfe Pulver in das Sieb und zapfe einen Espresso. Als ich ihr die Tasse und den Zucker hinstelle, nutze ich die Gelegenheit und lasse die Magazine unauffällig zwischen den Kochbüchern im Regal verschwinden.

»Jetzt schieß schon los«, sage ich, nachdem ich zur Tarnung der Aktion noch ein paar herumstehende Tassen vom Tisch zur Spüle getragen habe.

»Womit?«, fragt sie und sieht einem Rauchkringel hinterher, den sie in die Luft geblasen hat. »Kann ich vielleicht etwas Milch bekommen?«

»Wie bitte? Mit dir stimmt doch was nicht!«

»Quatsch. Hast du dir schon den neuen Film von Christian Petzold angeguckt?«

Ich sehe Kristin an. Eigentlich weiß sie, dass ich nie, nie, nie in Filme von Christian Petzold gehe. Ich hasse Filme der Berliner Schule, vor allem, weil bei den Dialogen zwischen jedem Satz mehrere Minuten vergehen und die Darsteller immerzu dreinschauen, als hätten sie gerade die Diagnose Bauchspeicheldrüsenkrebs gekriegt. Ich sehe sie an, aber sie merkt nichts.

»Ich war gestern Abend drin, ein wirklich beachtlicher Film, unglaublich suggestive Kameraführung, wahnsinnig intensives Spiel.«

Wahnsinnig intensives Spiel. Haha. Wahrscheinlich haben die Darsteller wieder den ganzen Film lang mit Zombiestimmen Sachen gesagt wie: »Mein Vater stirbt. Wir müssen nachher noch Brot holen.«

»Wirklich?«, sage ich.

»Ja, Timothy fand sogar, dass es sein bislang bester Film ist.«

»Timothy.«

»Ja, wir waren zusammen drin.«

»Wer *ist* Timothy?«

»Ein neuer Kollege.«

»Ein neuer *Kollege?*«

»Genau.«

»Kristin«, sage ich mit beschwörender Stimme.

»Was denn!«, sagt sie, aber hinter ihrem entrüsteten Gesichtsausdruck erahne ich ein spitzbübisches Grinsen. Kristin hatte seit ein paar Jahren keine Beziehung mehr, allenfalls hin und wieder eine akute Hemeralopie, also eine plötzliche Nachtblindheit, die sich meist nach ein paar Wochen wieder legte, wenn sie ihren Fund eine Weile bei Tageslicht betrachten konnte. Sie findet, dass Männer Dreck machen, im wörtlichen wie im übertragenen Sinne.

»Kristin, du erzählst mir doch, wenn sich etwas ereignet in deinem Leben, oder?«

»Klar«, sagt sie. »Und, was gibt's bei dir?«

Einen Augenblick lang ringe ich mit mir, dann denke ich, was soll's, immerhin ist Kristin meine zweite beste Freundin. Ich gehe zum Regal, hole, alle Schuld Lala in die Schuhe schiebend, die Brautmagazine wieder raus und fange an, Kristin mein Leid zu klagen. Sie beginnt, mit spitzen Fingern in einer Ausgabe von *Braut & Bräutigam* zu blättern, nicht ohne dabei ein Gesicht zu machen, als picke sie tote Fliegen aus ihrem geliebten Quinoa-Müsli. Ich sitze schweigend neben ihr und warte auf eine Reaktion. Nach ein paar Minuten klappt sie das Magazin entschlossen wieder zu.

»Charlotte!«, sagt sie, und ich zucke zusammen.

»Hm?«

»So einen Buttercreme-Fummel *kannst* du nicht anziehen.«

»Ja, aber was dann?«

»Kauf dir einfach irgendeinen schicken Hosenanzug und hör auf, deine Zeit mit so einem Quatsch zu verplempern.«

Ich sehe sie erschrocken an, aber Kristin steht auf, streicht sich die Tabakkrümel von der Hose und sagt: »So, ich muss weiter. Danke für den Kaffee!«

Und raus ist sie aus der Tür.

Wie benommen lasse ich mich auf Kristins Platz sinken. Eigentlich bin ich ganz und gar ihrer Meinung: Brautkleider sind einfach nicht mein Ding. Trotzdem bin ich beleidigt. Bin ich vielleicht keine Braut? Findet sie etwa, dass ich nicht anmutig, elfenhaft und schön sein kann? Insgeheim habe ich mir ja ausgemalt, wie unsere Gäste eine 08/15-Braut erwarten, in einer Robe aus Tüll und Taft und mit ordentlich Bling-Bling – und ich dann in einem ultracoolen Fummel gen Standesbeamtin schwebe. Aber wenn alle Gäste dann tuscheln: Wie gut, dass sie kein klassisches Brautkleid anhat, das hätte wirklich hammerpeinlich ausgesehen – dann ist doch der ganze Effekt dahin!

Ich wünschte, Georg wäre da. Er würde mich in den Arm nehmen und alles wäre nur noch halb so schlimm. Aber Georg ist wieder mal auf irgendeinem ökonomischen Kongress oder einer politologischen Konferenz oder sonst einem idiotischen Meeting. Missmutig ziehe ich ein Sonderheft mit dem Titel *Der Bräutigam* aus dem Stapel und fange an, darin einen Artikel mit der Überschrift »Der Formel-1-Countdown – Tipps für eine rasend schnelle Planung« zu lesen, der mit Ferraris bebildert ist und unter anderem davon handelt, warum *er* die Braut bei der Planung so gut unterstützen soll, wie es geht, und wie *mann* am besten agiert, wenn am Hochzeitstag ein wichtiges Fußballspiel ansteht. (Antwort: Fragen Sie bei Ihrer Location nach, ob Sie einen Nebenraum mit Leinwand zur Fußi-Zone erklären dürfen, grrrr.) Da klingelt es schon wieder an der Tür.

»Hallo?«

»Lalalalaaalaaaa!«, singt es durch die Gegensprechanlage.

»Lala! Komm rauf.«

Als Lala endlich vor mir steht, ist sie völlig verschwitzt, aber sie strahlt, als hätte sie eben den Weltrekord im 400-Meter-Lauf geknackt.

»Bist du gerannt?«, frage ich grinsend.

»Ab … hä … Katn!«, antwortet sie.

»Hä Katn?«

»Ich …«, sie schnauft noch einmal. Dann hält sie mir einen kleinen Pappkarton entgegen, atmet tief durch und stößt hervor: »Die Karten hab ich!«

»Hey!«, sage ich, als ich das Päckchen geöffnet habe und eine unserer Save-the-Date-Karten rausziehe. »Die sehen ja super aus!«

»Nicht wahr?«, fragt sie und schafft es nur mit mäßigem Erfolg, den Stolz in ihrem Gesicht zu verbergen. »Ich bin ja *so froh*, dass Georg mit den Vöglein einverstanden war – ich hatte schon Angst, er würde auf seiner Idee, die Karten wie Flyer für irgendeine Techno-Party aussehen zu lassen, bestehen.«

»Ja, Georg, äh …«, stottere ich, »magst du einen Kaffee?«

»Was ist mit Georg?«, fragt Lotte.

»Georg, äh, also … Den Kaffee mit Milch?«

»Was *ist* mit Georg? Lotte!«

»Na ja«, sage ich, zucke mit den Schultern und grinse dämlich.

»Sie gefallen ihm nicht?«, fragt Lotte entsetzt. »Aber jetzt sind sie doch schon fertig.«

»Georg, er … Er hat sie noch nicht gesehen«, gebe ich kleinlaut zu.

»Aber warum?«

»Ich hatte Angst, dass er die Vöglein zu niedlich findet.«

»Aber Lotte! Wenn er sie jetzt zu niedlich findet, dann sind 200 Euro Druckkosten futsch!«

»Nein, wenn er sie jetzt zu niedlich findet, dann ist es zu spät!«, erwidere ich.

Lala grinst. »Du Luder«, sagt sie mit einer Stimme, in der durchaus Anerkennung liegt.

»Fast hätte ich's vergessen! Ich hab noch was für dich!«, ruft Lala, nachdem wir eine halbe Stunde lang Kaffee getrunken und das weitere Vorgehen in Sachen Einladungskarten durchgesprochen haben. Genauer gesagt, *sie* hat es durchgesprochen – ich habe nur zustimmend genickt und mich über den Streuselkuchen hergemacht, der eigentlich fürs Wochenende bestimmt war. Vielleicht ist es ein Fehler gewesen, mich nicht einzumischen, denn wie es aussieht, werden unsere Karten jetzt sechsseitig. Mit Vögelchen vorne drauf. Und einem Schleifchen, das sie zusammenhält. Ich versuche, mir nicht allzu bunt auszumalen, was für ein Gesicht Georg machen wird, wenn er Lalas kleine Meisterwerke sieht.

»Ui, was denn?«, frage ich erfreut. Ich *liebe* Mitbringsel, vor allem, wenn sie so überraschend kommen wie dieses hier.

Lala zieht ein Hochglanzblättchen aus der Tasche und schlägt es auf einer Seite auf, die mit einem kleinen Post-it-Zettel gekennzeichnet ist.

»Das hier!«

Ich sehe eine schwanengleiche Frau, die an einem Fenster lehnt. Ihre Brüste blitzen keck aus einem perlenverzierten Hartschalenmieder, das so militaristisch aussieht, dass man denkt, man könne damit unversehrt das Bundeskanzleramt stürmen. Der Rest ihres Körpers wird von Unmengen Tüll umhüllt und sieht aus wie ein McSundae ohne Soße. Na gut, in Wirklichkeit sieht das Kleid ganz hübsch aus. Nur: Wenn ich das perfekt geschminkte Elfengesicht gegen meines austausche, sehe ich nur eine als Schlossgespenst verkleidete Putte.

»So einen Buttercreme-Fummel kann ich auf gar keinen Fall anziehen!«, sage ich.

»Warum nicht?«

»Weil!«

»Ja, aber was dann, Lotte?«, fragt Lala und macht ein Gesicht, als hätte ich ihr vorgeschlagen, Nacktschnecken essen zu gehen. »Willst du vielleicht in einem *schicken Hosenanzug* zum Altar marschieren?«

Ich erbleiche. »Hast du Kristin getroffen?«

»Gerade eben in der U-Bahn. Ich mag sie ja echt gern, aber als Style-Beraterin scheidet sie aus.«

Ich atme tief durch und hole mir noch ein Stück Streusel. Nervennahrung.

»Einen Hosenanzug will ich natürlich *nicht*«, sage ich und setze mich wieder. »Sehe ich etwa aus wie Renate Künast?«

»Aber was dann?«, fragt Lala und lehnt sich in den Küchenstuhl zurück.

»Keine Ahnung«, sage ich und gebe noch einen Löffel Honig in meinen Tee. »Irgendwas wird schon noch um die Ecke kommen.«

»Um die Ecke, haha. Meine Schwester hatte ihr Kleid schon ein halbes Jahr vor der Hochzeit. Und ein Jahr vorher hat sie angefangen zu suchen. Ich glaube, sie war in jedem gottverdammten Brautmodenladen zwischen Leipzig und Rostock, bis sie es gefunden hatte.«

»Lala, die Sache ist die: Ich will gar kein Hochzeitskleid! Weder eines mit Reifrock noch eines ohne. Ich will ein schlichtes, weißes Kleid, das nicht billig wirkt, idealerweise eines, das maximal wadenlang ist und das ich später noch mal anziehen kann.«

»Genau das war ihr Problem.«

»Und, was hat sie am Ende gemacht?«

Lala verhakt ihre Zeigefinger miteinander, eine sonderbare Geste, ich habe keine Ahnung, was sie meint.

»Hä?«

Sie macht die Geste noch einmal deutlicher, verdreht die Hände: zwei ineinandergeschlungene C sollen das wohl …

»Chanel?«, quietsche ich entsetzt.

Lala nickt, ein ernstes Nicken.

»Zweitausend Euro, wenn mich nicht alles täuscht, zweitausend Euro für ein schlichtes, nicht billig wirkendes Kleidchen. Sie hat dann versucht, das bei den Schuhen wieder reinzuholen, was ein Fehler war. Kunstlackleder im Hochsommer, wenn du verstehst, was ich meine.«

»Sie hat eine Fußschweißschleppe hinter sich hergezogen?«

»Die Schuhe haben bei jedem Schritt ein platschendes Geräusch gemacht.«

»Oh.«

»Und das in einer Kirche mit Tonnengewölbe.«

»Oh, oh.«

»Als sie vor den Priester getreten ist, hat man das bis in die letzte Reihe gehört.«

»Wie peinlich.«

»O ja.«

Lala sieht mich so eindringlich an, dass ich es nicht mehr aushalte. Ich springe auf und wische den Ernst der Lage mit einer Handbewegung beiseite.

»Ach, deine Schwester ist aber auch kompliziert. Ich werd schon was finden. Noch ein Stück Kuchen?«

Als Lala weg ist, klemme ich mich vors Internet. Es soll in ganz Deutschland kein schlichtes, kurzes Kleid geben? Das ist ja wohl zum Lachen. »Brautkleid« gebe ich bei Google ein. 480000 Treffer. Wer sagt's denn.

Ich öffne den ersten.
Ich öffne den zweiten.
Und den dritten.
Ich stöhne auf.

Nach ungefähr drei Stunden Klicken kenne ich meine Optionen. Es gibt Brautkleider im Empire-Schnitt, der im normalen Leben weniger nobel »Babydoll« heißt und ungefähr so fällt wie ein BH mit angenähter Rundum-Gardine. Es gibt Kleider in A-Form, die freundlich den Hüftspeck kaschieren. Es gibt Duchesse-Kleider mit Glockenrock und Korsage, in denen das Dekolleté so weit hochgeschoben wird, dass es an eine Obstauslage erinnert. Es gibt Meerjungfrauen-Kleider, in denen man wie eine Sanduhr aussieht – vorausgesetzt, man bringt den Sanduhrkörper mit. Ich würde wahrscheinlich eher einer missratenen Vase aus dem Töpferunterricht ähneln. Oder einer Skulptur von Henry Moore: Beulen und Auswüchse, wohin man blickt. Und dann gibt es XXXL-Brautkleider, in denen sogar die sonst eigentlich ganz adrett aufgemachten Übergrößenmodels wie Marianne Sägebrecht aussehen.

Es gibt Mittelalter-Brautkleider, Brautdirndl, Vintage-Brautkleider und Online-Foren für *echte* Secondhand-Kleider. Ferner Modelinien für Brautmütter, für Blumenkinder und für Brautjungfern, mit Kleidern, die eigens dazu designt sind, dass später auf den Hochzeitsbildern die gesamte Freundinnenschar im Hintergrund farblich und stilistisch aufeinander abgestimmt ist. Ich kichere – all meine Freundinnen in pastellgrünem Satin und mit pastellblauen Schleifen, Olga würde blass werden vor Neid. Vermutlich würde sogar Lala kotzen. Die Brautmuttermode würde zumindest meiner Mama gefallen – die Damen sehen allesamt so aus, als gingen sie nicht in die Kirche, sondern zu ihren Logenplätzen in der Mailänder Scala.

Dazu muss man wissen, dass meine Mutter sich schon zu Essenseinladungen bei Freunden aufbrezelt wie Joan Collins. Ist vermutlich immer noch der Nachholbedarf aus den Jahrzehnten im polnischen Sozialismus. Ich speichere sicherheitshalber den Link.

Die Farben der Saison heißen: Nude, Puder, Creme, Off-white, Champagner, also Farben, die man früher unter Eierschalenfarben oder Wollweiß hätte laufen lassen. Ich stoße auf Bridal-Haarpflege-Sets, perlenbesetzte Krönchen und jede Menge Zeug, das gut auf einen Christbaum passen würde, aber doch nicht in meine Locken! Es gibt sechzigtausend unterschiedliche blaue Strumpfbänder und massig Satin- und Netzhandschuhe, mit und ohne Finger.

Einen Riesenmarkt scheint es rund um Braut-Nachtwäsche, Braut-Mieder, Braut-Strapse und Braut-Korsagen zu geben, wobei ich mir nicht sicher bin, wo da genau die Unterschiede liegen. Sicher ist nur: Das Zeug darf auf gar keinen Fall sexy oder süß sein, sondern muss unbedingt so aussehen, dass der arme Bräutigam in der Hochzeitsnacht glauben muss, sich keine treue Gattin, sondern irgendeine Laufhaus-Sandy geangelt zu haben. Ich persönlich kann mir ja nicht vorstellen, dass ein normales Brautpaar nach dem Trauung-Sektempfang-Kuchentafel-Menü-Schnapsrunden-Tanz-Marathon auch noch zu so etwas wie Sex in der Lage sein soll – es sei denn, es kennt sich erst seit vier Wochen. Sehr viel wahrscheinlicher ist doch, dass einen die letzten Gäste aufs Hotelzimmer tragen und mit Schuhen quer überm Bett deponieren.

Ich klicke und klicke weiter, aber auf Seite 24 der Trefferliste wird mir klar: Es gibt keine einfachen, kurzen Brautkleider. Wenn, dann sehen sie wie das Vokuhila-Kleid aus, das Stephanie Seymour im Guns-N'-Roses-Video zu »November Rain« getragen hat – vorne kurz, hinten lang, ein Look, der allenfalls für eine Friseusen-Hochzeit geht. Oder sie haben Schleifen in einer Größe, die leitende Angestellte normalerweise verwenden, wenn sie wegen ihrer »Sekretärin« und der vielen »Überstunden« ein schlechtes Gewissen haben und ihren Gattinnen zum Vierzigsten einen neuen kleinen Flitzer spendieren. Nichts, um damit später noch mal auf eine Grillparty zu gehen. Es sei denn, man kann sich die Schleife als Lätzchen um den Hals binden.

Ich mache noch einen allerletzten Klick – und falle fast in Ohnmacht vor Glück.

»Lala? Ich bin's, Lotte! Bist du wieder zu Hause? Sitzt du grad am Computer? Gut, pass auf, ich schick dir mal schnell eine Mail.«

Ich sage nicht, worum es geht. Ich sage überhaupt nichts. Ich warte nur darauf, am anderen Ende der Leitung ein leises Pling zu hören.

Pling!

»Und jetzt halt dich fest und klick auf den Link!«

Es dauert eine Sekunde, und ich höre, wie Lala nach Luft ringt.

»Lotte!«

»Na, was sagst du?«

»Das ist ja ein *Traum*.«

»Nicht wahr?«

Gemeinsam betrachten wir das Bild von einem Mädchen, das lässig an einer Eistheke lehnt. Das Kleid ist wunderschön, einfach geschnitten, in einem Weiß, das schon fast ins Sonnengelb geht, mit einem feinen Chiffonstoff, der schlicht über einem genauso schlichten Unterkleid liegt. Es hat eine Art V-Ausschnitt, ganz kurze Ärmelchen und geht bis knapp übers Knie. Ich stelle mir vor, wie ich damit über eine grüne Wiese springe. Ich stelle mir vor, wie ich damit am Schönhagener See stehe. Ich stelle mir vor, wie ich darin meine Hand in Georgs lege.

»Lotte, dieses Kleid ist wie für dich gemacht, darin wirst du wundervoll aussehen!«

»Meinst du wirklich?«

»Ja! Ich kann nur dummerweise gar keinen Preis entdecken!«

»Na ja, weißt du, das ist kein Online-Shop, sondern nur die Website von so einer jungen Brautmoden-Designerin in Schöneberg, ich schätze, man muss da einfach mal vorbeigehen und …«

»Lotte?«

»Was?«

»Siehst du diesen kleinen Pfeil rechts unten?«

»Nein, welchen Pfeil?«

»Er ist ganz klein, schau genauer hin.«

»Ah, hier.«

»Charlotte, du musst jetzt ganz tapfer sein und dann auf den Pfeil klicken.«

»O nein!«

»Doch.«

»Nein!«

»Ist wohl so.«

»Neeeeeeeeeeiiiiiiiiiiiiiiiiiiiiiiiiiiiiiiiiiiiiiiin!«

Georgs Mund geht gar nicht mehr zu. Er klickt auf »Lupe« und fährt damit die Säume ab, den Kragen, die Ärmel.

»2000 Euro? Aber wofür?«

»Ich weiß nicht.«

»Also wirklich, das ist doch der allergrößte Schwachsinn! Da sollen Bräute erst tausend Euro dafür ausgeben, dass sie nicht einfach nur ein weißes Kleid bekommen, sondern Perlenstickereien und Reifröcke und Tüll und was weiß ich. Und dann kommt so eine irrsinnige Jungdesignerin daher und verlangt noch mal tausend Euro extra, nur dafür, dass sie den Glitzerkram weglässt und aus dem Kleid wieder ein einfaches, weißes Kleid macht?«

»Nein, sieh doch hin, das ist natürlich ein Brautkleid!«

»Ist es nicht.«

Ich schweige beleidigt, Georg nimmt meine Hand und seufzt vernehmlich. Eine halbe Minute lang rührt er sich nicht, dann seufzt er noch einmal.

»Hat diese Designerin keine anderen schönen Kleider, die vielleicht ein bisschen günstiger sind?«

»Die anderen sehen aus wie aus *Alice im Wunderland*. Bisschen sehr skurril.«

»Okay. Also. Liebste Charlotte. Wenn du dieses Kleid wirklich möchtest, dann kaufen wir es dir.«

»Ich weiß nicht«, sage ich mit jammernder Stimme.

»Doch! Ich will, dass du an unserem Hochzeitstag wunderschön und glücklich bist.«

»Wirklich?«

»Wirklich!«

»Wartest du mal kurz?«

Ich lasse ihn stehen und renne ins Schlafzimmer. Ich springe aufs Bett und hüpfe wie verrückt auf und ab. Dann stelle ich mich vor den Spiegel, streiche mir die Locken aus dem Gesicht, atme tief durch und gehe zurück nach nebenan, zu meinem künftigen Ehemann.

»Wohin gehen wir denn?«, will Lala wissen.

Ich setze die Sonnenbrille auf und grinse.

»Siehst du schon noch!«

»Nun sag schon!«

»Nö!«

»Kannst du in den Schuhen überhaupt gehen?«

»Klar«, sage ich, obwohl Lala da einen empfindlichen Punkt berührt – ich habe das Gefühl, dass ich mir in diesen blöden Pumps die Ferse aufscheuere. Aber was soll's, es ist Frühling, die Bäume grünen, und an der Crellestraße sitzen schon die ersten Menschen vor den Cafés in der Sonne. Ich habe gute Laune, ich habe Lust zu laufen, und außerdem habe ich Georgs Kreditkarte dabei. Nicht geklaut – er hat sie mir gegeben! Bis 2000 Euro darf ich hochoffiziell ohne zu zögern gehen. Und Lala, die Gute, sie ahnt nichts.

»Wie lange müssen wir denn noch laufen?«

»Nur noch bis zur Hauptstraße und dann rechts.«

Ich kann gar nicht aufhören zu grinsen. Wir biegen in eine kleine Seitenstraße ein, und jetzt ist endlich das Schild zu lesen: *Marlene Marc – Bridal Fashion*.

»Du spinnst!«, ruft Lala, als sie das Schild sieht. »Du willst doch wohl nicht etwa …«

Ich stoße die Ladentür auf, ein leises Klingeln ertönt. Eine Frau, die ungefähr 25 ist, aber noch weniger wiegt, kommt aus dem Hinterzimmer und stakst uns in hohen Schuhen entgegen. Sofort vergesse ich meine aufgescheuerte Ferse, so froh bin ich, dass ich nicht in Turnschuhen gekommen bin.

»Hallo! Kann ich euch helfen?«

»Ich denke schon!«

Ich beschreibe das Kleid aus dem Internet und sage, dass ich es gerne anprobieren würde. Sie braucht ganz schön lange, bis sie kapiert, welches ich meine. Dabei hängen an der einzigen Kleiderstange in dem sonst völlig leeren Laden allenfalls zwanzig Fummel.

»Ach, Sie meinen das Petit Jardin! Welche Größe brauchen Sie denn?«

»M, eventuell eins größer.«

»L führen wir nicht«, sagt sie mit einem Gesicht, als hätte ich sie nach einem Latextanga gefragt.

»Also gut, dann eben M.«

Das Kleid sieht wirklich traumhaft aus, wie es da am Bügel hängt. Noch schöner als auf den Fotos im Netz. Der Stoff ist ganz leicht, und sofort sehe ich mich wieder damit über eine Wiese wehen. Eine Kreuzfahrt käme bestimmt auch gut damit. Eine Gartenparty mit Hollywoodschaukel. Es wirkt nur ein bisschen, na ja, *schmal*. Ich schiele auf das Etikett, aber die Größe stimmt. Hm. Vielleicht nur der Schnitt.

»Die Umkleide ist dahinten …«

Ich sehe mich nach Lala um, aber die signalisiert mir mit einer Kopfbewegung, dass sie draußen auf mich warten wird. Ich verschwinde in der Kabine.

»Lotte? Na, wie ist es?«

»O Gott, da bist du ja endlich. Komm bitte mal rein, aber vorsichtig!«

Meine Stimme klingt gepresst, weil ich Angst habe, zu tief einzuatmen und irgendeine Naht zu sprengen.

»Was ist?«, fragt sie leise und steckt den Kopf durch den Vorhang. Dann entfährt es ihr: »O Gott!«

Ich habe ihr den Rücken zugewandt und starre in den Spiegel. Ich sehe aus wie eine Weißwurst, die an den Enden aufgeplatzt ist.

»Kann ich irgendetwas tun?«

»Du kannst die Feuerwehr rufen«, flüstere ich. »Ich komm nicht mehr raus aus dem Ding!«

Noch sechs Wochen ...

Am ersten Tag nach dem Desaster bei Marlene Marc habe ich nichts anderes getan als: Kuchen essen. Morgens bin ich zum Bäcker Kronberger und habe mir zwei Stück Streuselkuchen geholt. Mittags fühlte ich mich immer noch nicht besser. Also bin ich wieder los – zwei Quarkschnitten. Am Abend war ich in meiner Selbstachtung so tief gesunken, dass ich mir zweimal Himbeer-Sahne und ein Stück Schokoladentorte holte, die ich noch im Stehen in der Küche in mich reingeschlungen hab. Am nächsten Tag das Gleiche, dieselben Kuchen, dieselbe Reihenfolge. Am übernächsten Tag: Dasselbe Muster. Streuselkuchen, Quarkschnitten, Himbeer-Sahne, Schokolade.

Zwischendrin aß ich:

– sechs Kabanossi
– 245 Gramm alten Gouda
– 361 Gramm Taleggio
– 204 Gramm Parmaschinken
– 217 Gramm Rosmarinschinken
– 196 Gramm Fenchelsalami
– einen Becher Brunch-Frischkäse mit Gurke und Dill
– eine Familienpackung Obstgarten
– zwei Tafeln Kinderschokolade
– zwei Tafeln Ritter Sport Dunkle Vollmilch und
– drei Packungen Karamellbonbons.

Dazu kamen zwei Flaschen Riesling und zwei Flaschen Weißburgunder, zu je 9,99 bzw. 11,49 Euro.

Ich weiß das so genau, weil ich, unmittelbar nachdem ich mich von Lala getrennt hatte, den Tränen nahe in die Feinkostabteilung von Karstadt gerannt bin und der Kassenzettel die ganzen drei Tage über auf dem Küchentisch lag. Ich weiß es auch, weil Georg ständig irgendwelche Termine hatte und keine einzige Mahlzeit zu Hause eingenommen hat. Und ich weiß es so genau, weil der Kühlschrank heute Morgen leer war.

Okay, den Brunch mit Gurke und Dill habe ich nur aufgerissen und ihn nach kurzem Probieren dem Mülleimer übergeben. Aber das waren vielleicht 300 Kalorien von geschätzten 40000.

Jetzt hasse ich mich dafür, aber so richtig. Wenn es eine Flagge von mir gäbe, würde ich sie auf offener Straße verbrennen. Wenn ich ein Wein wäre, würde ich mich in den Gully kippen. Wenn ich in einem Supermarktregal stünde, würde ich mich mit einem Boykottaufruf versehen.

Ich werde nie wieder essen. Nie wieder. Das habe ich heute Morgen beschlossen.

Ich hätte es gern schon gestern beschlossen, aber da waren noch Taleggio und dieser köstliche Rosmarinschinken im Kühlschrank.

Inzwischen ist es Mittag, und ich reiße die Kühlschranktür schon wieder auf, aber außer Milch, Senf, ein paar Soßen, Knoblauch und altem Parmesan ist nichts mehr darin. Ich mache ein wütendes Geräusch, gehe zurück ins Arbeitszimmer und versuche, mich wieder auf die Arbeit zu konzentrieren. Ich stehe wieder auf und sehe noch einmal in den Kühlschrank. Ich trinke ein großes Glas Wasser. Ich könnte sterben vor Hunger. Ich würde morden für eine Scheibe Brot mit Butter und Schinken. Ich bin kurz davor, mir diesen verdammten sandigen Parmesan zwischen die Kiefer zu schieben. Mein Körper will nichts anderes mehr als zum Bäcker gehen, meine Lippen formen bereits die Worte »Himbeer-Sahne« und »Quarkschnitte«, aber irgendwie schaffe ich es, meine Beine dazu zu zwingen, mich zurück an den Schreibtisch zu bringen. Ich müsste einen Text über ein revitalisierendes Aktivserum schreiben, aber über ein paar Zeilen komme ich nicht hinaus.

Menschen brauchen Zuneigung. Sie sehnen sich nach Hingabe, streben nach Balance. Dieser Gedanke inspirierte uns zu einem Serum aus Teufelskralle und Taigawurzel, das auf der Haut einen feuchtigkeitsspendenden und zugleich revitalisierenden Film hinterlässt …

Balance. Zuneigung. Das Einzige, wonach ich mich sehne, ist eine Scheibe Brot! Ich stürze in die Küche und trinke *noch* ein Glas Wasser. Dann mache ich das, was ich immer mache, wenn ich mich vor der Arbeit drücke. Ich klicke mich durch meine Bookmarks. Fast alles sind Blogs, in denen es um nichts anderes als ums Essen geht. Normalerweise inspiriere ich mich damit, wenn ich nicht genau weiß, was ich am Abend kochen will. Ich schwelge dann genüsslich in den Rezepten, lese die Texte dazu, sehe mir Fotos an. Heute klicke ich mich durch die Links wie eine Getriebene. Ich sehe Rinderragout. Risotto mit Speck, Rosmarin und Bohnen. Lammstelzen auf provenzalische Art. Schweinebraten. Schweinebraten. Schweinebraten. Ich sehe Schweinebraten sogar auf den Seiten, auf denen es heute nur Salat gibt.

Plötzlich fällt mir der Vorratsschrank ein. Die Leberwurst vom Bunten Bentheimer Landschwein. Es müssen noch fünf Gläser da sein. Und ist nicht noch Knäcke im Brotfach? Ich bin gerade dabei, aufzustehen und in die Küche zu gehen, da klingelt das Telefon.

Georg ist dran und fragt, ob ich heute Abend mit ihm essen gehe. »Wir haben schon seit Tagen keinen Abend mehr zusammen verbracht!«

»Oh«, sage ich.

»Oh? Hast du keine Lust?«

»Doch, doch«, sage ich schnell, denn ich weiß, was passiert, wenn ich *nicht* zusage. Er wird sich nach einem schnellen Abendessen bis Mitternacht ins Arbeitszimmer verziehen, und ich kann zusehen, wie ich das Fernsehprogramm ertrage. So ist das ständig, seit er diesen blöden neuen Job hat.

»Sehr gut«, sagt Georg.

»Und wo willst du hin?«, frage ich. Wenn er Isola Sarda sagt, dann drehe ich durch, denn im Isola Sarda gibt es diesen unglaublich köstlichen …

»Ins Isola Sarda, da waren wir schon seit Wochen nicht mehr.«

… sardischen Schweinebraten!

»Nimmst du vorneweg Risotto oder Pasta?«, fragt Georg. Er hebt den Blick nicht von der Karte und sieht deshalb auch nicht, dass meine Augen seit Minuten zwischen den Suppen und den Salaten hin- und herspringen.

»Hm«, mache ich, denn ich kann mich tatsächlich nicht entscheiden. Die Suppen sind alle entweder mit Käse überbacken oder enthalten diese köstlichen, aber unter Diätaspekten betrachtet inakzeptabel fetten sardischen Schweinswürste. Die Salate hingegen sind ein bisschen zu dürftig, um einen wirklich anzusprechen: Es gibt gemischten Salat, Gurkensalat, Tomatensalat und Salat mit Schafskäse und Oliven. Ein Angebot, auf das mein völlig ausgehungerter Magen nur eine Antwort hat: Er brüllt vor Zorn.

Brüll!

»Na, Hunger?«, fragt Georg, als er das Geräusch vernimmt.

»Geht so«, lüge ich, dabei habe ich den ganzen Tag nichts gegessen.

»Und? Was nimmst du?«

»Also, ich glaube, erst einmal ein Carpaccio.«

»Wirklich? Also ich nehme das Risotto mit Bohnen, Salsiccia und Rosmarin.«

Brüll!

»Und dann?«, frage ich, dabei weiß ich die Antwort.

»Sardischen Schweinebraten!«

Offensichtlich hat Georg nicht richtig hingehört, als ich mein Hauptgericht bestellt habe, denn als unser Lieblingskellner mir statt eines Fleischbergs eine Schüssel Salat und dazu Öl und Essig extra bringt, sieht Georg mich fassungslos an.

»Was ist denn mit dir los?«

»Ich mache Diät. Diesmal wirklich und ernsthaft.«

»Aber warum denn? Nur, weil du um ein Haar ein viel zu kleines Brautkleid gesprengt hättest?«

»Es war nicht zu klein!«

»Lala hat behauptet, dass es allenfalls ausfiel wie Größe S.«

»Es war aber eine M! Ich bin viel zu fett!«

»Schatz, du redest so einen Quatsch. Du siehst großartig aus. Wie eine prächtige Blüte!«

»Ich will aber keine prächtige Blüte sein.«

»Sondern?«

»Ein zierliches Knösplein.«

Georg schließt die Augen und atmet tief ein. Dann beugt er sich über seinen Teller, säbelt ein Stück vom Schweinebraten ab und hält mir die Gabel vor die Nase. Ich schüttle entschlossen den Kopf und picke demonstrativ ein Stück Tomate aus meinem Salat.

»Schatz, du brauchst keine Diät, du brauchst nur ein Kleid, das dir passt.«

»Toll, dann guck ich mal bei Ulla Popken.«

Ich spieße eine Gurkenscheibe auf und stecke sie mir in den Mund. Der Salat schmeckt grässlich. Ich habe darauf verzichtet, ihn mit Öl anzumachen, und als Ersatz jede Menge Salz und Pfeffer genommen und die doppelte Menge Balsamico drübergekippt. Jetzt schmeckt jeder Bissen genau danach: nach Essig, Salz und Pfeffer. Noch nicht einmal im Mund fühlt es sich an, als würde man davon schlank. Es ist einfach nur sauer. Als Georg mir noch eine Gabel vor die Nase hält, schüttle ich wieder den Kopf.

»Aber das Stück hier ist ganz mager!«

Dann schmeckt es nicht, denke ich, öffne den Mund aber trotzdem. Der Braten ist köstlich. Ich zwinge mich, nicht mehr auf Georgs Teller zu stieren, sondern mich auf meinen Essigsalat zu konzentrieren. Herrgott, ich habe wirklich keine Ahnung, wie ich das durchstehen soll: eine Diät! Nicht, dass ich ein sonderlich pessimistischer Mensch wäre, aber jede Diät, die ich bislang angefangen habe, endete direkt nach dem ersten Vollkornmüsli mit Magermilch. Ich *brauche* einfach ein Croissant zum Frühstück, da kann ich meinem Körper gut zureden, wie ich will.

Als der Kellner nach dem Essen den Tisch abräumt, bin ich immer noch hungrig, und als er fragt, ob wir ein Dessert nehmen, werde ich schwach. Fast. Es ist die schwerste Entscheidung meines Lebens, aber ich lehne ab.

»Wenn du willst, nehme ich mir nächste Woche frei, dann können wir in ein paar von diesen Brautmodeläden gehen und gucken, ob wir irgendetwas für dich finden«, sagt Georg und leckt einen Berg Tiramisu von seinem Löffel. Tiramisu! Inzwischen habe ich *richtig* schlechte Laune.

»Ich *will* aber nicht in einen Brautmodeladen!«

»Warum denn nicht? Die werden sicher auch ein paar nette Kleider haben … Kann doch nicht sein, dass dieses Schöneberger Boutiquen-Brautkleid das einzig Akzeptable in der ganzen Stadt ist!«

»Ich *kann* aber nicht in einen Brautmodeladen!«

»Aber warum denn?«

»Schau mich an! Wenn ich in meinem Zustand in ein Brautkleid steige, sehe ich aus wie ein Schneemann!«

»Aber wenn du doch jetzt Diät machst?«

»Dann kann ich in sechs Wochen in so einen Laden gehen. Frühestens! Also zu unserem Hochzeitstermin!«

Ja, ich bin mir durchaus darüber im Klaren, dass es in meiner Situation völlig idiotisch ist, der Vision eines idealen Hochzeitskleides hinterherzujagen, das es wahrscheinlich gar nicht gibt. Ja, ich *bin* verzweifelt. Meine Nervosität steigt stündlich! Und ja, es macht die Sache nicht leichter, dass dabei auch noch mein Magen immer nervöser wird. Tag und Nacht sitze ich karottenknabbernd vor dem Internet und klicke mich durch das Klamottenangebot von amerikanischen, australischen, französischen, italienischen und schweizerischen Onlineshops, in der Hoffnung, irgendwo ein Stück Stoff zu finden, das als Brautkleid taugt, aber gegen das Marlene-Marc-Kleid fällt alles andere ab. Es ist, als hätte ich einmal mit George Clooney geschlafen und würde jetzt versuchen, einen neuen Mann zu finden. In einem Fußballstadion. Gerade versuche ich es sogar auf einer japanischen Seite, aber da klingelt das Telefon, zum Glück, denn über die Startseite wäre ich ohnehin nicht hinausgekommen. Es ist Georg, und er klingt gehetzt.

»Was ist los, Liebster?«

»Diese Frau Homeier vom Standesamt Milow hat gerade angerufen. Sie wollte wissen, warum ihr noch keine Anmeldung zur Hochzeit von uns vorliegt!«

»Aber wir *haben* uns doch angemeldet!«

»Na ja, wir haben einen Termin *reserviert*. Wir müssen aber noch auf das Standesamt in Berlin, um uns zur Hochzeit anzumelden. Die Berliner schicken unsere Unterlagen dann nach Milow, ohne das läuft gar nichts.«

»Diese gottverdammten Bürokraten! Wahrscheinlich ist es unkomplizierter, einen Waffenschein zu kriegen«, stöhne ich.

»Ich könnte mir morgen freinehmen.«

»Ist das so eilig?«

»Die Frau meinte, ohne Anmeldung könne sie unseren Termin nicht weiter reservieren!«

Wir sind ein bisschen nervös, als wir am nächsten Morgen die Stufen zum Standesamt hinaufgehen – nicht, weil uns in irgendeiner Weise romantisch zumute wäre, sondern weil unser ganzes verdammtes Fest auf dem Spiel steht. Wenn wir diesen Termin nicht mehr kriegen, können wir sehen, wo wir im Internet *Aus*ladungskarten herbekommen. Außerdem habe ich Angst, auf den Fluren des Amtes irgendwelchen aufgeregten Bräuten zu begegnen. Zeuge des Liebesglücks anderer Menschen zu werden, befremdet mich schon in der U-Bahn, und um ganz ehrlich zu sein: Eigentlich möchte ich am liebsten die einzige Frau auf der Welt sein, die heiratet. Der Gedanke daran, dass tagtäglich Hunderte Bräute aus deutschen Standesämtern herausmarschieren, macht das Ganze zu so etwas wie einer Kfz-Zulassung – irgendwie *gewöhnlich*.

Allerdings kommen wir ohnehin nicht besonders weit. Schon an der ersten Tür empfängt uns ein Schild, auf dem dick und breit steht:

Um lange Wartezeiten zu vermeiden, sind Anmeldungen zur Eheschließung nur nach vorheriger Terminvereinbarung möglich. Setzen Sie sich hierzu bitte persönlich oder telefonisch mit uns in Verbindung.

Ratlos starren wir auf das Schild, bis wir ausweichen müssen, weil ein Paar mit einem Neugeborenen an uns vorbeiwill. Die Tür öffnet sich, und wir können einen Blick in den langen Gang werfen, von dem nummerierte Türen abgehen. Der Gang ist voll, Dutzende Menschen sitzen, stehen, gucken aus dem Fenster, lehnen sich erschöpft an die Wände. Bräute sind zum Glück nicht dabei. Ich sehe mich um und entdecke ein Schild: *Eheschließung 1. Stock*. Gott sei Dank, eine andere Abteilung.

»Wieso muss man sich zu einer Anmeldung anmelden? Und wieso muss man für die Anmeldung zur Anmeldung Schlange stehen?«, schimpft Georg mit mühsam unterdrückter Lautstärke.

»Verstehe ich auch nicht. Gehen wir jetzt rein?«, frage ich Georg, doch der schüttelt den Kopf und beginnt die Telefonnummer, die unten links auf dem Schild angegeben ist, in sein Handy zu tippen. Er lauscht in den Hörer, wirft mir einen Blick zu und geht vor die Tür.

Die Sonne blendet mich, als ich ebenfalls vor das Standesamt trete. Erst nach ein paar Sekunden erkenne ich Georg, der mit dem Handy am Ohr auf einen Baum einredet.

»Gut, vielen Dank, auf Wiederhören!«, verstehe ich noch. Dann dreht er sich um.

»Und?«

»17. April, neun Uhr.«

»Was?«

»Unser Anmeldetermin.«

»Aber das ist ja erst in drei Wochen!«

»Zuerst wollte sie mir einen in sechs Wochen geben, aber ich habe sie davon überzeugt, dass es eilig ist.«

»Reicht das denn noch? Drei Wochen später ist ja schon unsere Hochzeit!«

»Ja, es reicht. Gerade noch so. *Angeblich*.«

Georg sieht mich an. Ich sehe Georg an. Mir wird schlecht. Ich spreche nicht aus, was mir durch den Kopf geht: Was, wenn uns irgendetwas dazwischenkommt? Wenn wir den Termin vergessen? Unsere Anmeldung auf dem Postweg verloren geht? Ich will nicht daran denken. Ich will einfach nicht daran denken. Plötzlich habe ich das Gefühl, dass mir das Unternehmen Eheschließung zu viel wird. Und Georg geht es offensichtlich nicht anders, denn er zieht geistesabwesend sein Portemonnaie aus der Hose und beginnt verlegen, darin herumzuwühlen. Ich lenke mich von dem Anblick ab, indem ich in den Himmel sehe, an dem sich gerade ein Flugzeug in den Landeanflug auf Tegel begibt.

Fast stolpere ich, als Georg mich plötzlich am Arm nimmt.

»Komm!«, sagt er und grinst blöd.

»Was grinst'n so blöd?«

»Wir fahren nach Schöneberg.«

»Warum?«
»Weil ich heute freihabe!«
»Aber warum Schöneberg?«
»Wirste schon sehen!«

»Vergiss es! Ich werde diesen Laden nicht betreten!«, kreische ich, als wir wenig später auf die Hauptstraße in Schöneberg biegen, und bleibe stehen.

»Na komm schon, wir gehen da jetzt rein, kaufen dir das Kleid und sind so schnell wieder draußen, dass die Verkäuferin nicht einmal kapieren wird, woher die zweitausend Euro sind.«

»Diese dumme Bohnenstange hat mir beim letzten Mal so verächtlich auf den Arsch gestiert, die würde den auf hundert Meter Entfernung erkennen!«

»Aber du verlangst das Kleid doch mit deinem Mund, nicht mit deinem Hintern!«

»Ich werde da nicht reingehen. Außerdem ist das Kleid viel zu klein, vergessen?«

»Aber du hast doch schon sooo viel abgenommen! Bis zur Hochzeit schaffst du das mit links!«, sagt Georg und versucht, mich an der Hand weiterzuziehen.

»Ich habe *dreihundert* Gramm abgenommen! Wenn ich in dem Tempo weitermache, schaffe ich bis zur Hochzeit allenfalls zwei Kilo!«

»Gut, dann gehe ich da eben alleine rein«, sagt er und lässt mich stehen, einfach so, mitten auf der Straße.

Eine Stunde später stehe ich im Schlafzimmer vor dem Spiegel und halte mir das Kleid vor den Körper. Dann feuere ich das Scheißding in die Ecke und schlüpfe wieder in T-Shirt und Hose. Ich betrachte im Spiegel mein Gesicht und erblicke eine Frau, die irgendwie … hart aussieht.

Ich versuche, tief durchzuatmen, aber es gelingt mir nicht.

Wir haben uns während dieser blöden Hochzeitsvorbereitung schon öfter gestritten. Während der Suche nach einem Ort für die Feier, wegen der Vöglein auf den Einladungskarten, wegen der Frage, ob die Verwandtschaft denn nun eingeladen wird oder nicht – und immer, immer wieder, weil Georg so viel arbeitet und die ganze Organisation an mir kleben bleibt. Aber jetzt habe ich zum ersten Mal das Gefühl, dass …

Meine Pupillen im Spiegel sind ganz klein, nicht größer als Stecknadelköpfe. Beschämt sehe ich zu Boden, hebe das Kleid auf und lege es auf den Sessel, auf dem schon ein paar andere Klamotten liegen.

Nein, ich habe nicht das Gefühl, dass irgendetwas auf dem Spiel steht.

Es tut mir leid. Statt mich darüber zu freuen, dass mein zukünftiger Mann mir eine Freude machen und mich mit einem sündhaft teuren Traumkleid zu meinen Diätplänen motivieren wollte, war ich ungerecht und pampig. Ich habe den ganzen Rückweg nicht mit ihm geredet, in der U-Bahn nicht, im Treppenhaus nicht, im Flur nicht und auch nicht als er die Wohnzimmertür hinter sich geschlossen hat. Ich habe ihn nicht einmal angesehen. Ich habe nur empört den Kopf in den Nacken geworfen, als sei ich Linda Evangelista. Dabei bin ich nur ich.

Unter anderen Umständen würde ich jetzt Lala anrufen, aber das geht nicht, weil ich an allem schuld bin und Lala die Eigenschaft hat, grundsätzlich dem recht zu geben, der gerade recht *hat* – was in meiner Situation nicht gerade eine psychologische Pralinenpackung und also wenig tröstlich wäre.

Das Kleid ist immer noch wunderschön, sogar, wenn es nur wie jetzt auf einem Haufen ungewaschener Hemden liegt. Aber es versetzt mir einen Stich, so wie einem manche schönen Frauen einen Stich versetzen, wenn man sie zufällig auf der Straße oder im Café sieht, Frauen, die mit einer solchen Erhabenheit schön sind, dass einem völlig klar ist: Egal, wie schlank man wäre, egal, was für teure Kleidung man tragen würde, egal, ob es einem gelänge, endlich einen perfekten Lidstrich zu ziehen, man wird niemals in ihrer Liga spielen. Dieses Gefühl hat nichts mit Neid zu tun, nichts mit Eifersucht. Nur mit der Erkenntnis, wie weit entfernt man von der Perfektion ist. Wahrscheinlich würde mir dieser Zweitausend-Euro-Fummel auch dann nicht stehen, wenn ich zehn Kilo leichter wäre. Wahrscheinlich bin ich einfach nicht gemacht dafür.

Das Kleid auf dem Klamottenberg. Es ist da hindrapiert wie auf einem Foto in einem Modemagazin.

Ich versuche durchzuatmen, und diesmal gelingt es mir besser.

Ich lächle mich im Spiegel an, streiche mir eine Strähne aus dem Gesicht, gehe in die Küche, hole aus dem Kühlschrank zwei Flaschen Bier und öffne leise die Wohnzimmertür.

Von: »Kristin Engels«
An: »Charlotte Michalski«
Betreff: Die Einladung!
Datum: 4. April

liebe charlotte,
eure hochzeitseinladung ist heute gekommen, grazie mille, sektempfang, buffet, musik und tanz, das klingt ja alles ganz super. nur ein detail verwirrt mich ein wenig – wieso soll die trauung denn plötzlich in einer kirche stattfinden? nein, ich bin nicht blind, natürlich sehe ich, dass auf der karte »standesamtliche trauung« steht. trotzdem: lotte, das geht nicht! du kannst doch nicht in einem gotteshaus heiraten, wenn du gar nicht an gott glaubst! du kannst doch deine überzeugungen nicht für ein bisschen kulisse preisgeben! hat dir jemand ins hirn geschissen?
na ja, nichts für ungut. hin und wieder muss einfach mal jemand mit dir schimpfen. und wenn georg das nicht tut, dann eben ich. auf die hochzeit freue ich mich natürlich trotzdem.
deine kristin

Noch fünf Wochen ...

Kann man noch tiefer sinken?

Verlegen an einer Selleriestange knabbernd, tippe ich *www.ebay.de* in den Browser, dann »Brautkleid kurz« in das Suchfeld, und noch ehe die Trefferliste angezeigt wird, poppt in meinem Kopf ein Fenster auf, in dem folgende zwei Worte blinken:

SCHLECHTES GEWISSEN.
SCHLECHTES GEWISSEN.
SCHLECHTES GEWISSEN.

Um mit Paris Hilton zu sprechen: *Oh my god*. Ich habe keine Ahnung, wie ich Lala erklären soll, dass ich inzwischen so weit bin, auf eBay nach einem Kleid zu suchen. Bestimmt hat sie wieder eine passende Story von einer Freundin ihrer großen Schwester parat, die davon handelt, wie sich erst während des Hochzeitstanzes das eBay-Kleid auflöste und ein paar Monate später die Ehe in die Brüche ging. Sie erzählt mir in letzter Zeit ständig solche Geschichten: die von dem Bräutigam, der kurz nach der Trauung seinen handwarmen Ehering im Schnee verloren hat, woraufhin die versammelte Hochzeitsgesellschaft eine Wiese mit dreißig Zentimetern Neuschnee umgraben musste, natürlich ohne Resultat, und ein Jahr später war die Ehe am Ende. Die von der Braut, die, da sie ja schon etwas Altes, etwas Neues und etwas Gebrauchtes trug, glaubte, zum Thema »blau« würde eine leichte Likörfahne genügen. Die von dem besonders emanzipierten Hochzeitspaar, das dachte, es könne die Regel umgehen, dass der, der beim Anschneiden der Torte das Messer führt, später in der Ehe das Sagen hat, und deshalb die Torte getrennt anschnitt: Die eine Seite des ersten Stücks löste er aus, die andere sie. Kurze Zeit später saßen die beiden beim Scheidungsanwalt, er mit blauem Auge links, sie mit blauem Auge rechts. Ich habe versucht, Lala zu sagen, dass solche Storys fünf Wochen vor der Hochzeit einem nicht gerade das verleihen, was man Flügel nennt, worauf sie geantwortet hat: »Was dir fehlt, sind auch keine Flügel, sondern ein Ansatz von Bewusstsein für das, was du zu tun gedenkst. Du heiratest, Lotte, das ist nicht irgendeine *Party*, die man mal nebenbei steigen lässt!« Lala ist der festen Überzeugung, dass eine Hochzeit, bei der man nicht die traditionellen Formen wahrt, allenfalls in eine Katastrophe münden kann. Neulich hat sie mir sogar eine Liste mit Spielen und Bräuchen aus dem Internet ausgedruckt. Als Georg sie auf dem Küchentisch gefunden hat, war sein einziger Kommentar: »Geht's noch?«

Wahrscheinlich betet sie jeden Abend für uns, seit ich ihr gebeichtet habe, dass wir sogar vorhaben, die Nacht vor der Hochzeit miteinander zu verbringen. Ja, in *einem* Zimmer! In einem Bett sogar!

Aber: Wenn man Christ sein muss, um in den Himmel zu kommen, muss man dann nicht auch abergläubisch sein, damit ein Unglück eintritt? Eben.

Und überhaupt – mir bleibt gar nichts anderes übrig, als im Dreck zu stochern. Ich meine, ich habe in den letzten Tagen wirklich ganz, ganz streng ausschließlich Rohkost mit leichtem Frühlingsquark und hin und wieder ein bisschen Vollkornbrot gegessen und habe laut Waage sogar tatsächlich noch mal 700 Gramm abgenommen. Aber als ich vorhin das Kleid anprobieren wollte, sah ich darin immer noch aus wie eine Nackenrolle mit Rüschen. Na gut, immerhin bin ich diesmal alleine wieder rausgekommen – trotzdem bin ich nicht so dumm zu glauben, dass ich auch nur die geringste Chance habe, da bis zur Hochzeit reinzupassen. Also habe ich Georg angerufen und ihm erklärt, dass es mir leidtut und ich seine Geste wirklich nicht herabwürdigen will, ich ihn aber trotzdem darum bitte, das Kleid wieder zurückzubringen – drei Tage lang geht das noch. Er war ein bisschen beleidigt, hat dann aber doch eingewilligt.

Aber irgendwas muss ich doch anziehen! Und weil mir langsam die Ideen ausgehen, suche ich jetzt bei eBay.

Frevlerisch wie eine 15-Jährige, die auf dem Dorffriedhof einen Joint raucht, klicke ich das erste Angebot an: DREAM WEISS KURZ BRAUTKLEID, steht da. Im Grunde habe ich den Glauben an ein Hochzeitskleid ja längst verloren, aber das hier ist …

Es ist …

Mann, warum klingelt denn jetzt schon wieder das Telefon?

»Charlotte Michalski?«, sage ich genervt in den Hörer.

»Was soll das heißen?«

Meine Mutter. O nein. Was will sie denn schon wieder? Wochenlang hat sie sich nicht bei mir gemeldet, und seit ein paar Tagen ruft sie mich fast stündlich an, um mir immer neue Adressen von polnischen Onkels und Großcousins durchzugeben, die gefälligst auch noch eingeladen werden *müssen*. Zum Glück kann ich ihr die meisten wieder ausreden, aber das ist mühsam. Ich verstehe einfach nicht, warum sie nicht einsehen will, dass es sich ein klein bisschen *seltsam* anfühlt, irgendwelche obskuren Verwandten einzuladen, die extra aus Australien in die mecklenburgische Provinz reisen müssten, obwohl wir sie bislang allenfalls einmal im Leben gesehen haben: bei Olgas Hochzeit von Weitem. Aber jedes Mal, wenn ich dieses Argument vorbringe, antwortet sie: Aber warum? Zu Olgas Hochzeit sind sie doch auch gekommen?

»Was, Mama! Was soll *was* heißen?«, frage ich genervt in den Hörer.

»Die standesamtliche Trauung findet in der Kirche von Milow statt?«

O weh. Sie hat die Einladung bekommen.

»Was passt dir daran nicht?«, sage ich, obwohl ich ganz genau weiß, was es ist. Ich bin bis jetzt noch nicht richtig dazu gekommen, ihr zu verklickern, dass wir nur …

»Heiratet ihr *standesamtlich?*«

Ich stöhne. Meine Mutter lebt zwar seit 35 Jahren in Deutschland, aber im Herzen ist sie Polin, mit allen Konsequenzen. Nicht dass sie sehr tugendhaft wäre oder sich groß um die Bibel scheren würde – die sieben Todsünden zum Beispiel begeht sie täglich: Sie ist eitel, habgierig, genusssüchtig, gefräßig, missgünstig und manchmal sogar zu faul, ans Telefon zu gehen. Und: in diesem Moment ist sie furchtbar zornig. Aber sie trägt ein Marienmedaillon im Geldbeutel mit sich herum, hat eine Christophorus-Münze am Armaturenbrett kleben und hält sogar evangelische Landesbischöfe für heidnische Frevler.

»Ihr heiratet *nicht kirchlich?*«

»Mama …«

»Das ist ein Risiko! Wer soll eure Liebe beschützen, wenn es Probleme gibt?«

»Aber Mama, Georg und ich, wir lieben uns, wir müssen das nicht vor einem Gott bezeugen.«

»Ihr werdet unfruchtbar sein ohne Gottes Segen!«

»Unfruchtbar?« Jetzt reicht's aber! Im richtigen Leben glaubt meine Mutter an Penicillin und Escada – und jetzt will sie so tun, als würde der liebe Gott dafür sorgen, dass das Bienchen zum Blümchen findet?

»Gott beschenkt die mit Kindern, die seinem Weg folgen, alle anderen straft er mit Einsamkeit!«, trompetet sie selbstgerecht in den Hörer.

»Mama!«, sage ich aufgebracht.

»Sieh dir deine Cousine Olga an! Diese Schiffsheirat! Und? Was hat sie davon? Andrzej und sie versuchen seit Monaten, schwanger zu werden, und nichts passiert!«

»Mama …«

Ich atme durch. Ich lüge meine Mutter normalerweise nur an, wenn sie wissen will, wie es bei mir *beruflich* läuft, aber diesmal …

Es ist Notwehr!

»Mama«, sage ich mit bedeutungsschwangerer Stimme, »ich wollte dir das eigentlich erst sagen, wenn ich ganz sicher bin, aber es sieht so aus, als …«

»Was?«, fragt sie und ringt um Atem.

»Es sieht so aus, na ja …« Ich schwöre mir, das, was ich jetzt sage, sofort nach der Hochzeit zu widerrufen, ihr einfach zu sagen, ich hätte mich geirrt. »Sieht aus, als sei Gott mit unserem Weg durchaus *einverstanden*«, flüstere ich.

»Wirklich?« Sie kriegt kaum mehr Luft vor Aufregung. »Das ist ja wunder…«

»Pssst!«, mache ich. »Es ist ja noch überhaupt nicht *sicher!* Mama, das muss unser Geheimnis bleiben. Schwörst du mir das?«

»Ich schwöre«, sagt sie hörbar erregt. »Ach, Lotta, Lotta, liebes Kind!«

»Ach, Mama!«, sage ich.

»Lotta …«

»Mama …«

»Ach, mein Kind …«

O Gott, so liebevoll war meine Mutter nicht mehr, seit mir die Polypen entfernt wurden und sie kurz vor der OP an meinem Bett saß und Angst hatte, ich würde die Vollnarkose nicht überleben. Damals war ich vier.

»Mama …«, sage ich und spüre, wie das schlechte Gewissen in mir wächst wie ein Stück Hefeteig in der Mikrowelle. Blitzschnell erfinde ich einen extrem prestigeträchtigen, sehr lukrativen Job, den ich unbedingt noch vor der Hochzeit zu Ende bringen will, sie seufzt noch einmal, dann legen wir auf.

O Gott. Was habe ich getan? Hoffentlich hält sie still.

Andererseits … es ging doch um einen guten Zweck, oder nicht? Na also.

Außerdem habe ich keine Zeit, mich weiter damit zu befassen. Auf dem Bildschirm vor mir leuchtet immer noch das DREAM WEISS KURZ BRAUTKLEID von eBay, und es ist …

Es ist …

Äh …

Im Ernst: Das hier würde gehen.

Ein schlichtes weißes Kleid. Mit kurzen Ärmeln, nicht zu figurbetont, aber auch keine sackartige Kutte. Natürlich auch kein großer Knaller, aber immerhin sieht es aus, als könnte es mir stehen. Zumindest ist es ganz ähnlich geschnitten wie mein gutes Kleid, das ich zu all jenen Einladungen anziehe, bei denen etwas festlichere Garderobe verlangt wird. Beim Journalistenball. In der Oper. Beim sechzigsten Geburtstag von Mama Link.

Ob es zu langweilig ist?

Die Fotos im Internet zeigen mal wieder so ein Mädchen, das sich von nichts anderem zu ernähren scheint als Orbit ohne Zucker und Kokain. Entsprechend cool sieht das Kleid aus, allerdings würde diesem Mädchen auch ein alter Wischmopp fantastisch stehen.

Ach was, Lotte, sage ich mir, das Kleid wird absolut in Ordnung gehen!

Das Einzige, was *eventuell* gegen das Angebot sprechen *könnte,* ist, dass unter »Artikelstandort« steht: Shanghai, China. Und dass die »Artikelbeschreibung« so lautet:

Willkommen in meinem Shop: Erstens, Erlauben Sie uns, unseren Shop, dort sind spezialisiert auf Design und Designern, die Hochzeit Kleider. So sind wir in der Lage, um jede Farbe Kleidung, wenn Sie wollen, die zu Ihnen passen, DONot vergessen, wir sind die besonderen Gestaltung Hochzeit Kleidergeschäft.

Andererseits – würde Issey Miyake versuchen, seine neue Kollektion auf Deutsch anzupreisen, käme vermutlich auch nichts Besseres raus. Hauptsache, die Jungs können nähen! Ermutigt lese ich weiter.

Das Brautkleid wird in Standard Maße von 32 bis 50 (schauen Sie die Mass Bild darunter) oder laut Ihre Mass zugeschnitten. Wenn in ihre Wunschgröße fertigen, das ganzes Kleid ist handgefertigt, daher brauchen wir ein wenig lange Zeit (4 bis 6 Woche) zu bilden. Schnellexpress kann sein gemacht.

Ein Maßkleid? Für 249 Euro? Wenn ich eine Expressbestellung aufgebe, wird es gerade noch gehen! Und das Allerbeste: Ich könnte endlich diese blöde Diät aufgeben!

»Nein, du musst das Ding hier anlegen. *Hier!*«

Wütend nehme ich Georg die Schnur aus der Hand und zeige ihm, wo. Wir besitzen kein Maßband, nur einen Zollstock, deshalb legt er mir ein Stück Paketschnur um die verschiedenen Körperteile, misst die Schnur dann mit dem Zollstock ab und überträgt die Daten in die Liste, die mir Herr Wu aus Schanghai, China zugemailt hat, zusammen mit einer Messanleitung, die wie folgt aussieht:

Messender Führer für diesen Verkäufer Fehlschlag:
Brust: Messen Sie über dem vollsten Teil Ihres brust.
Taille: Maß um Ihre natürliche Taille; halten Sie das messende Klebeband gemütlich aber nicht fest.
Hüften: Messen Sie um das vollste Teil Ihrer Hüften, 8 cm unter Ihrer Taille.

»Aber hier steht: 8 cm unter Ihrer Taille!«, insistiert Georg und legt die Schnur zurück auf ihre alte Position.

»Aber meine Hüften sind hier! *Hier!*«

»So?«

»Autsch! Da steht: ›gemütlich‹, nicht: ›die Braut umbringen‹!«

Ich hätte Lala anrufen sollen. Lala hätte gewusst, wie man an einem Menschen Maß nimmt. Aber irgendwie hatte ich gedacht, Georg könnte das auch, und jetzt schlagen wir uns seit einer Stunde mit dieser beschissenen chinesischen Messanleitung herum. Aber: Ich bin zu besessen von dem Gedanken, ein Maßkleid für 249 Euro zu bestellen und damit all meine Brautkleidprobleme gelöst zu haben, um die Sache wieder abzubrechen.

Ganz unten auf dem Formular steht noch folgender Satz, diesmal auf Englisch:

We are sorry if have happen accident, anyhow, if You buy from us can full confidence!

Ich frage mich, ob das noch gilt, wenn ich gleich das empfohlene »Klebeband« hole und meinem lieben Bräutigam dann ein ganz schrecklicher Unfall passiert!

»Und jetzt nimm die Arme hoch«, sagt Georg.

»Wieso?«, keife ich.

»Willst du, dass ich deine Oberweite so ausmesse, dass du noch zwei Flaschen Sekt im Dekolleté transportieren kannst?«

»Sag das doch gleich«, schnaube ich und ergebe mich.

Besonders wütend macht mich die Tatsache, dass Georg sein Outfit natürlich *längst* hat. Er ist einfach zum Herrenausstatter seines Vertrauens gegangen, hat drei schwarze Anzüge anprobiert und sich dann für den entschieden, der am perfektesten saß. Nicht einmal die Hose haben sie kürzen müssen. Die ganze Aktion hat eine Stunde gedauert, maximal, er hat die Sache einfach in der Mittagspause erledigt und hatte danach sogar noch Zeit für eine Portion geschmälzte Maultaschen in einem unserer Lieblingsrestaurants.

»Fertig!«, ruft Georg.

»Wirklich?«, frage ich skeptisch.

»Hier!«, sagt er und drückt mir ein Blatt Papier mit meinen Maßen in die Hand.

»Huhu, Kristin, ich bin's, Lotte, tja, irgendwie erreiche ich dich zurzeit nicht, na ja, meld dich mal, wenn du Zeit hast, wir könnten ja mal wieder ins Kino gehen, danach ein Glas Wein, was meinste? Also, ruf an!«

Ich lege auf und rufe als Nächstes bei meinen Eltern an, aber auch bei denen geht nur der Anrufbeantworter dran.

»Hallo, Mama, hallo, Papa, ich bin's, tja, also, ich wollt

mich nur mal melden. Also, mit der Hochzeit läuft alles bestens, Georg und ich freuen uns schon sehr, vor allem auch darauf, euch wiederzusehen. Meldet euch doch mal! Tschühüs!«

Ich versuche es bei Georg, aber da meldet sich nur der Kollege Runte.

»Huch? Ah, in einer Konferenz? Na gut, ich rufe später noch mal an. Nein, nicht nötig! Wiederhören!«

Wenn ich unter normalen Umständen Lust auf Gesellschaft habe und niemanden erreichen kann, werde ich spätestens nach dem dritten Versuch depressiv. Ich denke dann nämlich sofort, dass mich keiner mehr mag, dass meine Freunde nicht ans Telefon gehen, sobald sie meine Nummer auf dem Display sehen, weil sie neue Freunde haben, weil sie interessantere Gesprächspartner haben, weil ich nur eine dumme, bedürftige Kuh bin. Ich laufe dann sofort zum Eisfach und hole mir das Vanilleeis, das dort für solche Momente bereitsteht, esse Löffel um Löffel, bis endlich jemand zurückruft und mir erzählt, dass er sich eben durch eine 16-stündige Aufführung des Rings von Wagner gequält habe, und ob ich nicht Lust habe, etwas essen und ganz viel Wein trinken zu gehen. Dann denke ich an die 1000 Milliliter Eis in meinem Bauch, werde ganz kurz noch depressiver, um eine Sekunde später glücklich und erleichtert zuzusagen.

Heute allerdings ist es mir schnurzpiepegal, dass niemand erreichbar ist. Seit ich meine Maße nach China gemailt habe und schon eine halbe Stunde später die in gar nicht einmal sooo miserablem Englisch verfasste Auftragsbestätigung bzw. eine »Bestätigung die Auftrag« erhalten habe, bin ich so fröhlich wie sonst nur, wenn man mir im Isola Sarda ein besonders großes Stück Schweinebraten vor die Nase stellt. Ich habe so gute Laune, dass ich mich nicht einmal vor Lala fürchte, die in einer Stunde kommen will, um die Tischdeko zu besprechen, auch auf die Gefahr hin, dass sie wieder etwas von Brautmodeläden und Terminen faselt oder noch schlimmer: wissen will, was der Grund für meine hervorragende Laune ist.

Wir haben eine Location, wir haben unsere Klamotten, die Einladungen sind draußen – jetzt müssen wir nur noch »Ja« sagen!

Noch vier Wochen ...

»Ringe, Tischdeko, Tischordnung, Schuhe einlaufen, Friseurtermin machen, Schminke auswählen, Solariumsbesuche beginnen, Hochzeitstorte auswählen und bestellen ...«

»Was?«, sage ich.

»Deine To-do-Liste! Hier! Schaust du die überhaupt noch an?«

»Nein. Ja. Aber: Was hast du da gerade gesagt?«

»Hochzeitstorte auswählen und bestellen.«

»Eine Hochzeitstorte! Daran hab ich überhaupt nicht mehr gedacht!«

»Ja, Lotte, aber dafür ist noch ein bisschen Zeit, eigentlich hatte ich heute vor, mit dir ...«

»Ach ja, die Tischdeko wollten wir besprechen. Guck mal, ich hab noch mal die Brautzeitschriften durchgesehen, und in der *Brides* gab es ein paar echt nette Ideen, hier zum Beispiel ...«

»Äh, Lotte?«

»Ja?«

»In Wirklichkeit habe ich was anderes vor mit dir.«

»So?«

»Wir haben um 16 Uhr einen Termin bei Brautmoden Wunderlich.«

»Was?«

»Die größte Auswahl in Berlin und Brandenburg, alle Top-Marken, viele Größen vorrätig.«

»Was?«

»Pronovias, Cymbeline, La Sposa, Complicité, Demetrios, Rosa Clará, Justin Alexander …«

»Hä?«

»Wir werden dir jetzt endlich ein Brautkleid kaufen!«

Ich spüre, wie ich ganz kurz kreidebleich werde und schon in der nächsten Sekunde knallrot. Ich beginne, etwas zu stammeln, was so ähnlich klingt wie Georgs Versuche, bayerisch zu sprechen, und habe auf einmal das Bedürfnis nach einem Maßkrug voll Schnaps.

»Was ist los«, fragt Lala und springt auf, »hast du dich verschluckt?«

Ich kann immer noch nicht antworten, erst als Lala anfängt, mir wie eine Irre auf den Rücken zu klopfen, schaffe ich es, Luft zu holen und ihr zu sagen, dass sie aufhören soll. Dann erzähle ich ihr die Geschichte von eBay, Herrn Wu und mir. Ich verschweige dabei alles, was sie misstrauisch machen könnte, trotzdem starrt sie mich so ungläubig an, als sei ich ein UFO, das in ihrem Vorgarten gelandet ist.

»Zeigst du mir das Kleid mal?«, fragt sie schließlich.

Ich hole meinen Laptop und beobachte ängstlich aus den Augenwinkeln, wie sie die Bilder vergrößert, die auf dem Desktop abgespeichert sind. Als sie den Computer wieder zuklappt, erwarte ich ein Riesendonnerwetter, einen zweistündigen Vortrag, in dem es um noch tragischere Schicksale als die bisher berichteten geht, ich erwarte Geschrei, Tränen, Verzweiflung, vielleicht sogar die Kündigung unserer Freundschaft, aber dann sagt Lala nur:

»Ganz nett.«

»Nicht wahr?«, sage ich.

»Ja«, sagt Lala, und ich kenne sie gut genug, um in ihrem Gesichtsausdruck zu lesen, dass ihr das Kleid wirklich gefällt, sie aber unglaublich enttäuscht ist, dass ihr Traum vom weißen spitzenbesetzten Sahnewölkchen nun geplatzt ist, geplatzt ist wie das Ei, das ich als Kind mal in die Mikrowelle gelegt hab: plötzlich, dumpf und ohne Vorankündigung.

»Und das ist wirklich bis Anfang Mai da?«

»Expressbestellung«, sage ich.

»Gut«, sagt sie.

»Ja«, sage ich.

Wir sehen uns an.

»Und jetzt?«, fragt sie.

»Jetzt? Na ja … wie wäre es, wenn wir Hochzeitstorten probieren gehen?«

»Ich dachte, du bist auf Diät?«

»Hey, ich krieg ein Maßkleid! Wozu noch quälen?«

»Du hast waaaas?«, kreischt Georg in den Hörer. Inzwischen lässt er sich von meinen Hochzeitsplanungspanikanrufen nur noch verbal aus der Ruhe bringen, denn ich kann hören, wie er unverfroren weiter in seinen Computer tippt.

»Entweder wir nehmen die mit Mangosahne-Füllung oder die mit Mandelcreme und weißer Fondant-Decke. Wenn wir wollen, können wir die Torte auch mit dem Vogel-Motiv von unseren Einladungen dekorieren lassen, die haben irgend so einen Computer, mit dem sie die in der Farbe unserer Wahl aus Zuckerguss nachbauen können!«, erkläre ich stolz.

»Die Vögel von unseren Einladungen? Ich dachte, wir hätten besprochen, dass diese Vögel ab sofort auf unserem hochzeitsthematischen Index stehen?«

Mannomann, inzwischen weiß ich, warum ich die Einladungskarten verschicken wollte, *ohne* sie Georg vorher zu zeigen. Wahrscheinlich wäre er mit der grafischen Darstellung eines High-Tech-Turnschuhs mit HRC Strobel Board, Full-Length ProGrid und Heel-Clutching-System völlig d'accord gewesen. Meine Vöglein hingegen …

»Aber das sähe so *süß* aus«, sage ich und merke noch im selben Moment, welchen Fehler ich begangen habe. Das Wort »süß« hat in Gesprächen mit Georg ungefähr dieselbe Funktion wie bei anderen Leuten »Auf Wiederhören«.

»Weißt du, was ich nicht verstehe? Warum du unbedingt eine Torte haben musst, die so aussieht, wie du niemals aussehen willst?«

»Wieso nicht? Ich esse ja auch Schokoladentörtchen und träume nicht davon, mich in Missy Elliott zu verwandeln!«

»Lotte«, sagt er, »darf ich dich an die Torte erinnern, die es bei der Hochzeit deiner Cousine gab?«

Ich erinnere mich. Sie bestand aus einer Buttercrememasse, die nach irgendeiner Frucht geschmeckt hat, die es gar nicht gibt – ein Aroma, das man sonst nur in amerikanischen Tabletten gegen Sodbrennen und in osteuropäischen Energydrinks findet.

»Die war doch ganz schön«, lüge ich.

Georg schluckt. Er hört sogar auf zu tippen. Dann sagt er: »Aber diese Hochzeitstorte hatte eine Eigenschaft, die *allen* Hochzeitstorten zu eigen ist.«

»Und *welche*, bitte schön?«

»Niemand will sie essen! Jeder stochert höflichkeitshalber in seinem Stück, versucht, die Fondant-Schicht abzukratzen, vielleicht ein bisschen Biskuit freizulegen und den Rest so zu drapieren, dass er unter die Serviette passt. Hochzeitstorten sind widerwärtig!«

»Aber die, die Lala und ich probiert haben, war total lecker«, verteidige ich mich.

»Weil euch Naschkatzen alles schmeckt, was einen Zuckeranteil von über fünfzig Prozent hat.«

»Stimmt doch gar nicht«, lüge ich schon wieder.

»Außerdem, liebe Lotte, waren wir uns doch einig, dass wir alles Geld ausschließlich in Dinge investieren, die für die Party wichtig sind. Alkohol, Anlage, ordentliches Essen als Grundlage, Mitternachtsbuffet. Ich glaube nicht, dass eine Hochzeitstorte wesentlich dazu beiträgt, dass die Leute tanzen und sich maßlos betrinken!«

»Doch!«

»Lotte!«

»Außerdem ist die Torte gar nicht so teuer!« Schon wieder eine Lüge. Langsam muss ich aufpassen. Nicht dass meine Nase so lang wird, dass sie durch den Schleier lugt, wenn es so weit ist.

Andererseits: Ich will ja eh keinen Schleier.

»Eigentlich ist sie sogar verhältnismäßig billig«, sage ich und spüre ein dumpfes Pochen in der Nasenspitze.

»Wie teuer ist sie denn?«

»Ach, Schatz!«

»Wie teuer?«

Ich weiß nicht, was in ihn gefahren ist. Eigentlich kenne ich Georg überhaupt nicht so kleinlich. Das blöde Kleid hat er mir ja schließlich auch gekauft – damit ich schön und glücklich bin. Und das war viel teurer! Macht eine Torte vielleicht nicht schön und glücklich? Hä? Er hat doch bloß Angst, sich vor seinen coolen DJ-Freunden zu blamieren! Dabei ist die Torte *überhaupt* nicht peinlich, sie wird großartig aussehen und köstlich sein, und alle werden die Vöglein von den Einladungen erkennen und sich freuen, und Lala wird heulen vor Rührung, wenn wir sie anschneiden, und sie wird drei Stück essen und ich auch, mindestens!

»Aber wir können doch nicht heiraten ohne Hochzeitstorte!«

»Wie teuer?«

»Sie ist dreistöckig! Macht hundert Leute satt! Und die Füllung ist aus wilden südindischen Flugmangos, die kosten gern mal acht Euro das Stück!«

»Wie teuer!«

Ich verstumme sofort. Das war keine Frage, sondern ein Befehl.

»Ahnnanna Euro«, nuschle ich.

»*Wie viel* Euro?«

»Achthundert«, sage ich leise und weiß, dass die Diskussion hiermit beendet ist.

Noch zwei Wochen ...

»Warum gehen wir nicht einfach *hier* rein?«, quengelt Georg und will schon wieder vor einem Schaufenster stehen bleiben, aber ich zerre ihn weiter wie einen unartigen Köter und knurre:

»Die Ringe in dem Laden sind *hässlich!*«

An der nächsten Ecke bleibt er wieder stehen. »Was ist mit denen hier? Komm, Lotte, ich kann nicht *ewig* Mittagspause machen!«

»Komm jetzt. Ich weiß schon, wo wir hingehen.«

»Warum willst du woandershin? Hier gibt's Ringe noch und nöcher!«

»Weil die Ringe da drin alle scheiße sind!«

»Woher willst du das wissen, wenn wir nicht mal eine Sekunde lang stehen bleiben, um sie anzusehen?«

Ich erröte.

»Ich weiß es eben«, sage ich schnell, nehme seine Hand und ziehe ihn weiter. Herrje, die Sache mit der Torte ist jetzt schon über eine Woche her, und er misstraut mir noch immer!

Außerdem kann ich ja schlecht zugeben, dass ich in der vergangenen Woche vor jedem einzelnen dieser Schaufenster eine halbe Stunde verbracht habe. Ich habe das nicht ohne Schamgefühle getan, vor allem, nachdem mir aufgefallen ist, dass man als Frau, die allein vor einem Schaufenster voller Eheringe steht, von Passanten mit einem höchst mitleidigen Blick versehen wird.

Was ich Georg ebenfalls nicht sagen kann, ist, dass wir auf dem Weg zu dem Geschäft von Carl Roloff sind, einem Goldschmied, der früher einmal etwas mit einem bekannten Galeristen hatte und inzwischen die gesamte Berliner Kunstszene mit kleinen Exquisitäten ausstaffiert. Lala hat mir seine Adresse gegeben. Der Art Director ihrer Agentur hat dort die Ringe für sich und seinen Freund anfertigen lassen, er hat die Adresse von einem schwulen Barbesitzer, der wiederum beobachtet hat, wie Thomas Kretschmann seiner neuen Modelfreundin eine kleine, allenfalls ein paar Karat wiegende Aufmerksamkeit in einer Roloff-Tüte überreichte.

Ich meine, ich könnte ihm natürlich schon sagen, dass wir zu einem der hipsten Goldschmiede im Großraum Berlin gehen, aber ich weiß genau, was ich mir dann wieder anhören darf: »Nicht so ein Theater, Liebste, wir brauchen doch keine Designer-Ringe, wir wollen doch alles ganz schlicht!«

Was Georg einfach nicht kapieren will, ist, dass »ganz schlicht« gar nicht so einfach ist. Wer einmal gesehen hat, mit was für Karten dieses Land zur Hochzeit lädt, kann sich ungefähr vorstellen, wie die Ringe in deutschen Juwelierläden aussehen.

Die aktuellen Trauring-Trends heißen *bicolor* (z.B. Rotgold und Weißgold, die Pommes-Schranke unter den Ringen) und *tricolor* (Gelbgold, Weißgold und Rotgold, mehr was für den Pizza-mit-allem-Typen). Es gibt Ringe mit Trennfugen, Randfugen, Farbfugen und Inlays, Halb-Halb-Ringe, Ringe mit Farbscheiben, drehbarem Innenteil und allen anderen denkbaren Spoilern. Naturverbundene Paare können zwischen Tigermuster, Lotoskolben und Fischwirbelprägung wählen. Besonders beliebt sind Modelle mit Außengravur: »Amor vicit omnia«, »Gestern Heute für immer Dein«, »Ein Leben lang an deiner Hand« oder, besonders schwachsinnig: »ich. du. wir … zusammen. gemeinsam«. Warum nicht gleich Motto-T-Shirts tauschen? Wer sich dann auch noch vorstellt, dass diese Modelle Duisburg, Bruchsal, Kerpen oder Rastatt heißen … Orte, an denen man nicht mal auf der Umgehungsstraße vorbeifahren will!

Aber am befremdlichsten finde ich, dass die Braut von heute völlig selbstverständlich einen Trauring mit Brilli kriegt. Meine Eltern hatten schlichte Goldringe, meine Großeltern hatten schlichte Goldringe, sogar die alten Ägypter hatten schlichte Goldringe; und schon immer war die Regel, ja, der Witz an der ganzen Sache, dass es zwei *gleiche* Ringe sind. Aber seit ein paar Jahren verkauft die Juwelen-Mafia der Braut noch einen Diamanten mit – wer einmal die Diamond Row in New York entlanggelaufen ist, weiß doch, dass die Coca-Cola-Bosse, die den Weihnachtsmann erfunden haben, im Vergleich zu diesen schmierigen Typen harmlose Schuljungs sind!

Doch am allerallerallerschlimmsten ist, dass jeder denkt, er müsste den ganzen Irrsinn mitmachen. Sogar dann, wenn er sich gar keinen Diamanten leisten kann. Dann hat man die Wahl, mit einem Swarovski-Kristall darüber hinwegzutäuschen oder einen Diamanten einzusetzen, der so klein ist, dass der Händler die Karat-Zahl gar nicht erst nennt und man ihn auf den ersten Blick für einen Verarbeitungsfehler hält.

Als ich bei Carl Roloff angerufen habe, um einen Termin für heute Mittag zu vereinbaren, hat er bloß gesagt: »Du solltest nur wissen, dass ich ausschließlich schlichte Eheringe anfertige. Keine Schnörkel, kein bicolor.« In dem Augenblick habe ich eine Becker-Faust gemacht und so cool wie möglich gesagt: »Davon bin ich ausgegangen.«

Fast wären wir an dem Geschäft vorbeigelaufen, so wenig sieht es nach Juwelierladen aus. Im Schaufenster liegt kein einziges Schmuckstück, nur eine kleine Visitenkarte aus Büttenpapier, die auf ein Samtkissen gebettet ist. Plötzlich durchzuckt mich zum ersten Mal ein Gedanke, den ich nicht gerne denke und der mit Geld zu tun hat. Georg hingegen scheint ganz ruhig zu sein.

»*Das* ist der Laden, in den du willst?«, fragt er.

Ich nicke.

»Bist du sicher, dass hier Schmuck verkauft wird?«

»Natürlich!«

»Warum gehst du dann nicht rein?«

Tatsächlich stehen wir jetzt schon viel zu lange vor dem Geschäft, aber irgendwie kann ich mich nicht überwinden, die Tür aufzumachen. Gott, gleich bekommen wir unsere Eheringe!

»Bist du etwa nervös?«, fragt er lächelnd.

»Quatsch«, behaupte ich und weiche seinem Blick aus, denn in Wirklichkeit bin ich so aufgeregt wie früher, wenn ich an Weihnachten kurz vor der Bescherung noch einmal in mein Zimmer musste und mit rasendem Herzen mein Ohr gegen die Tür presste, um anhand der Geräusche aus dem Wohnzimmer zu erraten, ob endlich der große Chemiebaukasten unter den Geschenken war. Die Mikrowelle ist mir nämlich irgendwann zu langweilig geworden.

Stuck, ein heller Kronleuchter, dunkelgrüner Teppich – auf den ersten Blick sieht der Laden eher wie eine Hotellobby aus. Auf dem antiken Tisch liegt eine antike Lupe, eine alte Bibliotheksleuchte taucht sie in warmes Licht. Ansonsten steht nur ein weiteres Möbelstück im Raum, eine kleine, mit dunkelgrünem Samt ausgelegte Vitrine, in der nur ein einziges Silberarmband liegt.

»Charlotte?«, ruft es aus dem Hinterzimmer.

Aus meinem Mund kommt ein »Ja«, seltsam brüchig.
»Wie schön, dass ihr da seid!«
Der Mann, der mit offenen Armen auf uns zukommt, ist angezogen wie Karl Lagerfeld und hat eine Frisur wie Johnny Depp – allerdings wie Johnny Depp in »Fluch der Karibik«.

»Was war denn das für eine Tunte?«, fragt Georg, als wir wieder auf die Straße treten. Gott, warum kann er sich nicht einfach mal freuen? Das Gespräch ging ganz schnell. Carl hat uns gefragt, welche Formen uns gefallen und welche nicht, wir haben gemeinsam Dicke, Breite und Material bestimmt, er hat uns ein paar Vorschläge gemacht, und dann war die Sache erledigt. Er wird uns bis nächste Woche wunderbare Ringe anfertigen, schön und schlicht und ohne Lametta. Und aus einem Weißgold, in das ein Tröpfchen Rotgold gemischt ist, das ihnen einen geheimnisvollen Schimmer verleiht, aber nur, wenn man ganz genau hinschaut.
»Ach komm, Carl ist doch nett!«
»Die Frisur? Der Stehkragen? Außerdem hat er sich aufgeführt wie Tante Waltraud!«
»Hey, dir hat nur nicht gefallen, dass er deine Hand berührt hat«, verteidige ich den Mann, den ich im Herzen sofort zu meinem neuen besten Freund ernannt habe, gleich nachdem er meine Hände als herrlich grazil bezeichnet hat. Glücklicherweise hatte ich mir vor dem Termin extra die Fingernägel manikürt. Aus Gründen, die mir bislang verborgen geblieben sind, sind die bei mir nämlich immer schmutzig.
»Berührt? Er hat mir fast die Hand abgeschleckt!«
»Er hat nur gesagt, dass deine Hände perfekt sind für Ringe. Männlich, aber zart. Das war doch total charmant!«

»Jaha, männlich, aba zaaaaht«, imitiert ihn Georg näselnd. »Und als er mir in meine Jacke geholfen hat, hat er mir den Rücken gestreichelt!«

»Aber doch nur freundschaftlich! Warum regst du dich so auf? Er hat dir doch keinen Zungenkuss gegeben!«

Georg schnaubt, und sein Blick sagt, dass er nicht mehr über das Thema reden will. Was mir egal ist. Wir bekommen unsere Ringe! Aus Carl Roloffs Weißgold-Spezial-Mischung!

Noch eine Woche ...

To-do-Liste Hochzeit

3–5 Monate vorher
- Flitterwochen planen/Urlaubsantrag stellen
- Programm für den Hochzeitstag festlegen
- Versicherungen überprüfen

2 Monate vorher
- Brautstrauß bestellen
- Dankeskarten auswählen
- Hochzeitsgarderobe anprobieren und falls nötig ändern lassen
- Make-up auswählen (mit Visagist)

1 Monat vorher
- Tischplan erstellen
- Solariumsbesuche beginnen
- Redner briefen

nach der Hochzeit
- Dankeskarten versenden

Das ist alles, was noch auf unserer To-do-Liste steht. Sie würde mich nicht weiter beunruhigen, würde mir ein Blick auf den Kalender nicht sagen, dass es nur noch sieben Tage bis zum 11. Mai sind.

Sieben Tage!

Sieben Tage!

Eigentlich wäre die Liste noch viel, viel länger, aber vor einigen Tagen haben Georg und ich sie noch einmal durchgesehen und auf seine Anweisung hin ein paar Punkte gestrichen:

- Spiele (»Geht's noch?«)
- Oldtimer/Kutsche (»Wir leihen uns den Fiesta von Thomas«)
- Polterabend (»Damit sich alle verausgaben und am nächsten Morgen total verkatert sind?«)
- Budget erstellen (»Wir sparen am Deko-Quatsch, dafür nicht an der Party«)
- Blumenschmuck (»Hast du schon mal Leute Blumen essen sehen?«)
- Hochzeitstorte (»Ich dachte, wir hätten darüber geredet, Lotte!«)
- Ehevertrag (»Wir vertrauen uns doch, mein Schatz!«)

Und dann gab es noch ein paar Punkte, die wir zwar gestrichen haben, aber nur auf der Liste und nicht in meinem Kopf: Platzkarten, Menükarten, Tischdekoration. Ich weiß nicht genau, ob das an Lalas Einfluss oder an meiner wachsenden Nervosität liegt, aber vor Kurzem ist in mir ein seltsamer Perfektionismus erwacht. Noch vor zwei Monaten habe ich behauptet, dass uns dieser Hochzeitsindustrie-Irrsinn am Allerwertesten vorbeigeht, dass wir für unsere Hochzeit nicht mehr als ein Kleid, einen Anzug, zwei Ringe und all unsere Freunde brauchen. Jetzt tausche ich mit Lala heimlich Entwürfe für die Menükarten aus.

Und Bilder von Chloé-Pumps.

Und von Gucci-Taschen.

Inzwischen bin ich auch sicher, dass ich unbedingt ein Bolerojäckchen brauche, es könnte ja sein – und die Sorge finde ich absolut nicht unberechtigt –, dass es abends frisch wird. Lala sieht das genauso: Nur ein Narr würde sich in Deutschland auf den Sommer verlassen.

Lala hat mich auch auf die Idee gebracht, dass es total hübsch aussehen würde, wenn alle Hochzeitsgäste kleine Schleifchen ums Handgelenk tragen, natürlich passend zu unseren Corporate Colors, bei denen wir uns nun endgültig auf Pariserblau und Cremeweiß festgelegt haben.

Es hat sechs Stunden gedauert, bis ich im Internet genau die passenden Bändchen gefunden habe.

Und noch einmal zwei, bis ich die Floristin um die Ecke so lange bequatscht hatte, bis sie versprach, uns einhundert Sträußchen Vergissmeinnicht zum Großmarktpreis zu überlassen. (Bestandteil dieses Gesprächs waren zwei Schokoladentörtchen vom Bäcker Kronberger, die ich zu Bestechungszwecken auf den Tresen gestellt hatte.)

Außerdem habe ich mir von einem Spezialanbieter ein Degustationsset mit einer Auswahl verschiedener Hochzeitsmandeln schicken lassen. Ich habe ewig hin und her probiert, aber am Ende haben italienische Avola-Mandeln mit französischer Dragierung und Tahiti-Vanille das Rennen gemacht. Das Päckchen müsste jede Minute hier ankommen.

Bei einem anderen Spezialanbieter habe ich kleine Pappschachteln für die Mandeln erstanden. Sie passen farblich so gut zu den Armbändchen, dass Lala auf die Idee gekommen ist, sie ebenfalls mit Vergissmeinnicht-Sträußchen zu dekorieren, weswegen ich noch mal ein Schokoladentörtchen kaufen gegangen bin, um damit bei der Floristin weitere hundert Sträußchen Vergissmeinnicht zu ordern.

Neulich habe ich wieder den Stapel Brautmagazine durchgeblättert und dabei tolle Ideen entdeckt, zum Beispiel für lange Girlanden aus zarten Papierrosen, die wahnsinnig hübsch aussehen.

Oder für Origami-Tischkärtchen, die wie Vöglein gefaltet sind.

Und für niedliche, kleine, rosenverzierte Cupcakes, die, wenn man sie auf einer Etagere präsentiert, noch viel hübscher als eine schnöde Hochzeitstorte sind.

Und wäre es nicht herrlich, man würde den ganzen Garten mit strahlenden weißen und blauen Lampions dekorieren?

Und dann gibt es noch etwas, und ich kann es nicht zugeben, ohne rot zu werden: Ich fange sogar an, mir über Braut-Dessous Gedanken zu machen. Aber schließlich muss man ja irgendwas drunterziehen, oder nicht?

Um es kurz zu machen: Mir ist das passiert, wovor mich Kristin gewarnt hat.

Ich bin zur Braut mutiert.

Noch zwei Tage ...

»Eine Fertig-Rede aus dem Internet? Ist er verrückt geworden?« Lala kriegt sich gar nicht mehr ein, sie steckt sich ein Choco Crossie nach dem anderen in den Mund. »Das kann er doch nicht machen? Er ist der Vater der Braut!«, mümmelt sie empört.

»Ach, ich weiß auch nicht, was in ihn gefahren ist. Da hält er das Internet zwei Jahrzehnte lang für den Beweis, dass es die Hölle gibt, und zwar gleich hier auf Erden – und jetzt ist er seit Januar online und hat das Gefühl, er müsse im Leben überhaupt nichts mehr selber machen. Er verlässt kaum noch das Haus!«

»Du musst mit ihm reden.«

»Hab ich schon.«

»Und?«

»Er hat gesagt, dass er die Rede natürlich leicht abändern wird.«

»Und das ist alles?«

Ich zucke mit den Schultern.

»Er behauptet, dass er schon seit Wochen nachdenkt, aber ihm fällt nichts ein, und alles, was ihm einfällt, sei dumm und idiotisch. Er sagt, er könne seiner Freude über den Anlass keinen Ausdruck verleihen. Und dass er noch nie eine Rede gehalten hat. Und dass ich mir keine Sorgen machen soll, das Internet sei viel besser als sein Ruf.« Dann zähle ich auf, was er in den letzten Wochen online gekauft hat: Socken, Staubsaugerbeutel, Wanderkarten, Bahntickets, eine Ersatzklinge für die Brotschneidemaschine, ein Tausenderpack Briefumschläge. Dass er auch seinen Anzug für die Hochzeit im Netz erstanden hat, verschweige ich lieber, bei dem Gesicht, das Lala jetzt macht. »Inzwischen hat er das Gefühl, dass das Internet so was wie der Himmel ist. Ein Paradiesgarten, in dem man sich alles, was man braucht, einfach pflücken kann.«

»Ja, aber eine *Brautvater-Rede?*«

Ich verziehe schmerzlich das Gesicht.

»O Gott, das *kann* ja nur peinlich werden«, sagt Lala.

Gut kombiniert, Watson.

Lala nimmt noch einen Schluck Kaffee und stellt die Tasse wieder auf den Tisch. Wir schweigen. Wir haben nichts mehr zu tun, die Menükarten sind gefaltet, die Tischkärtchen beschriftet, die Pappschächtelchen sind mit Hochzeitsmandeln gefüllt und die Armbändchen für die Gäste so vorgeknotet, dass Lala am Samstag nur noch die Blumen daran festbinden muss. Natürlich haben wir auf ein paar Deko-Ideen dann doch verzichten müssen. Die Papierrosen-Girlanden zum Beispiel hätten wir aus den USA bestellen müssen, was bedeutet hätte, dass sie niemals schnell genug angekommen wären. Die Cupcakes mit den Zuckerrosen habe ich mit Rücksicht auf Georg gestrichen, die Brautmiederwaren in Anbetracht meiner Würde. Dafür stecken meine Füße in meinen Brautschuhen, die müssen schließlich eingelaufen werden. Es sind weiße Chloé-Pumps, die seit zwei Jahren dekorativ ganz oben in Lalas Schuhregal standen und die sie bis jetzt nur ein einziges Mal getragen hat, und das vor dem Spiegel, denn Lala hat sie eigentlich gekauft, weil sie perfekt zu ihrem weißen Jil-Sander-Seidenkleid passten, das sich dann aber als so durchsichtig erwies, dass man sogar den kleinen Leberfleck auf ihrem Hintern sah. Unsere Eheringe sind sicher in meiner Brauthandtasche verstaut, zusammen mit dem Personalausweis und vier Päckchen Tempos. Sie sind wunderschön geworden, schlicht, elegant, zeitlos, das musste sogar Georg zugeben, und sie waren gar nicht *so* viel teurer als der Zierrat, den es bei anderen Juwelieren gibt. Ich habe mich mit Urban getroffen, einem Fotografen aus Georgs Redaktion. Und Georg hat Bene, Paul und Daniel gebrieft, die schon drei Plattenkisten voller Hits zusammengepackt haben und sich wie die Schnitzel freuen, endlich einmal wieder auflegen zu dürfen. Für den Vorabend der Hochzeit haben wir einen Tisch reserviert, für sechs Personen: Georgs Eltern, meine Eltern, wir. Heiner wird uns seinen Kombi leihen, den brauchen wir, nachdem Lala auf die Idee gekommen ist, dass es nett wäre, allen Gästen kleine Schachteln auf die Zimmer zu legen, in denen sich Aspirin, Taschentücher, Blasenpflaster, Erfrischungstücher und Schokolade befinden – kleine Erste-Hilfe-Sets, die etwas größer ausgefallen sind und jetzt zwei Umzugskisten füllen, die unseren Flur fast völlig blockieren. Ich habe sogar meine Mutter angerufen und ihr gesagt, ich hätte meine Tage bekommen und mich wohl geirrt. Sie hat es verkraftet, zum Glück, und hat vor allem nicht noch einmal mit der kirchlichen Hochzeit angefangen.

Und: Ich habe eine Woche in einem Slow-Food-Hotel in Südtirol gebucht, und Georg hat nicht bemerkt, dass das nicht in Österreich, sondern in Italien liegt!

Alles ist organisiert, und das ist schrecklich, denn jetzt kann ich keine Entscheidungen mehr treffen, ich muss die Kontrolle abgeben und kann einfach nur noch zusehen, wie sich alles entwickelt. Es gibt kein Bestellformular mehr, in dem ich ankreuzen kann, ob ich den Himmel lieber cyan- oder hellblau will, und ich kann keine Eilbestellung mehr aufgeben, damit UPS ein Päckchen mit der Versicherung liefert, dass alles klappt und gut wird. Ich kann nur noch »Ja« sagen. Komischerweise macht mir dieser wichtigste Teil der Übung am wenigsten Angst, egal, wie oft Georg und ich in den letzten Wochen gestritten haben. Ich will ihn heiraten, das ist und bleibt sicher.

Tausend Dinge schießen mir durch den Kopf. Werden sich Georgs und meine Eltern mögen? Wird die Trauung schön? Hält die wasserfeste Wimperntusche, die ich mir extra gekauft habe, wirklich? Schmeckt den Gästen der Wein? Sind auch wirklich genügend Zimmer reserviert? Warum hat meine alte Freundin Melissa abgesagt, ohne Erklärung? Gut, ich habe sie seit sechs Jahren nicht gesehen, aber wir waren doch zusammen im Kindergarten und …

»Was ist eigentlich mit deinem Kleid?«, fragt Lala in die Stille hinein.

Ich zucke zusammen und spüre, wie mein Herz ganz schnell zu schlagen beginnt. Das Kleid. Ich werde erst rot, dann weiß, dann …

»Du bist ja ganz grün im Gesicht!«, ruft Lala, »sag jetzt bitte nicht …«

Ich mache mich ganz klein in meinem Stuhl. Lala stöhnt auf.

»Soll das heißen, du *hast* es noch nicht?«

Ich bewege den Kopf ganz langsam erst nach rechts und dann nach links.

»Was machen wir denn, wenn es nicht rechtzeitig kommt?«

Ich ziehe die Schultern hoch und senke sie wieder.

»Was machen wir dann, Lotte, sag es mir!«

Sie springt auf, läuft zum Wasserhahn, setzt sich wieder. Sie greift nach den Choco Crossies, überlegt es sich anders und schiebt mir die Packung rüber, mit einer Plötzlichkeit, als würde sie das Zeug dringend loswerden wollen, als wäre sie mit einem Mal genauso nervös wie ich. Ich schiebe die Schachtel wieder weg. Nachdem ich das Maßkleid bestellt habe, habe ich keinen Gedanken mehr an meine Figur verschwendet. Und dennoch: Je näher der Termin rückte, desto geringer wurde mein Appetit – selbst das Pensum der Brigitte-Diät wäre mir zu viel gewesen. Und in diesem Augenblick würde ich nicht einmal mehr eine Cocktailtomate runterkriegen.

»Ich habe letzte Woche eine E-Mail nach Schanghai geschrieben, und Herr Wu hat geantwortet, dass es längst da sein müsste«, sage ich leise, dann schweige ich.

Mir ist noch nie aufgefallen, dass die Uhr in unserer Küche so laut tickt.

»Vielleicht hängt es im Zoll, kann man da nicht mal anrufen?«, sagt Lala, nachdem wir minutenlang ganz still gewesen sind. Doch da klingelt es plötzlich an der Tür.

Lala macht ein Gesicht, als müsse sie in Gesellschaft einer Benimmlehrerin etwas essen, das so widerwärtig ist, dass sie kurz vor dem Erbrechen steht. Ihre Augen treten hervor, ich sehe, wie sie trocken schluckt, dabei aber versucht, dreinzuschauen, als sei alles wunderbar und herrlich. Ich schaue mit vor Entsetzen zuckendem Kiefer in den Spiegel und zupfe an dem Synthetikstoff herum, der auf der Haut knistert, dass ich das Gefühl habe, Ausschlag zu kriegen. Ich drehe mich nach links und rechts, dann ziehe ich einen Faden aus der Ärmelnaht. Als würde das irgendetwas ändern.

»Es ist schrecklich«, flüstere ich.

»Das Kleid wäre ja gar nicht so schlimm«, sagt Lala und legt sich ein so dermaßen verkrampftes Lächeln ins Gesicht, dass sofort klar ist, wie schwer es ihr fällt, zu lügen. »Es wäre gar nicht so schlimm, wenn es wenigstens *passen* würde!«

Ich kann nicht aufhören, in den Spiegel zu starren. Das Kleid sieht aus, als hätte es 16 Euro 90 gekostet, in der Karnevalsabteilung von Karstadt, dort, wo die Männer ihr Kostüm kaufen, die als Prinzessin gehen. Fehlt nur noch ein Krönchen aus vergoldetem Plastik.

»Wir könnten es in die Änderungsschneiderei bringen«, sagt Lala leise.

»Es ist Viertel vor acht.«

»Vielleicht ist ja irgendwo noch offen, wir sollten es zumindest probieren.«

»Aber ich brauche das Kleid *morgen!*«

»*Über*morgen«, verbessert mich Lala. »Ich könnte es am Samstagmorgen abholen und mit nach Klein Schönhagen bringen. Und wenn du zehn Euro extra hinlegst, machen die das, wirst sehen!«

Ich ziehe das Kleid aus, hänge es auf einen Bügel, schlüpfe in meine Turnschuhe, dann gehen wir.

Zuerst versuchen wir es bei der Schneiderei um die Ecke, dann bei der eine Straße weiter, dann noch eine weiter – ich hatte ja keine Ahnung, wie viele Änderungsschneidereien es gibt. Wir laufen durch das ganze Viertel, bis wir endlich einen Laden finden, in dem ein Lichtschein aus dem Hinterzimmer dringt. Drinnen sitzt eine Frau mit Dreifachkinn und Hochsteckfrisur, völlig versunken in den Versuch, ein neues Garn in die Nähmaschine einzufädeln. Ich klopfe an die Tür, halte das Kleid vor das Fenster, aber als die Frau aufschaut, schüttelt sie den Kopf und arbeitet einfach weiter. Ich klopfe noch einmal, Lala faltet flehend die Hände und springt auf der Stelle auf und ab, die Frau schüttelt den Kopf, näht weiter. Lala schlägt mit den Fäusten gegen die Tür, brüllt »Bitte« und »Hilfe«; mir wird die Sache zu peinlich und ich drehe mich weg, als stünde ich nur zufällig hier. Das Kleid ist doch eh nicht zu retten, denke ich, aber dann höre ich plötzlich einen Schlüssel und merke, wie Lala mich am Ärmel packt und in den Laden zieht.

Zwei Minuten später trete ich aus der Umkleidekabine und stehe in dem zu großen Kleid vor der dicken Frau, die mir prüfend an Ausschnitt, Ärmeln und Saum herumzupft und mich dabei hin- und herdreht wie einen Ständer mit billiger Unterhaltungslektüre. Dann schüttelt sie den Kopf und geht zurück zu ihrer Nähmaschine. Schlagartig wird mir schwindelig.

Ich sehe, wie Lala zu der Frau stürzt und auf sie einredet. Ich sehe, dass sie dabei gestikuliert wie eine italienische Mamma, die ihren Mann dazu zwingen will, den Müll runterzubringen. Ich sehe, wie das Gesicht der Frau erst starr bleibt, dann rot wird und schließlich explodiert wie eine Tomate, die man in die Mikrowelle legt.

Kurz danach stehen Lala und ich wieder vor der Tür, wieder höre ich den Schlüssel, aber diesmal weiß ich, dass er das Schloss endgültig schließt.

»Diese dumme Bitch«, schimpft Lala, und ich erschrecke. »So ein kompliziertes Wesen« ist normalerweise die maximale Boshaftigkeit, zu der sie in der Lage ist.

»Diese atmende Amöbe!«, schimpft sie weiter. »Hat einfach behauptet, dass das Kleid nicht zu ändern ist, aber ich wette, sie war einfach nur sauer wegen der Störung! Oder zu bequem! Ich pack es nicht! Ein IQ unterhalb der Raumtemperatur! Und als ich gesagt habe, dass du in zwei Tagen heiraten willst, weißt du, was sie da gesagt hat? Viel Glück! Mit einem Tonfall, als wolle sie sagen: Verreck doch, du Vieh!«

Lala hört nicht auf zu schimpfen, den ganzen Weg zurück nach Hause nicht. Ich sage nichts, denn mir ist so elend zumute, dass ich nicht einmal bemerke, wie ich den Bügel mit dem Kleid so niedrig halte, dass der Saum durch den Dreck auf dem Bürgersteig geschleift wird. Als ich endlich die Wohnung aufsperre, sieht es nicht besser aus, als ich mich fühle: völlig fertig.

Dass Georg in der Küche steht und etwas in der Hand hält, das wie ein Kalbsschnitzel aussieht, hellt meine Stimmung nicht auf.

Na gut, ein bisschen.

Als er uns erblickt, läuft er uns entgegen, drückt Lala einen Kuss auf die Wange und mir einen auf die Stirn.

»Da seid ihr ja endlich! Ich hatte schon Angst, dass ich übermorgen *das* hier zum Altar führen muss!«, sagt er und schwenkt das Schnitzel.

»Könnte sein, dass das die bessere Wahl ist«, sage ich mit defätistischer Stimme.

Georg starrt mich verständnislos an, dann sieht er das Kleid auf dem Bügel.

»Was ist los?«, fragt er.

Ohne zu antworten, verschwinde ich im Schlafzimmer. Einen Moment später stehe ich vor ihm, in meinem Polyesteralbtraum mit dem dreckigen Saum.

»Oh«, sagt er.

Ich schweige. Auch Lala sagt nichts.

»Das ist ja viel zu groß!«

»Ach, *tatsächlich?*«, sage ich mit der letzten Ironie, die ich in meiner Verzweiflung noch aufbringen kann. In Wirklichkeit bin ich beleidigt, verletzt, ich könnte heulen, auf der Stelle.

»Das liegt nur daran, dass du in den letzten Wochen so dünn geworden bist!«, sagt Georg vorwurfsvoll.

»So ein Quatsch!«

»Doch! Schau mal in den Kühlschrank, der ist voll mit Sachen, die längst abgelaufen sind. Bei uns ist noch *nie* irgendwas abgelaufen!«

»Doch, Karottensaft und Lätta«, sage ich trotzig, aber Georg geht nicht darauf ein.

»Guck doch mal in den Süßigkeitenschrank, der quillt fast über! Du hast abgenommen, Lottilein!«

»Blödsinn!«

»Schau dich doch mal an!«, ruft er, nimmt meine Hand und führt mich ins Schlafzimmer. Vor dem Spiegel dreht er mich nach rechts und links, zeigt auf meine Schlüsselbeine, auf meinen Bauch, meinen Hintern. Schließlich sagt Lala, die uns nachgeschlichen ist:

»Georg hat recht. Du bist richtig abgemagert.«

Jetzt sehe ich es auch. Ich befühle das Speckröllchen an meinem Bauch, das natürlich immer noch da ist, sich aber plötzlich nicht mehr wie ein Maxi-Döner, sondern eher wie eine türkische Pizza anfühlt – irgendwie schlanker. Ich will gerade die Sache mit der Nervosität und dem Appetit erklären, als Georg mich loslässt, in die andere Ecke des Zimmers läuft und anfängt, in dem Klamottenhaufen auf dem Sessel zu wühlen. Mit offenem Mund sehen Lala und ich zu, wie T-Shirts durch die Luft fliegen, meine Sommerblusen, dann die Übergangsjacke, die ich verzweifelt gesucht habe, als es neulich so regnerisch war. Meine Kuschelsocken landen auf dem Bett, mein altes Radiohead-T-Shirt, schließlich mehrere Pullis.

Mit einem Mal bin ich so aufgeregt, dass ich mich übergeben könnte. Und als Georg schließlich das Kleid in die Höhe hält, kann ich nicht einmal hinsehen.

»Aber das ist ja …«, stammelt Lala. »Ich dachte, ihr hättet es zurückgegeben?«

»Das dachte ich auch«, murmle ich und sehe Georg verblüfft ins Gesicht. Doch der zuckt mit den Schultern und grinst blöd.

»Ich weiß doch … Aber ich war mir so sicher, dass es dir eines Tages passen wird. Und außerdem … na ja, du weißt ja, die Arbeit …«

»Du hast es vergessen?«

»Schalalalala«, macht er scheinheilig.

»Du hast es *vergessen?*«

»Na los, zieh es an«, faucht Lala, als ich auf ihn losgehen will, und Georg sieht zu, dass er aus dem Zimmer kommt, mit siegesgewissem Grinsen.

Als wir eine Viertelstunde später zurück in die Küche gehen, grinst er immer noch.

»Na, seid ihr bereit zum Abendessen?«

»Und wie!«, sagt Lala und lacht.

Ich strahle Georg an, laufe auf ihn zu, umarme ihn.

»Heißt das, dass alles in Ordnung ist?«, flüstert er.

Ich nicke. Ich nicke und höre nicht mehr auf, weil ich das Gefühl habe, sonst weinen zu müssen vor Glück. Das Kleid war natürlich völlig zerknittert, doch Lala hat versprochen, es mir noch heute Abend zu bügeln. Es passt auch nicht wie angegossen, aber mit meinem Bauch-weg-Höschen geht es.

Von: »Kristin Engels«
An: »Charlotte Michalski«
Betreff: Morgen
Datum: 10. Mai

liebe charlotte, ich weiß, dass das etwas kurzfristig ist, und das ganze tut mir umso mehr leid, weil du noch vor zwei tagen geschimpft hast, dass du jeden gast, der noch einen einzigen sonderwunsch äußert, wieder auslädst und ihn danach nie wieder sehen willst (ich weiß, ich habe dich dazu ermutigt). es ist jetzt aber so: ich habe dir doch von timothy erzählt, meinem kollegen. und, nun ja, wie soll ich sagen – neulich waren wir zusammen in einer ingmar-bergman-retrospektive, und danach … na ja, auf alle fälle: ich bin verliebt. ziemlich. sehr. zumindest so sehr, dass es mir fast ein bisschen wehtun würde, wenn ich ohne ihn zu eurer hochzeit führe. deshalb wollte ich fragen: darf ich ihn mitbringen? bitte!
deine kristin

Von: »Kristin Engels«
An: »Charlotte Michalski«
Betreff: AW: Re: Morgen
Datum: 10. Mai

liebe charlotte, verzeih, das habe ich vorhin vergessen zu sagen: timothy hat eine laktose-intoleranz, darf also keine milchprodukte essen. aber macht euch keine gedanken, wir kriegen das schon irgendwie hin! ich freu mich sehr, und er sich auch!
lieben Gruß,
kristin

Von: »Kristin Engels«
An: »Charlotte Michalski«
Betreff: AW: Re: AW: Re: Morgen
Datum: 10. Mai

liebe charlotte, noch eine allerletzte frage: timothy sagte eben, dass er eine hausstauballergie hat und ein spezielles bettzeug benötigt. weißt du, ob so etwas im hotel vorrätig ist? wir kommen ja mit dem zug, da wird es schwer, seine eigene mitzubringen …
freut sich schon: kristin

Noch ein Tag …

Es war leicht, das Frühstück auszulassen. Und das lag nicht nur daran, dass die Feigenmarmelade verschimmelt war. Das Packen war schrecklich. Eigentlich hatten wir ja vorgehabt, bis mittags damit fertig zu sein, um noch irgendwo nett eine Kleinigkeit zu essen und anschließend gemütlich nach Klein Schönhagen aufzubrechen, wo auf der Terrasse ein Tisch fürs Abendessen mit unseren Eltern reserviert ist. Aber dann …

Die Telefone hörten nicht auf zu klingeln – Georgs Handy, mein Handy, das Festnetz. Paul, einer unserer DJs, klagte über einen plötzlichen Hexenschuss, er könne sich morgen Abend auf gar keinen Fall über die Plattenteller beugen. Isabell, Katha und Vera meldeten Kinder mit Windpocken, Kinder mit Impfreaktionen, Kinder mit Hautausschlag. Georgs Trauzeuge Christian rief an, dass sein Konto gesperrt sei und er keine Ahnung habe, wie er seine Anreise bezahlen solle. Dafür gaben Jörg und Nele Bescheid, dass sie nun glücklicherweise doch kommen könnten, aber leider nicht zur Trauung, sondern erst zur Party.

Inzwischen war es mir völlig egal, *wer* mit uns feiert, Hauptsache, es wird voll. Ich meine, geht's noch? Die können es sich doch nicht alle einen Tag vor der Hochzeit noch mal anders überlegen und wegen so Quatsch wie kranken Kindern meine Hochzeit absagen! Das Hotel ist auf eine bestimmte Gästezahl vorbereitet! Das Menü ist bestellt! Die Tischordnung fertig! Und das war mal eine

Jongliererei zu versuchen, alle nach Georgs fünf heiligen Kriterien zu platzieren, die da lauten:

- Die polnische und die deutsche Verwandtschaft wird gemischt.
- Jede Frau sitzt gegenüber von und neben einem Mann – und umgekehrt.
- Jeder Gast ist von sympathischen Menschen mit ähnlichen Interessen umgeben.
- Jeder hat mindestens einen Gast in der Nähe, den er noch nicht kennt.
- Niemand hat – falls vorhanden – seinen Ex-Partner im Blickfeld, um zu vermeiden, dass irgendjemand heulend aufs Zimmer stürzt.

Und *ich* habe mir Gedanken über meinen Perfektionismus gemacht!

Nachdem wir den Plan viermal neu gezeichnet hatten, haben wir aufgegeben und die Leute einfach *irgendwie* platziert, und es war uns völlig egal, ob dabei am Ende eine Hochzeitstafel oder ein soziales Minenfeld rauskommt.

Ich habe noch schnell eine Mitfahrgelegenheit für Christian besorgt und Zimmer für die Nachzügler, aber das Telefon hörte nicht auf zu klingeln. Als ich gerade das Allergiker-Bettzeug inklusive Kirschkernkissen für Kristins Zimmer organisiert hatte, rief sie mich an, um mir mitzuteilen, dass es notfalls auch ohne ginge. Mein alter Studienfreund Heiner wollte wissen, ob es im Hotel einen Zigarettenautomaten gäbe, Tante Waltraud fand es unglaublich wichtig zu erfahren, ob ihr Zimmer eine Badewanne habe. Zwischendurch rief Christian noch einmal an, weil ihm plötzlich eingefallen war, dass er keinen Schimmer hatte, was man als Trauzeuge eigentlich machen muss. Geschätzte sechsunddreißig Mal telefonierte ich »jetzt aber wirklich zum allerletzten Mal« mit Klein Schönhagen, während Georg Kisten und Koffer hin- und herräumte und nebenbei versuchte, einen Blitztermin bei irgendeinem Friseur in der Nähe zu bekommen, weil ihm beim morgendlichen Blick in den Spiegel eingefallen war, dass er zwar an frische Rasierklingen gedacht hatte, aber nicht an seine Frisur. Als dann auch noch Isabell anrief, um mir mitzuteilen, dass die Impfbeschwerden beim kleinen Lukas wieder abgeklungen seien, sie jetzt aber ein Babybett auf dem Zimmer bräuchte, hatte ich zwar große Lust, den nächsten Anrufer zu Haschee zu verarbeiten – doch die Brote mit Frischkäse, die in der Küche für mich standen, bekam ich nicht runter.

Es war auch leicht, das zweite Frühstück auszulassen, das Georg einnahm, kurz bevor wir um 16 Uhr endlich das Haus verließen. Zugegeben, mir knurrte da bereits gewaltig der Magen, aber ein Gedanke an das Kleid, das Lala vorhin frisch gebügelt vorbeigebracht hatte und das nun an dem Haltegriff hinten im Wagen hing, genügte, um mich davon abzuhalten, Georg sein Wurstbrot aus der Hand zu reißen. Immerhin bestand eine klitzekleine Chance, dass mein Bauch in den verbleibenden Stunden noch so weit schrumpfte, dass das Kleid auch ohne Miederhöschen sitzen würde.

Auch das dritte Frühstück, das Georg gegen 17:00 Uhr an einer Tankstelle kurz vor der Autobahn verspeiste, konnte ich mir verkneifen. Es fiel mir zwar schwer, aber aus irgendeinem schwachsinnigen Grund ging ich davon aus, wir würden um 18:30 Uhr ohnehin in Klein Schönhagen sein und pünktlich um halb acht mit unseren Eltern beim Abendessen sitzen.

Jetzt *ist* es 18:30 Uhr, und ich verfluche mich für meine

Dummheit. Wir sind noch nicht einmal in Neuruppin, denn es ist Freitagabend, und das bedeutet, dass die Autobahn völlig verstopft ist, was man sich hätte denken können, wenn man zum Denken gekommen wäre, statt wie ein Inder im Callcenter am Telefon zu hängen.

Und wenn unsere Stimmung heute Morgen bereits im Keller war, dann nähert sie sich inzwischen der Großen Sandwüste Australiens. Immerhin geht es jetzt wieder ein bisschen besser voran. Zum Glück, denn in einer Stunde findet das offizielle Kennenlernen im kleinen Kreis statt.

»Das bläst mir ins Gesicht!«, schimpft Georg und dreht den Regler der Lüftungsanlage runter.

»Mir ist aber *heiß!*«, keife ich zurück und drehe den Regler wieder hoch.

»Dann mach das Fenster auf«, sagt Georg und steigt auf die Bremse, als wolle er ein Loch in die Fußmatte treten. Dann brüllt er: »Arschloch!«

»Hey!«, schreie ich zurück.

»Ich meine den Vollarsch da vorne, doch nicht dich!«

Ich stöhne, lasse mich wieder in den Sitz sinken und kurble das Fenster runter. Draußen ist es genauso heiß wie drinnen. In den letzten Tagen habe ich alle zwanzig Minuten auf einer Meteorologie-Spezialseite die stundengenauen Temperatur-, Sonnen- und Regendiagramme ausgewertet, aber da hatte ich vor allem Angst, dass es am Tag unserer Hochzeit regnen könnte. Regen! Was gäbe ich um Regen! Einen winzig kleinen Schauer nur! Es ist der wärmste Mai seit dem Ersten Weltkrieg oder so: Das Thermometer auf dem Armaturenbrett zeigt 27 Grad, die Temperatur zwischen meinem Rücken und dem Sitzpolster dürfte bei ungefähr achtzig Grad liegen. Wenn ich das Handschuhfach vor mir anfasse, bleibt ein feuchter Abdruck meiner Hand zurück. Zwischen meinen Schenkeln bildet sich eine Pfütze. Außerdem habe ich Hunger, aber wie.

»Können wir da vorne anhalten? Ich muss mir unbedingt mal die Hände waschen«, sage ich und zeige auf das Schild am Straßenrand, das eine Raststätte ankündigt.

»*Muss* das sein?«, schimpft Georg. »Wir sind eh schon viel zu spät dran!«

»Ja, aber wir sind *so* spät dran, dass es auf die zehn Minuten auch nicht mehr ankommt. Außerdem musst du tanken«, sage ich und nicke in Richtung der Anzeige.

»Wann ich tanken muss, entscheide ich«, sagt Georg. Kurz darauf sehe ich die Raststätte vorüberziehen.

Die Uhr auf meinem Handy zeigt 18:34 Uhr. Ich habe Frau Kronfeld von Bismarck vom Gutshof heute Morgen noch angewiesen, unseren Eltern bei ihrer Ankunft ein Glas Sekt zu servieren, zum Lockermachen, denn meine Angst vor der ersten Begegnung zwischen Mama Michalski und Mama Link hat sich über Nacht noch einmal verzehnfacht. Vermutlich haben jetzt alle schon einen Schwips und nehmen gerade noch eine schnelle Dusche, bevor sie in die guten Schuhe schlüpfen und erfrischt zum Dinner spazieren. Georg und ich hingegen können froh sein, wenn wir es noch schaffen, unsere Koffer ins Hochzeitszimmer zu werfen, bevor wir verschwitzt und stinkend ins Restaurant stürzen, wo meine Eltern wahrscheinlich schon mit den Links an einem Tisch sitzen und ihnen mit frostiger Stimme erklären, warum ihre Tochter eigentlich zu gut zum Heiraten ist.

18:36 Uhr.

»Kannst du nicht schneller fahren?«, frage ich weinerlich.

»Wie denn!«

»Warum bist du so?«, frage ich.

»Wie bin ich denn?«

»So …« Mir fallen nur Worte ein, von denen ich selbst jetzt noch spüre, dass sie in dieser Situation ein klein wenig, äh, *unpassend* wären. Arschig? Grob? Borniert? Ich durchsuche mein Hirn nach etwas Höflicherem, aber als mir endlich »angespannt« einfällt, stockt der Wagen plötzlich. Wir werden immer langsamer, der Motor spuckt und schluckt, wir werden noch langsamer, Georg blinkt erschrocken nach rechts, und wir rollen auf dem Standstreifen aus. Spuck, schluck, dann ist alles still.

Oh no.

Georg versucht, noch einmal den Motor zu starten. Asthmatisches Keuchen. Er versucht es noch einmal. Nichts. Der dritte Versuch: Nada. Er schaltet den Warnblinker an, legt die Hände in den Schoß und starrt geradeaus. Er starrt und starrt. Dann haut er mit beiden Fäusten auf die Hupe und brüllt:

»Scheiße!«

Oha. Wenn Georg sich hilflos fühlt, kann es schon mal vorkommen, dass er ein bisschen aggressiv wird, aber *so* laut war seine Stimme nicht mehr, seit er mir davon erzählt hat, wie »diese Arschlöcher von Bayern« damals in der vierten Minute der Nachspielzeit die Schalker »Meister der Herzen« ins Unglück stürzten. Damals habe ich vor Schreck das Zimmer verlassen. Auch jetzt wäre mir danach, einfach aus dem Wagen zu steigen und zu Fuß nach Klein Schönhagen zu laufen. Aber der Standstreifen der überfüllten A 24 ist nicht der richtige Ort für eine Szene. Der Standstreifen der überfüllten A 24 ist nicht einmal der richtige Ort für einen schnippischen Kommentar zum Thema Tanken.

»Und jetzt?«, frage ich zaghaft.

»Scheiße, Scheiße, Scheiße!«

Ich weiß, dass wir beide dasselbe denken: Wir haben den Kanister mit dem Ersatzbenzin aus dem Kofferraum genommen, weil sonst die Kartons mit den Erste-Hilfe-Sets keinen Platz gehabt hätten. Außerdem hatte ich Angst, mein Kleid könnte anfangen, nach Benzin zu stinken. Und keiner von uns ist Mitglied im ADAC. Wir sind nirgendwo Mitglied, weil wir beide finden, dass Vereinsmeierei uncool und spießig ist. Super. Jetzt müssen wir nur noch aussteigen und uns wie für eine Gauloises-Reklame an unseren Kombi lehnen und ganz cool und unspießig darauf warten, dass irgendwas passiert.

Gleich nach den Flitterwochen trete ich dem ADAC bei. Und dem Deutschen Journalistenverband. Und dem Mieterschutzbund auch.

»Vielleicht kann uns mein Vater seinen Kanister bringen, er hat immer einen im Kofferraum«, schlage ich zögerlich vor. Mein Vater hat mich schon aus ganz anderen Situationen gerettet, zum Beispiel, als ich mit fünfzehn einmal sturzbetrunken in der letzten Straßenbahn eingeschlafen bin und erst im Depot wieder aufwachte. Er hat sich im Schlafanzug in sein Auto gesetzt und mich abgeholt und kein Wort über meinen Zustand verloren. Dafür liebe ich ihn noch heute.

»Dein Vater braucht mindestens eine Stunde hierher! Wir haben noch mehr als hundert Kilometer!«

Herr im Himmel, manchmal habe ich wirklich das Gefühl, dass Georg, wenn er erst einmal schlechte Laune hat, auch gar keine gute Laune mehr bekommen will. Wahrscheinlich empfände er das als Verrat an seinen Gefühlen.

»Hast du vielleicht eine andere Idee?«

Georg sieht mich an und seufzt.

»Na gut, meinetwegen. Ruf ihn an.«

Großartig, jetzt tut er so, als sei es ein großer Gnadenakt von ihm, sich helfen zu lassen.

Es klingelt lange, bis mein Vater endlich ans Telefon geht. Er ist blendend gelaunt und erzählt, dass er mit Mama und den Links bereits seit zwei Stunden auf der Terrasse sitze – wo wir denn blieben? Im Hintergrund höre ich Gelächter, dann Gläserklirren. Ich erkläre ihm die Lage und frage ihn, ob er uns helfen könne.

»Nein«, sagt er.

»Aber Papa, wir stecken fest!«

»Ich kann trotzdem nicht kommen.«

»Warum denn nicht?«

»Na, die haben uns gerade die vierte Flasche Wein gebracht!«

»Ja, und?«

»Ich bin völlig betrunken!«

O weh. Wenn mein Vater zugibt, betrunken zu sein, muss es schlimm um ihn stehen.

»Was ist mit Georgs Eltern?«

»Rudi und Gisela? Die würden sogar als Fußgänger den Führerschein verlieren!«

»Und Mama?«

»Ewa würde ich nicht einmal mehr in ein Kinderkarussell setzen.«

Im Hintergrund ertönt schallendes Lachen, dann schon wieder Gläserklirren. Ich will gerade noch sagen, dass es in diesem Falle sein könnte, dass es bei uns ein bisschen später wird, aber da hat Papa bereits aufgelegt.

Es ist stockdunkel, als wir endlich auf den Parkplatz von Klein Schönhagen biegen. In den letzten Stunden hat

Georg kein Wort mit mir gesprochen – nicht, während wir auf die Polizei gewartet haben, nicht, als ich versuchte, die Beamten mit allem Charme davon abzubringen, uns eine Verwarnung zu verpassen, nicht, als ich den Bußgeldbescheid trotzdem in den Händen hielt. Er stand die ganze Zeit einfach nur unbeteiligt daneben und tat so, als müsse er eine Verkehrszählung durchführen. Und als ich vorhin meine Hand auf seine gelegt habe, hat er sie weggezogen, unter dem Vorwand, er müsse die Lüftung aufdrehen.

In dem Augenblick habe ich mir nur gewünscht, ihn in den Arm zu nehmen, damit alles wieder gut ist. Aber ich habe es nicht getan, weil ich Angst hatte, dass alles nur noch schlimmer wird.

Georg bringt den Wagen zum Stehen, wir steigen aus, immer noch schweigend. Er macht den Kofferraum auf, und ich helfe ihm, unser Gepäck herauszuheben. Ich sehe ihm in die Augen, doch er weicht meinem Blick aus. Verdammt. Wir wollen morgen heiraten, doch ich fühle mich, als würden wir kurz vor der Scheidung stehen. Ich muss irgendetwas tun oder sagen, aber ich habe keine Ahnung, wie ich diese Scheißsituation auflösen soll. Eigentlich wäre mir danach, heulend wegzulaufen, aber was, wenn er mir nicht folgt?

Georg schließt den Kofferraum, und ich nehme all meinen Mut zusammen. Ich fühle mich, als würde ich ohne Schutzweste vor ein Maschinengewehr springen, als ich krächze:

»Georg … liebst du mich?«

Georg hebt den Blick und sieht mich an und … irgendetwas passiert mit ihm. Er atmet heftig, sein Kinn beginnt zu zucken. Der Kleidersack mit unseren Hochzeitsklamotten, den er eben noch in der Hand hatte, fällt zu Boden.

Ich schließe die Augen und habe nur einen Gedanken: *Bitte nicht. Bitte, bitte sag jetzt nichts Falsches.*

Ich spüre seine Hand auf meiner Schulter, spüre, wie er mich zu sich zieht, wie er mich umarmt, wie sein Körper zu beben beginnt.

»Du musst doch nicht weinen«, quieke ich entsetzt. Gleichzeitig spüre ich, wie sich auch meine Tränendrüsen in Aufstellung bringen. Dass ich immer sofort mitheulen muss, wenn jemand weint! Herrje!

Georg lässt mich los, und ich wische ihm panisch die Tränen aus dem Gesicht, damit sie ganz schnell wieder verschwinden.

Puh, schon besser.

»Tut mir leid, Lotte. Es tut mir leid, dass ich so gewesen bin. Es ist doch nur … ach, Lotte, ich bin so aufgeregt!«

»Und ich erst«, sage ich leise. »Es ist schrecklich, nicht?«

Er sieht mir in die Augen und fängt an, den Kopf zu schütteln.

»Nein?«, frage ich überrascht.

»Nein! Es ist überhaupt nicht schrecklich. Es ist wunderschön! Schrecklich bin nur ich!«

Augenblicklich fühle ich mich wie ein Stück Butter in der Mikrowelle. Ich schmelze dahin, von innen nach außen, ich will ihm erleichtert in die Arme fallen und komme fast aus dem Gleichgewicht, als Georg plötzlich vor mir auf die Knie sinkt. Ich sehe ihn an, und mir wächst ein Kloß in der Kehle, der binnen weniger Millisekunden auf die Größe eines Rugby-Eis anschwillt. Schlucken hilft kein bisschen, und ich bekomme kaum noch Luft, als Georg meine Hand nimmt.

Ich versuche, mich zusammenzureißen, was mir nicht gelingt. Um nicht in hysterisches Schluchzen auszubrechen, knie auch ich mich hin.

Wir knien zwischen unseren Koffern, auf einem nächtlichen Parkplatz in der mecklenburgischen Provinz, und nur eine schummrige Laterne beleuchtet die Szene.

»Liebe Lotte, heiratest du mich, auch wenn ich so bin, wie ich bin?«

»Aber natürlich! Wie kannst du nur so was fragen!«, stammle ich und umarme ihn. Er hält mich ganz fest, und ich schwöre mir, dass ich nie, nie, nie wieder an unserer Beziehung zweifeln werde.

»Ich brauch dich doch, Lotte. Und am allermeisten dann, wenn ich deine Liebe eigentlich gerade gar nicht verdiene. Wir …«

»Scheiße!«

Georg und ich schrecken hoch, die Stimme kam aus der Ferne, aber ich habe sie sofort erkannt.

»Das war mein Vater«, sage ich und ahne nichts Gutes.

Über den Parkplatz schallt ein Fluchen, dann kommt eine zweite Stimme hinzu.

»Und das war meiner«, sagt Georg.

Wir schnappen uns unser Gepäck und folgen den Stimmen, aber ich kann nichts erkennen, denn sie kommen aus der Düsternis hinter dem Gutshof, dorther, wo eigentlich nur Gebüsch ist und weiter hinten die Pferdekoppel beginnt.

»Papa?«, rufe ich.

Keine Antwort.

»Papa?«, ruft Georg.

Endlich hören wir Schritte. Aus der Dunkelheit wankt mein Vater ins Licht, humpelnd und auf die Schultern von Georgs Vater gestützt. Er hat Schrammen im Gesicht und blutet aus einer Wunde auf der Stirn. Er sieht aus, als hätte er sich mit den Klitschkos angelegt, und zwar mit beiden gleichzeitig.

»Papa, was ist passiert?«

Eigentlich will ich es gar nicht genauer wissen. Mein Vater betrinkt sich nicht oft, aber wenn er es tut, dann richtig. Und meistens passiert auch etwas. Einmal fand ihn meine Mutter nach irgendeinem Firmenjubiläum schlafend im Vorgarten, mitten im Blumenbeet. Er hatte die paar Meter vom Taxi zur Haustür einfach nicht geschafft.

»Hingefallen …«, lallt Georgs Vater. »Loch … Büsch.«

»Aber was habt ihr denn dahinten gemacht?«, frage ich atemlos.

»Spasss…siergang«, sagt mein Vater und kippt fast vornüber, als er das Wort ausspricht.

»Mitten in der Nacht? Wo ist Mama?«

»Bett«, sagt er und schwankt wie ein Kreisel, der die letzten Runden dreht.

»Wir müssen dich verarzten!«

»Bett.«

Ich nehme meinen Vater am Arm, er ergibt sich, lässt dabei aber Georgs Vater los und verliert das Gleichgewicht. Wie ein Sack Kohle fällt er zu Boden. Er ist so schwer, dass ich keine Chance habe, ihn zu halten, ich kann ja kaum einen Kasten Bier hochheben. Und als ich ihn wieder hochziehen will, macht er sich zusätzlich noch schwerer, als er ist.

»Komm, Papa, hoch mit dir!«

»Bett«, stammelt er.

»Na, komm schon, Matthias, wir werden dich ins Bett bringen«, sagt Georg und hilft mir, ihn aufzurichten. Zum ersten Mal in meinem Leben glaube ich ihm, dass es keine Lüge ist, wenn er mich in die Luft hebt und behauptet, ich sei überhaupt nicht schwer, kein bisschen, sondern leicht wie eine Feder im Wind. Gemeinsam schleifen wir Papa in die Eingangshalle des Gutshofs, wo uns sofort Frau Kronfeld von Bismarck zur Hilfe eilt. Sie holt Jodsalbe, Pflaster und ein sauberes Tuch und hilft uns, nachdem wir die Wunden in seinem Gesicht notdürftig versorgt haben, ihn auf sein Zimmer zu bringen, wo meine Mutter bereits im Bett liegt und leise schnarcht. Sie seufzt nur, als wir ihn zu ihr legen, und dreht sich auf die andere Seite. Ich ziehe meinem Vater die Decke über den Körper und wünsche ihm leise eine gute Nacht.

»Bett«, murmelt er, dann schläft er ein.

»Himmel«, sage ich, als wir wieder im Foyer stehen. »Ich hab ja wirklich gehofft, dass sich unsere Eltern mögen. Aber dass sie sich gleich *so* gut verstehen müssen …«

»Gut, dass wir nicht dabei waren. Stell dir mal vor, wir hätten mitgetrunken! Wer weiß, wie es uns jetzt ginge!«

»O Gott, sei still, ich krieg schon beim Gedanken daran Kopfweh«, sage ich. Dann fällt mir etwas anderes ein. »Wo ist eigentlich dein Vater?«

Georg sieht mich an, ich sehe ihn an, dann laufen wir aus dem Haus und zu der Stelle, wo wir vorhin unser Gepäck stehen ließen.

»Papa?«

»Rudi?«

Wir bekommen keine Antwort. Papa Link liegt rücklings im Gras und schnarcht wie ein Sägewerk.

Noch sieben Stunden ...

Ich schrecke auf. Mein Herz rast. Im Traum bin ich über die Schleppe meines Brautkleids gestolpert, direkt in ein Loch im Boden, und das Bunte Bentheimer Landschwein war auch wieder da, nur, dass es diesmal wie ein Mops aussah, wie ein Mops mit dem Gesicht der blöden Schneiderin von vorgestern Abend. Ich setze mich auf und taste die Bettdecke ab, doch dann wird mir klar, dass es sich bei dem weißen Baumwollstoff ja gar nicht um mein Brautkleid handeln *kann*, denn das ist kurz und hängt an der Tür des Kleiderschranks. Zur Sicherheit blicke ich hinüber, ja, da hängt es, wie drapiert für eine Modestrecke in *Modern Bride*. Ich lege mich wieder hin und schließe, fest entschlossen, noch einmal einzuschlafen, die Augen. Aber daran ist nicht zu denken. Ich setze mich wieder auf, nehme mein Handy vom Nachttisch, es ist noch nicht einmal fünf Uhr. Ich bräuchte dringend noch eine Runde Schlaf, denn wenn ich weniger als sechs Stunden bekomme, graben sich mir Augenringe ins Gesicht, die nicht einmal der neue Abdeckstift mit lichtreflektierenden Pigmenten übertüncht, den ich mir extra für heute gekauft habe.

Dummerweise ist es meinem Herzen völlig egal, wie es um meine Augenpartie bestellt ist. Es hört nicht auf zu pochen. Ich rolle mich auf die andere Seite. Georg liegt mit zufriedenem Gesicht neben mir auf dem Rücken und schnarcht friedlich.

Normalerweise schießen mir, wenn ich aufgeregt bin,

tausend Dinge durch den Kopf, aber jetzt bin ich so nervös, dass ich nicht einmal mehr denken kann. Immer mit der Ruhe, Charlotte, sage ich mir und lege mich wieder hin. Du heiratest nur, es *kann* gar nichts schiefgehen. Du liebst Georg, Georg liebt dich. Alle lieben dich. Das Wetter wird königlich werden, der Sekt ist kaltgestellt, nichts kann passieren.

Aber jedes Mal, wenn ich die Augen schließe, gehen sie automatisch wieder auf, so wie bei meiner alten Anziehpuppe, der ich, statt sie in die Mikrowelle zu stecken, die Haare geschnitten habe. Danach war sie so hässlich, dass ich nicht mehr mit ihr spielen wollte und versucht habe, sie hinter dem Gartenhäuschen zu verbrennen, was nicht funktioniert hat, weshalb ich sie aus Angst, meine Eltern könnten den angekokelten Kadaver in der Mülltonne finden, auf dem Schulweg in einem öffentlichen Abfalleimer deponiert habe.

O nein, jetzt bekomme ich auch noch Schuldgefühle.

Ich wälze mich wieder auf die andere Seite, was für Georg das Signal ist, sich schmatzend zu mir umzudrehen. Er legt mir eine Hand auf die Hüfte, grummelt etwas und schnarcht weiter. Um ihn nicht zu wecken, atme ich ganz flach, starre mit weit aufgerissenen Augen mein Hochzeitskleid an der Schranktür an und versuche, mich halbwegs abzuregen.

Wir haben die Ringe, wir haben unsere Ausweise, Lala und Christian haben versprochen, pünktlich zu sein. Lala hat sogar ein Tischschmuck-Komitee gegründet. Um den Sektempfang und das Buffet müssen wir uns nicht kümmern, das hat Frau Kronfeld von Bismarck gestern Abend extra noch mal betont. Es. Kann. Gar. Nichts. Passieren!

Jetzt, wo ich still liege, fängt mein ganzer Körper an zu kribbeln. Ich versuche, es auszuhalten, was nicht funktioniert. Ich nehme Georgs Arm und lege ihn sanft zur Seite, Georg schmatzt, dreht sich wieder auf den Rücken und … Chrrrr…

Zwei Minuten später bin ich in Jeans und Kapuzenpulli geschlüpft und schleiche in Turnschuhen die Treppe hinunter.

Ich trete ins Freie, die Luft ist kühl. Es dämmert noch, und ich merke, wie müde ich in Wirklichkeit noch bin. Alles schläft, nur ein paar Vögel zwitschern. Ich gähne und gehe den Kiesweg entlang, der vom Gutshaus zur Scheune führt, bleibe vor dem großen Holztor stehen, sehe zum Dach hinauf und zünde mir eine Zigarette an. Heute Mittag sollen es 26,2 Grad werden, das war zumindest der letzte Stand beim meteorologischen Dienst, und heute Abend werden hier hundert Menschen in Sommerkleidung trinken und uns feiern und sich amüsieren. Georg und ich werden lachen und uns lieben und glücklich sein, das weiß ich ganz sicher. Trotzdem werde ich die Nervosität nicht los. Ich atme aus und wieder ein, nehme noch einen Zug von der Zigarette. Eine quengelige, kleine Stimme meldet sich bei mir: *Was, wenn du über Nacht zugenommen hast und dir das Brautkleid plötzlich doch nicht mehr passt?* Ich versuche zu kontern: Ich habe gestern keinen Bissen gegessen, ich *kann* gar nicht dicker geworden sein. *Jahaa,* erwidert die Stimme, *schau dir doch mal die Kinder in Afrika an – was, wenn du vor lauter Hunger einen Kugelbauch kriegst?* Von dem bisschen Fasten wird man nicht krank, erwidere ich, fasse mir aber sicherheitshalber an den Bauch, der so flach ist wie das letzte Mal mit siebzehn. Doch die Stimme gibt nicht auf: *Hast du auch alles eingepackt? Wo sind eigentlich die Chloé-Pumps?* Scheiße, die Pumps! Die sind … in dem Karton neben dem Schrank, alles in Ordnung. Schluss jetzt, verdammt!

Wütend schnippe ich die Zigarette weg. Um mich abzulenken, laufe ich zu der Stelle, an der wir gestern Nacht unsere Väter gefunden haben. Ich gehe ein Stück weit ins Gebüsch, vorsichtig natürlich. Seit zwei Wochen gebe ich mir alle Mühe, mir keine Schürfwunden oder Hämatome zuzulegen – das Problem, dass ich immer, immer, immer blaue Flecken an den Schenkeln habe, habe ich nicht bedacht, als ich verzweifelt nach einem kurzen Kleid gesucht habe. Mit seltsam verdrehten Beinen starre ich in die Vegetation und erkenne plötzlich das überwucherte Loch, in das mein Vater gefallen ist.

Aus der Ferne dieses Morgens kommt mir der gestrige Abend vor wie ein Film, den ich vor langer Zeit gesehen habe. Die Autopanne. Die späte Ankunft. Unsere betrunkenen Väter.

Aber jetzt ist jetzt und du bist hier, denke ich, und in sieben Stunden wird Georg dein Mann sein, und wenn du auf allen vieren durch die Kirche kriechst.

Irgendwie beruhigt mich der Gedanke, und ganz kurz denke ich daran, zurück ins Haus zu gehen, aber dann überlege ich es mir anders, wanke müde zum See und lasse mich auf eine Bank sinken.

Der See schwappt leise gegen das Ufer. Irgendwo zwitschert ein Vöglein. Mann, bin ich müde.

»Lotte?«

Huch? Ich muss eingenickt sein. Jemand fasst mich an die Schulter, rüttelt an mir.

»Lotte!«

»Hm?«

Verschlafen streiche ich mir über das Gesicht, blinzle ins Licht, versuche mich aufzurichten, aber jeder Knochen tut mir weh.

»Wie spät ist es?«, frage ich, als ich es geschafft habe,

meinen Körper in eine aufrechte Position zu manövrieren.

»Halb sieben! In ein paar Stunden heiratest du!«

Zunächst bemerke ich nur meine Rückenschmerzen, verdammt, tut das weh. Ich sehe den See, die Sonne, die Bäume, die sich tief übers Wasser beugen.

Dann sehe ich das Gesicht meines Vaters.

»O Gott, Papa! Wie siehst du denn aus!«

Mein Vater verzieht den Mund, er versucht wohl zu grinsen, aber es sieht eher so aus, als würde ihm jemand die Fingernägel mit der Kneifzange ausreißen. Die vier Pflaster auf Kinn, Wange und Stirn kenne ich schon, aber …

»Dein rechtes Auge ist ja ganz … *blau!*«

Blau ist untertrieben. Das Auge ist violett und völlig zugeschwollen, was im Kontrast zu den orangefarbenen Jodflecken besonders fies aussieht. Als sei er in eine ausgestreckte Faust gerannt, mit Anlauf.

Papa hebt entschuldigend die Hände, dann stöhnt er. Die Schnapsfahne, die mir dabei entgegenschlägt, ist so gewaltig, dass sie bis zur Ostsee reichen würde, ginge nur ein kleines bisschen Wind.

»Warum bist du schon wach?«, frage ich.

»Ich konnte nicht mehr schlafen. Ist manchmal so, wenn ich zu viel getrunken habe«, murmelt er und lässt sich neben mich auf die Bank sinken. Normalerweise habe ich wenig Erbarmen mit Menschen, die einen Kater haben, aber mein Vater sieht so jämmerlich aus in seinem Pyjama, dass ich sofort Mitleid bekomme. Ich will ihn tröstend in den Arm nehmen, aber kaum, dass ich ihn nur an der Schulter berühre, stöhnt er auf.

»Au!«, mache ich, obwohl es doch ihm wehtut. »Entschuldige! O weh!«

»Schon gut«, sagt er und nimmt meine Hand. Ein paar

Minuten sitzen wir einfach nur nebeneinander und starren auf den See, während ich mit unauffälligen Beckenbewegungen versuche, den Krampf im unteren Rücken zu lösen.

»Und du, Lottilein? Bist du nervös?«

Ich schüttle den Kopf. Dann merke ich, dass das gelogen war, denn plötzlich steigen Tränen in mir auf, Tränen der Aufregung, der Müdigkeit, des Glücks. Und der Angst, es in den Chloé-Pumps nicht durch die Kirche zu schaffen. Gott, wenn mir vorher jemand gesagt hätte, was für eine emotionale Loopingfahrt Heiraten ist, hätte ich's wahrscheinlich gelassen.

Nein, hätte ich nicht.

Ich schüttle noch einmal den Kopf, aber diesmal in der Hoffnung, dass so endlich der blöde Heulkrampf verschwindet, dann atme ich tief durch und sage aus tiefster Überzeugung: »Ich bin so froh, dass du mich zum Altar führen wirst!«

Mein Vater versucht ein zaghaftes Lächeln und sieht für einen kurzen Augenblick nicht mehr wie ein Neandertaler aus, sondern schon fast wieder wie ein Mensch. In diesem Moment bin ich ganz, ganz fest davon überzeugt, dass alles gut wird.

»Du musst mich aber stützen«, sagt er, greift meine Hand fester und wischt sich mit der anderen über die Stirn. »Ich hab immer noch vier Promille Restalkohol im Blut. Mindestens.«

Die Lahme und der Lahme. Na toll.

»Wir schaffen das schon«, sage ich mit einer Stimme, in der wenig Zuversicht liegt, und tätschle ihm die Pfote.

»Na komm, lass uns zurückgehen.«

»Ja, gehen wir.«

Mein Vater hakt sich bei mir unter, er schwankt tatsächlich ein bisschen, und jetzt, da wir ins Sonnenlicht treten, sehe ich den Schweiß auf seiner Stirn. Wir laufen bis zum Parkplatz, wo er sich entschuldigt und zu seinem Wagen schlurft. Ich habe keine Ahnung, was er da will. Er ist so bleich im Gesicht, dass ich mich ein bisschen um ihn sorge, aber weil er sich nichts anmerken lässt, tue auch ich so, als sei überhaupt nichts Ungewöhnliches daran, in aller Herrgottsfrühe in Schlafanzug und Badelatschen zu seinem Wagen zu gehen.

»Bis später, Papa!«

Papa winkt, ohne sich umzudrehen.

Als ich zurück in unser Zimmer schleiche, schnarcht Georg noch immer. Ich setze mich auf die Bettkante und säusele ihm ins Ohr:

»Guten Morgen, lieber Bräutigam!«

Georg quengelt leise und dreht sich um. Ich hocke mich breitbeinig auf ihn und drücke ihm einen Kuss auf die Stirn.

»Aufstehen, Schatz! Wir heiraten heute!«

»Noch fünf Minuten«, wimmert er und zieht sich das Kissen übers Gesicht.

»Aber Schatz!«, rufe ich, »es ist schon …«, ich grapsche mir sein Handy vom Nachttisch und sehe auf die Uhr. »Es ist schon sieben!«

Ich nehme ihm das Kissen weg, und er blinzelt mir entgegen.

»Dann ist die Trauung doch erst in fünf Stunden. Wir können noch mindestens drei Stunden schlafen«, sagt er und versucht, sich unter der Bettdecke zu verkriechen.

»Ja, aber …«, sage ich trotzig.

Seufzend schlägt er die Decke um. Dann sagt er: »Komm her«, und zieht mich an sich. Ich lege mich neben ihn, in

Jeans und Kapuzenpulli, so, wie ich bin. Mit einem Mal bin auch ich sehr müde. Georgs Atem fängt wieder ruhig an zu fließen, und ich … Schon wieder schwappt der See gegen das Ufer … leise … ein Vöglein zwitschert …

»Oh Gott!«, quietsche ich und greife nach meinem Handy. »Ohgottohgottohgott!«

»Was ist?«, fragt Georg.

»Wir haben verschlafen! Es ist kurz nach elf!«

»Was?« Georg ist schlagartig wach und springt aus dem Bett. »Elf? Dieses blöde Handy! Wieso hat denn der Wecker nicht geklingelt? Ohgottohgottohgott!«

Hysterisch wie eine Travestiekünstlerin, der der Nagel abgebrochen ist, läuft er durchs Zimmer. Erst ins Bad, dann zurück zum Bett, dann zum Kleiderschrank und wieder ins Bad. Ich sitze noch auf der Bettkante und wundere mich über ihn, da klopft es plötzlich an der Tür. Ich öffne und vor mir steht meine Mutter, mit zerzausten Haaren, offenem Bademantel und Augenringen so dunkel wie der Canal Grande bei Nacht. Sie hat einen ganz schlimmen Kater, das ist nicht zu übersehen.

»Hallo, Lotte. Ich hab verschlafen!«, sagt sie mit tonloser Stimme.

»Wir auch, denk dir nichts!«, sage ich und fange an, auf der Stelle zu trippeln. Immer, wenn meine Mutter nicht kapiert, dass ich gerade im Stress bin, werde ich erst so richtig nervös.

»Weißt du, wo dein Vater ist?«, sagt sie mit schwacher Stimme. Plötzlich fällt mir ein, was das Problem ist, wenn meine Mutter einen Kater hat. Sie wird depressiv, und dann kann es jeden Augenblick passieren, dass sie aus heiterem

Himmel zu weinen beginnt, einfach so, wie wenn man aus Versehen an den Hebel des Wasserhahns kommt.

Das Letzte, was ich jetzt brauchen kann, ist eine heulende Mutter.

»Keine Ahnung«, sage ich und tripple noch schneller, »wahrscheinlich ist er schon beim Frühstück. Weißt du was, Mama, wir sind gerade ein klitzekleines bisschen nervös, wie wäre es, wenn du mal nachschaust, ob Georgs Eltern schon wach sind, nicht, dass die auch noch verschlafen haben!« Mit der einen Hand schiebe ich sie zurück auf den Flur, mit der anderen schließe ich die Tür.

»Bis später, Mama, nicht böse sein, aber wir müssen uns echt mal fertig machen!«

Die Tür fällt ins Schloss. Ich höre, wie sie den Gang hinunterschlurft, und bete, dass sie auf die Idee kommt, den Bademantel zu schließen, ehe sie bei den Links klopft.

»Es sind schon ganz viele Leute da«, ruft Georg, der am Fenster steht und dabei versucht, seinen nackten Körper hinter der Gardine zu verstecken. Ich sehe ebenfalls hinaus, der Himmel ist blau, die Sonne lacht, und tatsächlich, fast alle Parkplätze sind belegt. Ich juble innerlich. Die Party kann beginnen! Wenn ich meinen Zustand heute Morgen als »nervös« bezeichnet habe, dann weiß ich nicht, was das hier ist. Mir schlägt das Herz bis zum Hals ... ach was, bis in die Wimpern!

Ich laufe ins Bad, gucke in den Spiegel und sehe, dass mein Haar vorzüglich sitzt. Wenn man Locken hat, ist das manchmal so: je kürzer die Nacht, desto besser die Frisur. Ich muss lachen, so froh bin ich: Ich muss mir die Haare nicht waschen und föhnen! Georg springt nach einer Rekorddusche auf einem Bein durchs Bad und versucht, sich zwischen den Zehen abzutrocknen. Ich werfe ihm Unterhose und Socken zu und schlüpfe, während ich ganz, ganz fest ausatmend den Bauch einziehe, in mein Kleid. Vorsichtig schließe ich den Reißverschluss an der Seite. Sitzt. Ich lasse den Bauch langsam locker. Sitzt immer noch! Herrlich! Und ganz ohne Bauch-weg-Höschen!

»Scheiße!«, schreit Georg. »Scheiße, Scheiße, Scheiße!« Er rennt zum Kleiderschrank, zurück ins Bad, zur Zimmertür. Zwei Minuten später sehe ich ihn nur in Unterhose und Socken über den Parkplatz flitzen. Kristin, die ihm am Arm eines hochgewachsenen, dunkelhaarigen Mannes entgegenkommt, grinst, aber Georg bemerkt sie nicht.

»Kristin!«, rufe ich aus dem Fenster.

Sie sieht zu mir hoch, winkt und lacht dabei übers ganze Gesicht. So habe ich sie noch nie strahlen sehen.

»Kristin!«, rufe ich noch mal. »Wir sehen uns in der Kirche!«

»Ja!«, ruft sie zurück. »Ich freue mich!«

Kurz darauf kommt Georg zurück ins Zimmer. Das Erstbeste, das er in die Finger kriegt, ist sein Jackett, er packt es und wirft es mit Karacho auf den Boden, wie ein Kind sein blödes Spielzeug.

»Scheiße!«

»Was ist denn?«

»Ich habe mein Hemd vergessen!« Er schaut mich völlig fassungslos an, lässt sich auf die Bettkante sinken und reibt sich mit den Händen übers Gesicht.

»O nein«, sage ich.

»Doch!«

»Dann können wir nicht heiraten!«, ziehe ich ihn auf, ich bin so gut gelaunt, mich könnte jetzt nicht einmal eine plötzliche Unwetterfront aus der Ruhe bringen.

»Doch!«, sagt er mit verzweifelter Stimme.

»Aber wie?«, frage ich und grinse innerlich, denn ich weiß etwas, das er offensichtlich vergessen hat.

»Ich weiß auch nicht, Lotte. Was mach ich denn jetzt?«

»Hm«, sage ich wie Sherlock Holmes, wenn er grübelt, und schlendere ganz cool zum Koffer. Ich fummle an meinem nicht vorhandenen Kinnbart herum und bücke mich wie nebenbei. »Wie wär's denn damit?« Triumphierend schwenke ich die Pappschachtel, in der fabrikneu sein Ersatzhemd liegt.

»Oh«, sagt er. »Das hatte ich ganz vergessen.«

Ich werfe ihm die Pappschachtel zu, dann laufe ich ins Bad, um mich endlich mit der wasserfesten Wimperntusche und dem lichtreflektierenden Abdeckstift zu verzieren. Die Augenringe sind zum Glück nicht so schlimm, wie ich befürchtet hatte.

»Lotte!«, kommt eine weinerliche Stimme aus dem Schlafzimmer.

»Ja, Schatz? Was ist?«

Plötzlich steht Schatz kreidebleich in der Badezimmertür: »Das Hemd ist völlig zerknittert!«

Ich lege die Wimperntusche wieder beiseite.

Mist.

»Haben Sie ein Bügeleisen?«, frage ich atemlos, als ich Frau Kronfeld von Bismarck endlich auf der Terrasse finde. Sie spritzt gerade die Steinplatten mit einem Gartenschlauch ab und guckt überrascht, als sie mich im Brautkleid, aber barfuß auf den nassen Fliesen stehen sieht.

»O nein«, sagt sie und hebt bedauernd die Schultern. »Tut mir leid, das habe ich eben verliehen.«

»An wen?«, frage ich und fange schon wieder an zu trippeln.

»An einen Ihrer Gäste.«

»An *wen?*« Meine Stimme wird panisch.

»Tut mir leid. Eine Frau, glaube ich«, sagt sie, dreht den Gartenschlauch ab und sieht mich ratlos an.

Eine Minute später laufe ich die Hotelflure auf und ab, klopfe an alle Türen und schreie das halbe Haus zusammen. Freunde, die mich begrüßen wollen, vertröste ich mit gehetztem Blick auf später. Wahrscheinlich denken sie, ich sei kurz davor, völlig durchzudrehen, was mir egal ist. Ich meine, hallo? Viel kränker wäre es doch, am Tag seiner eigenen Hochzeit *nicht* durchzudrehen.

»Und?«, fragt Georg, als ich wieder auf dem Zimmer bin. Er steht vor dem Badezimmerspiegel, hat Panik in den Augen und Rasierschaum im Gesicht. Seine Anzughose hat er schon an, das Jackett dazu baumelt am Knauf des Kleiderschranks.

»Frau Kronfeld von Bismarck steht jetzt unten im Frühstücksraum und bügelt«, sage ich, drücke ihm einen Kuss auf die Wange und schiebe ihn ein bisschen zur Seite. »Wir schaffen das!« Ich fange an, mich zu schminken, was schnell geht, denn ich habe beschlossen, das Risiko einer Make-up-Katastrophe auf ein Minimum zu reduzieren: Puder, der neue Abdeckstift und Wimperntusche müssen genügen. Ich frage mich ohnehin, warum Frauen krampfhaft versuchen, am Hochzeitstag so auszusehen, dass ihr Bräutigam sie allenfalls am weißen Kleid erkennen kann.

Georg hat innegehalten, sein Mund ist noch voller Rasierschaum. Ich merke, dass er mich im Spiegel beobachtet.

»Was ist?«, frage ich und lächle ihn an.

»Ach, Lotte.«

»Ja, Georg?«

»Du bist so wunderschön!«

»Blödsinn«, sage ich. »Ich sehe genauso aus wie immer.«

»Eben! Du bist wunderschön!«

Er versucht, mich mit seinem schaumigen Mund zu küssen, und ich wehre ihn lachend ab: »Hey! Wir heiraten gleich! Darf ich Sie um den gebotenen Ernst bitten, Herr Link!«

»Mein Glückssternchen!«, säuselt er mit spitzen Lippen und versucht, mir dabei Rasierschaum ins Gesicht zu schmieren. »Mein Goldregen! Meine Glockenblume!«

Ich merke, wie ich kreidebleich werde. Ich japse nach Luft.

»Was hast du da eben gesagt?«

»Glockenblume!«, sagt Georg und schaut mich fragend an.

»Scheiße!«, jammere ich.

»Was ist denn?«

»Mein Brautstrauß! Wir haben meinen Brautstrauß vergessen!«

»Wo?«

»Wir haben ihn nicht mal bestellt!«

»Mist«, sagt er und denkt nach. »Wie spät ist es?«

»Halb zwölf!«, sage ich mit panischer Stimme.

»Brauchen wir den Brautstrauß wirklich unbedingt?«, fragt er und schaut mir prüfend ins Gesicht.

»Ja, natürlich, Lala muss ihn doch fangen!«, sage ich und sehe ihn vorwurfsvoll an. Was für eine dumme Frage!

»Okay«, sagt er mit der Coolness eines Pokerspielers. »Steht jetzt noch irgendetwas Wichtiges an?«

Er ist wieder völlig Herr seiner selbst. Das liebe ich so an unserer Beziehung. Wir drehen nie beide gleichzeitig durch.

»Lotte?«

»Äh … was?«

»Müssen wir uns noch um irgendwas kümmern?«

»Keine Ahnung«, sage ich und wühle in meinem Hirn,

aber alles, was ich finde, ist eine dunkle, zähe Masse, und mit einem Mal bin ich mir sicher, dass in meinem Kopf gar kein Hirn ist, sondern allenfalls Weichlakritz, zwei Kilo Katjes aus Kindertagen. »Ich glaub, ich hab 'nen Blackout.«

»Okay, Lotte. Ganz ruhig«, sagt Georg und wiederholt dann langsam, Wort für Wort seine Frage: »Müssen wir uns jetzt noch um irgendetwas kümmern?«

»Ähhh …«, mache ich und fange schon wieder an, nervös auf der Stelle zu trippeln. Gott, wenn es bei frischgebackenen Müttern diese sogenannte Still-Demenz gibt, dann gibt es bei heiratenden Frauen *definitiv* so etwas wie eine Trau-Amnesie.

»Wo sind die Ringe?«

Ich zucke mit den Schultern.

»Die Ringe, Lotte!«

»In … in meiner Tasche vielleicht.«

»Vielleicht?«

»Ja. Nein. Bestimmt.«

»Und die Ausweise?«

»Auch in der Tasche.«

»Was ist mit den Trauzeugen?«

»Auch.«

»Lotte!«

»Kommen zur Kirche«, verbessere ich mich.

Eine Trau-Amnesie gekoppelt mit Braut-Debilität.

»Okay. Ich rasier mich schnell fertig und dann fahren wir direkt los.«

Zwei Minuten später rennen wir die Treppe hinunter, Georg nackt unterm Jackett, ich barfuß und mit den Pumps in der Hand. Das Foyer ist voll mit Gästen, die entweder vor der Hochzeit noch schnell einchecken wollen oder schon auf dem Weg zur Trauung sind. Wir bahnen uns nach allen Seiten lächelnd einen Weg durch die Menge, manche gucken blöd, manche amüsiert, aber wir tun so, als sei nichts.

»Ist das Hemd fertig?«, rufen wir im Chor, als wir im Frühstücksraum sind.

»In dieser Sekunde!«, ruft Frau Kronfeld von Bismarck und hebt es in die Luft.

Georg schlüpft hinein und drückt ihr einen Kuss auf die blonden Locken.

»Ich bin Ihnen eine Flasche Champagner schuldig!«, sagt er und knöpft sein Hemd zu. »Jetzt brauchen wir nur noch einen Blumenladen!«

»Einen Blumenladen? Gleich am Ortsausgang ist einer, direkt neben der Kirche, der müsste jetzt auch noch offen haben.«

»Bingo«, sagt Georg und sprintet los in Richtung Auto, ich hinterher. Autsch, tut das weh, barfuß über den Kies zu laufen. Jetzt bloß nicht an das Bild denken, das ich gerade abgebe. Frau in Brautkleid hoppelt in bester Otto-Waalkes-Manier einen idyllischen Weg hinab. Auf dem Parkplatz stehen Georgs Eltern und meine Mutter.

»Wir sehen uns vor der Kirche!«, rufen wir ihnen zu. »Fahrt schon mal los!«

»Wo ist dein Vater?«, ruft meine Mutter. »Er ist verschwunden! Weg! Vom Erdboden verschluckt!«

Ich bremse ab. Von hinten holt mich ein: eine plötzliche Ahnung.

»Er … wollte sich vorhin noch mal ins Auto setzen«, sage ich zögernd und blicke hinüber zu der Stelle, wo der Wagen steht. Ich bin mir ganz sicher, dass sie vorhin noch im Schatten lag. Jetzt knallt die Sonne darauf. O weh. Ich laufe los, sehe meinen Vater schon von Weitem, beziehungsweise: Ich sehe seinen Hinterkopf, der an der Seitenscheibe lehnt.

»Papa!« Panisch klopfe ich ans Fenster. Ich habe in meinem Leben zu viel Zeit mit Mikrowellen verbracht, um in diesem Moment *nicht* panisch zu sein. Papa fährt hoch, dreht sich verwirrt um, sein Kopf ist dunkelrot, sein blaues Auge dunkellila, und ihm läuft der Schweiß in Sturzbächen übers Gesicht. Aber immerhin: Er lebt.

»Maciej, wir müssen zur Kirche!«, ruft meine Mutter, die mir gefolgt ist, sie nennt ihn immer so, wenn sie besorgt ist, es ist die polnische Version von Matthias.

Als mein Vater die Tür aufmacht, ist es, als würde man einen Backofen öffnen, bei dem die Umluft-Funktion angestellt ist. Ungefähr 180 Grad schlagen mir entgegen, die heiße Luft riecht wie ein altes Schnapsfass. Papa torkelt aus dem Wagen und fällt um ein Haar wieder hin.

»Ich glaube, ich habe einen Hitzschlag«, sagt er.

»Maciej, was ist denn mit deinem Gesicht passiert!«

»Kleiner Unfall gestern Nacht«, antworte ich für ihn und sehe sie mit flehenden Augen an. »Kümmerst du dich um ihn? Schaffst du das? Wir müssen noch schnell was besorgen!«

»Nie martw się«, sagt sie und sieht mich liebevoll an. »Keine Sorge, Kleines. Er wird rechtzeitig vor der Kirche stehen.« Ich nehme sie in den Arm und drücke sie, neben uns wartet schon der Kombi mit laufendem Motor.

»Lotte, wir müssen los!«

Im Rückspiegel sehe ich noch, wie Mama Link und Mama Michalski meinen Vater gemeinsam von beiden Seiten stützen und auf sein Zimmer bringen. Meine Mutter hat ihre Methoden, meinen Vater in Windeseile zum Aufbruch zu bewegen, eigentlich wendet sie sie jeden Samstag an, wenn sie um zwanzig Uhr mit Freunden verabredet sind, die Sportschau aber bis 19:55 Uhr geht.

Noch fünf Minuten ...

Wir sehen Georg nach, wie er durch das Eingangsportal schlüpft und in der Kirche verschwindet. Unsere Gäste sind alle schon drin, Papa und ich warten nur noch darauf, dass die Orgel zu spielen beginnt. Irgendwo im Hintergrund bauen ein paar Mitarbeiter von Klein Schönhagen bereits Stehtische für den Sektempfang nach der Trauung auf; in einer halben Stunde ist alles vorbei, dann werden wir hier lachen und trinken – auch, wenn es mir in diesem Moment noch so vorkommt, als sei es noch eine halbe Ewigkeit bis dahin. Die Sonne strahlt, trotzdem friere ich ein bisschen. Ich versuche, mir die Gänsehaut an den Armen wegzurubbeln, und sehe meinen Vater an. Er lächelt, was sich in erster Linie dadurch bemerkbar macht, dass sich die Pflaster in seinem Gesicht wie Eisschollen in verschiedene Richtungen schieben.

»Ach so«, sagt er beiläufig und fummelt in seiner Jacketttasche herum. »Deine Freundin Kristin hat mir gerade noch etwas für dich gegeben.« Er zieht ein paar Ohrringe hervor, kleine Stecker mit silbergefassten blauen Steinchen. Ich nehme sie in die Hand und beäuge sie kritisch. »Sie sagt, sie hat sie frisch desinfiziert.«

»Was soll ich damit?«, murmle ich, denn ich habe keine Ahnung, was ich kurz vor der Trauung noch mit Ohrringen anfangen soll. Ich habe keine mehr getragen, seit Tyler Brulée in irgendeinem Interview Ohrringe einmal zu *girlish* fand.

»Etwas Blaues«, sagt er. »Sie meinte, ihr hättet neulich telefoniert, und du hättest gesagt …«

Ich starre die Ohrringe an und muss grinsen. Ausgerechnet Kristin, die große Anti-Traditionalistin! O Gott, bin ich froh, dass sie endlich einmal verliebt ist!

Blitzschnell überschlage ich im Kopf: Ich habe etwas Neues – das Kleid. Etwas Geliehenes – die Schuhe. Etwas Gebrauchtes – na ja. Ich hoffe, meine Unterhose gilt. Ich stecke mir die Ohrringe an, und anders, als ich einen Moment lang befürchtet hatte, sind meine Löcher noch nicht zugewachsen.

»Sieht hübsch aus«, sagt Papa.

»Dein Anzug ist auch nicht schlecht«, gebe ich zu. Er ist es tatsächlich nicht. Gut, er ist auch nicht wirklich *schick*. Aber das sind seine Anzüge eigentlich nie. Und für einen aus dem Internet – immerhin.

Er grinst stolz und nimmt meine Hand. »Bist du dann so weit?«

Ich nicke entschlossen, aber als wir uns dem Kirchenportal zuwenden, wird mir so schwindelig, dass ich mich voll darauf konzentrieren muss, auf den hohen Absätzen nicht umzuknicken. An meinem Brautstrauß kann ich mich nicht festhalten, denn die Floristin hatte keine Zeit mehr, die Dornen der weißen Rosen zu entfernen. Na gut, ich will nicht klagen, immerhin hatte sie *überhaupt* Rosen. Der Rest des Angebots bestand aus Kränzen, Efeuranken, weißen Lilien und einem kleinen Sortiment an Grabblumen und -lichtern, denn das Blumengeschäft, das uns Frau Kronfeld von Bismarck empfohlen hatte, war die örtliche Friedhofs-Gärtnerei. Ich kann von Glück sagen, dass die vier alten Frauen mit schwarzen Kopftüchern, die eigentlich vor mir dran gewesen wären, mich lächelnd vorgelassen haben. »Nu geh nur, Kindchen, *wir* haben doch Zeit.«

Das war sehr nett, denn die, die den Satz gesagt hat, war mindestens hundert Jahre alt.

Ich versuche also, den Strauß so zu greifen, dass er mir keine Löcher ins Kleid reißt. Papa nimmt die Sonnenbrille ab und zwinkert mir mit dem intakten Auge zu, und schon in der nächsten Sekunde dröhnen die ersten Takte des Hochzeitsmarschs durch die Kirchentür. Meine Knie werden noch weicher, und ich bin heilfroh, als mir mein Vater seinen Arm zum Unterhaken reicht.

Los geht's.

O Gott. Es ist so, als sei mir schwarz vor Augen, nur, dass ich alles sehe. Mein Gehirn hat sich komplett ausgeschaltet. Ich bemerke zwar, dass die Bankreihen, durch die ich schreite, voller Menschen sind, aber erkennen kann ich niemanden. Es sind keine Gesichter, die sich umdrehen und mich gerührt anlächeln, es sind nur Augen und Münder. Ich nehme kaum wahr, was um mich herum passiert. Ich nehme kaum wahr, was mit mir *selbst* passiert. Ich spüre nichts, nicht einmal meine Schuhe, spüre nur mein Herz, das mir so kräftig bis zur Kehle schlägt, dass ich wahrscheinlich durch die Kirche hüpfen würde wie ein Gummiball, wäre da nicht Papa, der mich am Arm hält.

Da vorne steht Georg, ganz allein am Ende des Ganges, und lächelt mir nervös entgegen. Ich habe nicht die leiseste Ahnung, wie ich es bislang absolut glaubwürdig finden konnte, wenn in romantischen Komödien die Braut in einer gefühlsduseligen Glückstrance zum Altar schwebt, wo schon ein strahlender Bräutigam wartet, gelassen und verliebt. Ich wäre nur halb so aufgeregt, müsste ich bei der Eröffnungsfeier der Olympischen Spiele in einer ausverkauften Leichtathletik-Arena ein A-cappella-Solo schmettern, und wenn ich eines noch schlechter kann als in hohen Schuhen gehen, dann ist das singen. Georg sieht aus, als würde es ihm nicht anders gehen. Wenn ich meine Beine noch unter Kontrolle hätte, würde ich einfach zu ihm nach vorne rennen, »Ja, ich will« rufen, ihm den Ring anstecken und zusehen, dass wir hier rauskommen und mit dem Sektempfang beginnen.

Aber ich stakse ihm nur entgegen, viel zu langsam.

Das Nächste, was ich mitkriege, ist, dass mir mein Vater einen Kuss aufs Haar drückt und Georg meine Hand nimmt. Ich sehe ihm in die Augen und will eigentlich lächeln, aber alles, was ich hinkriege, ist ein hektisches Zucken in den Mundwinkeln. Mein ganzer Sprechapparat ist dermaßen außer Kontrolle, dass ich mich frage, wie ich gleich das Wort »ja« über die Lippen bringen soll.

Die Standesbeamtin sagt etwas und deutet auf die beiden freien Stühle. Unsere Trauzeugen sitzen schon, Christian ein bisschen zurückgesetzt neben Georgs Platz, Lala neben meinem. Sie strahlt, ich glaube, ich habe sie noch nie so ernst und froh und glücklich gesehen. Ich nicke ihr zu und versuche noch einmal die Sache mit dem Lächeln. Georg und ich setzen uns, und ich habe endlich die Gelegenheit, einen verstohlenen Blick ins Publikum zu werfen.

Vorne in der ersten Reihe sitzen nebeneinander unsere Mütter. Sie haben ganz rote Augen und halten sich an den Händen. Sie werden flankiert von unseren Vätern, die beide nervös auf ihren Plätzen herumrutschen, dabei aber ein Gesicht machen, als würden sie gleich einen technischen Vortrag anhören. Die Reihe dahinter besetzen die Polen, an die ich mich nur grob erinnern kann, die mich aber alle anstrahlen, als wäre ich gerade Papst geworden, stolz, ergriffen und glücklich. Andrzej drückt Olga fest an sich. Dahinter sitzt Tante Waltraud, schwer atmend unter ihrem rauschenden pinken Sari, neben ihr Onkel Albert, dessen Blick an ihren mächtigen Brüsten klebt. Heiner ist da und Susanne und Jonathan, und Klein-Leonie versucht über die Bank zu klettern, ihre große Schwester Annalena folgt ihr. Dann entdecke ich Kristin, die sich an die Hand ihres Timothys klammert und …

Ich glaub es nicht. Eigentlich hatte ich befürchtet, dass Kristin dazwischengeht, wenn sie sieht, dass ich mich von meinem Vater zum Altar führen lasse. Und jetzt stehen ihr Tränen in den Augen vor Rührung! Als sie meinen Blick bemerkt, lacht sie auf und winkt. Ich grinse zurück, streiche mir unauffällig die Haare hinters Ohr und tippe auf den Ohrring, aber dann wende ich mich schnell der Standesbeamtin zu, die jetzt zu reden beginnt.

Frau Homeier hat kurze Haare und sieht aus wie meine Grundschullehrerin, nur dass sie viel dünner ist. Sie sitzt auf einem Sessel und liest aus einer grünen Ledermappe eine Rede ab, aber ihre Stimme ist so einschläfernd, dass mein Kopf zu einem offenen Fenster wird, durch das ihre Worte einfach hindurchwehen. Einmal bemerke ich, dass sie Albert Schweitzer zitiert, »Glück ist das Einzige, das sich verdoppelt, wenn man es teilt« – ich denke noch, dass das der unoriginellste Spruch ist, den man bei einer Trauung sagen kann, aber ansonsten bekomme ich nicht viel mit.

Immerhin hat Frau Homeiers monotone Art eine beruhigende Wirkung auf mich. Mein Puls senkt sich langsam, von 260 auf vielleicht 180. Sie redet und redet und schaut uns hin und wieder eindringlich an, um zu unterstreichen, wie wichtig das Gesagte ist. Jedes Mal, wenn sie das tut, nicke ich artig und gebe mir Mühe, so ernst und feierlich wie möglich dreinzuschauen.

Ich schiele zu Georg hinüber. Offensichtlich ist er ganz bei der Sache, wohingegen ich mich nicht einmal daran erinnern kann, wann wir uns bei den Händen genommen haben, so durch den Wind bin ich. Er drückt meine Hand und erwidert meinen Blick, und ich sehe, dass seine Augen tränengefüllt sind. Ich habe ihn noch nie so glücklich und beseelt gesehen, und ich schaue schnell wieder weg und muss plötzlich ganz oft blinzeln. Wenn ich erst einmal angefangen habe zu heulen, dann kann ich erst wieder aufhören, wenn ich mein zweites Glas Sekt gekippt habe.

»Ja«, sagt Georg plötzlich laut.

Ich sehe erschreckt zu ihm rüber. Er drückt meine Hand ganz fest und strahlt mich an, die Tränen laufen ihm jetzt über beide Wangen, ich erwidere seinen Druck, und mein Herz hüpft, und ich muss noch mehr blinzeln, und ich schlucke wie wild und sehe ganz schnell wieder zur Standesbeamtin, die gerade zu reden aufgehört hat und mich beschwörend ansieht.

Ich nicke feierlich, mit festem Blick.

Sie nickt ebenfalls.

Ich lächle sie an.

Sie nickt noch einmal.

Im Publikum beginnt jemand zu kichern. Ich habe keine Ahnung, was jetzt bitte so lustig sein soll.

Sie nickt und sagt schließlich: »Frau Michalski?«

Ich reagiere nicht, dafür bricht das Publikum in Gelächter aus, und dann fällt endlich auch bei mir der Groschen. Mit hochrotem Kopf rufe ich laut und deutlich: »Ja! Ja! Natürlich!«

Das Publikum tobt jetzt, Georg lacht mich an, auch Lala und Christian können sich ein Schmunzeln nicht verkneifen. Mit einem Schlag fühle ich mich wie damals, als ich in der Grundschule bei der Weihnachtsaufführung das

Lied vom kleinen Eskimo singen musste und mir sicher war, dass alle lachen, weil ich so falsch singe. Meine Mutter hat Wochen gebraucht, um mir klarzumachen, dass ich mit meiner Eskimo-Kapuze einfach nur so wahnsinnig *süß* ausgesehen habe. Ich glaube, das war der Moment, in dem ich beschlossen habe, nie, nie, niemals wieder süß auszusehen, um jeden Preis.

Frau Homeier schlägt eine Mappe auf, legt sie auf ihren Schreibtisch und bittet erst Georg, dann mich um eine Unterschrift. Herrje, jetzt fühle ich mich wirklich wie ein kleines Mädchen. Ich habe solche Angst, mich bei meinem Namen zu verschreiben, dass ich die Zunge zwischen die Lippen klemme, wie früher, als ich acht war. Meine Hand allerdings zittert so sehr, dass mein Gekritzel aussieht, als sei ich fünf. Sie zittert auch noch, als Georg und ich uns die Ringe anstecken, und ich bin so was von froh, als Frau Homeier uns endlich erlaubt, uns zu küssen, dass ich gar nicht mehr damit aufhören will.

Das Publikum rast, und plötzlich merke ich, dass mein Herz immer noch schlägt, aber nicht mehr, weil ich aufgeregt bin.

Ich löse meinen Mund von Georgs Lippen und sehe ihn strahlend an. Wir sagen kein Wort, aber ich weiß ganz genau, was unsere Augen miteinander reden.

Wir haben es geschafft! Wir sind verheiratet! Und glücklich!

Ich bin sogar *so* glücklich, dass ich mich zusammenreißen muss, nicht vergnügt loszuhüpfen, als wir Hand in Hand durch die leeren Bankreihen in Richtung Ausgang gehen. (Na gut, muss ich nicht, in diesen gottverdammten Pumps könnte ich nicht einmal auf einem Bein stehen!) Und obwohl wir genau wissen, dass da draußen mehr als hundert

Gäste darauf warten, uns zuzujubeln, ist der Augenblick, in dem wir die Türe öffnen und in die Sonne treten …

Konfetti fliegt, Reis fliegt, wir fliegen!

Es ist der umwerfendste und schönste und absolut herrlichste Augenblick in meinem Leben!

Und dann wird gratuliert. Meine Mama fällt uns heulend in die Arme. Georgs Mama fällt uns heulend in die Arme. Georgs Vater umarmt uns, als hätten wir eben erfolgreich die Diplomprüfungen absolviert. Als ich meinem Papa um den Hals falle, höre ich zwar ein lautes »Autsch!«, aber das kümmert mich nicht. Ich umarme Lala, ich umarme Christian. Ich umarme meine Cousine Olga, die mir mit tränenüberströmtem Gesicht und in feinstem Sprachschuldeutsch zuflüstert, wie wunderschön alles sei. Ich umarme sie gleich noch mal und sage, wie sehr ich mich freue, dass sie gekommen ist. Ich umarme Isabell und Heiner und Susanne und küsse Kristin die Tränchen aus dem Gesicht. Ich umarme jeden, der mir in den Weg kommt, und zwischendrin drücke ich Georg an mich, weil ich so glücklich bin, und auf einmal habe ich ein Glas Sekt in der Hand, und die Gläser klirren …

Plötzlich stehen Onkel Paweł und Tante Wanda mit einer Tüte Salz und einem Laib Brot vor mir und fragen mich feierlich:

»Was willst du lieber? Salz oder Brot?«

Verdammt. Mein Blick geht zwischen beidem hin und her, her und hin. Salz oder Brot? Die richtige Antwort hat mir bei der Hochzeit von Olga niemand übersetzt. Zum Glück flüstert meine Mutter sie mir ins Ohr.

»Ich will Salz und Brot – und meinen Ehemann!«, rufe ich. Prompt geht ein Jubelschrei durch die polnische Verwandtschaft, Tante Wanda hält erst mir, dann Georg das Brot zum Küssen hin, jemand anderes reicht uns Gläser mit Wodka. Wir trinken, werfen die Gläser hinter uns, und plötzlich fliegen überall dort, wo gerade der Laib ist, die Gläser, und Georg und ich strahlen uns an …

Nur der Strauß in meiner rechten Hand pikst.

Er pikst wie verrückt.

Himmel, wie viele Leute müssen wir denn noch drücken?

Nachdem uns selbst Frau Kronfeld von Bismarck und die Kellnerin in den Arm gefallen sind, flüstere ich Georg zu: »Ich würde den gern loswerden.« Dabei zeige ich mit dem Kinn unauffällig in Richtung Brautstrauß.

»Dann wirf ihn!«, flüstert er zurück.

»Meinst du wirklich? Jetzt gleich? Hier?«

Eigentlich habe ich vorgehabt, den Strauß erst nach dem Essen am Abend zu werfen, damit die Leute von den Tischen aufstehen und unmittelbar danach die Party beginnen kann. Allerdings habe ich da noch nicht gewusst, dass der Strauß so ein blödes Ding sein würde, schlecht zusammengebunden und mit Dornen dran. Ich will Georg gerade meine Bedenken mitteilen, da ruft er schon in die Menge:

»Charlotte wirft jetzt den Brautstrauß! Junggesellinnen vor!«

Sofort entsteht ein Mordsgewusel, mindestens dreißig Frauen bilden eine Traube, und es ist sehr, sehr interessant zu sehen, wer sich nach vorne drängelt und wer sich eher am Rand verkriecht. Kristin zum Beispiel – so weit scheint die Verliebtheit dann doch nicht zu gehen – steht ganz hinten und macht ein Gesicht, als säße sie unvorbereitet im Matheunterricht, während der Lehrer auf der Suche nach seinem nächsten Opfer in die Klasse späht. Manche gucken unbeteiligt zur Seite, manche ziehen blöde Grimassen, um zu verbergen, wie aufgeregt sie sind. Isabell hat Klein-Leonie auf dem Arm, die aufgeregt winkt. Sogar Veras Tochter Annalena hat sich postiert, dabei ist sie erst vier. Und ganz vorn steht Lala, die sich aufbaut wie ein Torwart beim Elfmeter. Ich blinzle ihr verschwörerisch zu. Wir haben uns das so schön ausgemalt: Wenn sie erst den Brautstrauß fängt, wird sie ratzfatz endlich den richtigen Mann treffen, und dann begleite ich sie endlich in ihre blöde Brautkleidboutique.

Ich wende der Meute den Rücken zu und lasse wie ein Rodeoreiter Strauß und Hüften kreisen, während ich zähle:

»Eins … zwei … uuuuuuund … drei!«

Ich werfe – und bemerke schon währenddessen meinen Fehler: Ich habe den Strauß zu spät losgelassen, sodass er kaum in die Höhe fliegt, sondern eher wie ein Schmetterball auf die Traube der Mädels zuschießt, genauer gesagt: direkt in die Arme von Annalena, die eine Sekunde lang überlegt, ob sie weinen soll, dann aber laut krähend damit wegrennt.

Scheiße. Wenn Annalena die Nächste ist, die heiratet, ist Lala ja fast schon in Rente!

»Hey, das zählt nicht!«, ruft Lala. »Du hast ja gar nicht richtig geworfen!«

»Lala hat recht«, ruft Georg, »es heißt Brautstraußwerfen, nicht -schießen!«

»Noch mal!«, ruft Susanne.

»Noch mal!«, ruft Onkel Albert.

»Okay«, sage ich lachend, »okay, okay, okay! Der erste Versuch war eh bloß zur Probe!«

»Annalena!«, ruft Vera und läuft ihrer Tochter hinterher, die den Brautstrauß bereits ebenfalls in die Luft wirft, allerdings nur, um ihn selbst wieder aufzufangen. »Annalena! Gib das wieder her!«

Vera reißt ihr den Strauß aus der Hand, und das arme Kind fängt an zu heulen. O weh! Ich hoffe, das hinterlässt bei der Kleinen keine bleibenden psychischen Schäden – erst zur Braut erkoren zu werden und es dann von der Mutter verboten zu bekommen! Aber dann sehe ich, dass sie sich nur an einem der Dornen gepikst hat. Meine Mutter läuft herbei, kramt in ihrer Tasche, Annalena bekommt ein Pflaster, Isabell pustet auf den verletzten Finger, dann sammelt sich die Menge wieder.

Ich zähle noch einmal bis drei, dann werfe ich.

Diesmal wirbelt der Strauß in perfektem Bogen durch die Luft. Lala reißt die Arme in die Höhe und springt mit aller Kraft – doch sie erwischt ihn nicht. Ein paar Sekunden lang sehe ich nur rangelnde Arme und fliegende Haarsträhnen, dann teilt sich die Menge und gibt eine Kristin frei, die erst völlig perplex dreinschaut, dann den Blick ihres Timothy sucht, hilflos den Strauß schwenkt und schließlich zu lachen beginnt. Ich sehe, wie Lalas Enttäuschung blitzschnell verfliegt, sie auf Kristin zustürzt und sie aufgeregt in den Arm nimmt.

Stunden später ...

Ich sitze vor einem Teller Tafelspitz vom Mecklenburger Weiderind und kriege nichts runter, und das, obwohl ich seit vorgestern nichts gegessen habe und es der Gang ist, auf den ich mich schon gefreut habe, seit wir anfingen, das Menü zu planen. Aber in den letzten Tagen scheint mein Magen auf die Größe einer Erbse geschrumpft zu sein. Schon die Vorspeise zu essen hat sich angefühlt wie eine umgedrehte Geburt. Georg hingegen schaufelt unbeirrbar Fleisch und Gemüse in sich hinein, schon nach wenigen Minuten nähert er sich dem Ende von Phase zwei.

»Wann kommt eigentlich die Rede deines Vaters?«, flüstert er mir ins Ohr, während er versucht, die letzten Soßenreste vom Teller auf seine Gabel zu kriegen.

»Woher soll ich das wissen? Frag ihn!«, zische ich.

»Ich mein ja nur. Eigentlich wollte er sie zwischen Suppe und Hauptgang halten.«

Ach ja? Ich stochere auf meinem Teller herum, spieße ein Stück Kartoffel auf, lasse die Gabel aber wieder sinken.

»Jetzt iss doch mal was«, flüstert Georg.

»Ich kann nicht!«

Um ehrlich zu sein: Es ist nicht so, dass ich ausgesprochen *scharf* auf Papas Rede wäre. Meine Mutter hat zwar geschworen, dass er die Internet-Rede an einigen Stellen abgeändert habe und sie jetzt »fast richtig persönlich« klinge, aber trotzdem, ich meine, irgendwie bleibt die Idee doch reichlich abgedreht. Was, wenn irgendjemand die

Rede kennt? Oder sie schon mal selbst gehalten hat? Total peinlich!

Ruhig, Lotte. Beruhige dich.

Immerhin scheinen sich unsere Gäste zu amüsieren. Alle essen, trinken, plaudern, der Raum ist erfüllt von Gelächter und Gläserklirren. Die Kinder jagen sich über die Tanzfläche. Unsere Eltern unterhalten sich prächtig. Sie unterhalten sich sogar so gut, dass sie Georg und mich kaum mehr beachten. Und ich hatte Angst vor eisigem Schweigen am Tisch! Sogar die Hattinger und die Polen scheinen sich blendend zu verstehen, zumindest steht neben der Mineralwasserflasche eine Flasche Wodka auf dem Tisch, und vielleicht ist es Einbildung, aber ich habe den Eindruck, dass Tante Waltraud und Onkel Szymon heimlich Blicke tauschen, mit einer Hingabe, dass ich gar nicht wissen will, was unter dem Tisch passiert. Lala hat mit Heiner den Platz getauscht und sitzt jetzt direkt neben Kristin, redet auf sie ein und gestikuliert wie wild, einmal glaube ich, sie ein Brautkleid in die Luft malen zu sehen. Timothy sitzt den beiden gegenüber und sieht gar nicht mal so unglücklich aus.

»Hey, ich glaube, dass Kristin und Timothy …«

»Was?«, fragt Georg und schiebt sich die letzte Gabel Tafelspitz in den Mund.

»Na ja, ich glaube, dass es kein Zufall war, dass Kristin den Brautstrauß gefangen hat.«

Er sieht zu ihr hinüber und grinst. »Zumindest ist sich Lala sicher, dass es kein Zufall war.«

Ich muss kichern. »Wenn ich, was das Brautkleid angeht, *schwierig* war, dann ist Kristin ganz sicher *ein Problem*.«

Georg lacht und wird ganz schnell wieder ernst.

»Ach, Lotte, ich bin der glücklichste Bräutigam der Welt. Der glücklichste Mann der Welt! Weißt du das?«

Ich sehe ihn misstrauisch an. Manchmal neigt er zur Übertreibung, wirklich.

»Und du bist die schönste Braut der Welt!«

»Na ja«, sage ich bescheiden.

Kein Wunder, dass Georg als Journalist so erfolgreich ist. Sein Blick für die Realität ist absolut unbestechlich.

»Ach, und ich bin so froh, dass du das alles organisiert hast. Das Fest ist herrlich! Ohne dich hätten wir das nie geschafft.«

»Ach, das war doch gar nichts«, winke ich ab.

Georg will noch etwas sagen, aber da schlägt irgendjemand ein Messer gegen ein Glas. Ping! Ping! Ping! Mein Vater? Ich sinke provisorisch ein Stück unter den Tisch, aber dann merke ich, dass es Onkel Paweł ist, der sich erhebt. Oje.

»Liebe Carlotta, lieber Georg, liebes Brautpaar!« Paweł reißt sein Glas hoch, kommt ins Schwanken und hält sich mit der freien Hand an der Schulter von Tante Waltraud fest. Dann findet er sein Gleichgewicht wieder und spricht weiter. »Liebes Brautpaar, ein alte *polskie* Sprichwort sagt: Ein Hochzeit ohne *tort* ist wie ein Himmel ohne Sonne … kann nichts gedeihen!«

Er macht eine ausladende Handbewegung. Einige Gäste kichern, aber die meisten schauen verständnislos drein. Auch ich habe keine Ahnung, was nun kommen soll. Doch dann öffnet sich die Türe und ein Kellner schiebt auf einem Servierwagen eine riesige Torte herein, eine hellblaue Torte mit Rosen und Girlanden und einem Brautpaar aus Plastik obendrauf. Ein Raunen geht durch die Menge. Georg berührt mich unter dem Tisch mit dem Fuß und sieht mich fragend an. Ich hebe die Schultern und signalisiere ihm, dass ich von nichts gewusst habe, wirklich nicht.

»Aber in ein Liebe muss was gedeihen!«, ruft Paweł

und hebt das Glas so hoch, dass der Wodka darin überschwappt. »Noch mehr Liebe! Und Glaube! Hoffnung! Und, *oczywiście*, natürlich auch ein paar *małe dzieci!*«

»Kinder!«

Das war Tante Waltraud. Woher kann Tante Waltraud Polnisch?

»Kinder!!«

Die Hattinger klatschen begeistert, die Polen stimmen mit ein, und dann klatschen plötzlich alle, sogar Lala, die doch eigentlich *weiß* …

Die Polen lassen die Wodkagläser in die Höhe schnellen.

»Auf die Kinder!«

Gläserklirren. Ich lächle höflich nach links und rechts, mein Gesicht ist knallrot, Schweiß tritt mir auf die Stirn. Georg gibt mir einen schelmischen Kuss auf die Wange.

»Na, Lotte? Gehen wir?«, neckt er mich.

»Ich wüsste nicht, wohin«, sage ich steif.

»Na ja …« Er schnalzt anzüglich mit der Zunge.

Gott, manchmal *hasse* ich ihn.

»Kommt überhaupt nicht infrage!«, sage ich und merke, dass uns alle erwartungsvoll ansehen. Wir gucken ebenso erwartungsvoll zurück. Was ist? Sollen wir die Zeugung vielleicht gleich hier auf dem Tisch vollziehen?

»Anschneiden!«, ruft es von irgendwoher. Ich glaube, es war Lala, das verfressene Ding.

Aller Polen Augen sind auf mich gerichtet, als ich den ersten Bissen von der Torte nehme. Vorsichtig bugsiere ich die babyblaue Masse zwischen die Lippen, dann mache ich laut: »Mmmmh!« und rufe »Köstlich! Tausend Dank!« über den Tisch. Die Torte schmeckt noch grässlicher als die, die es letztes Jahr bei der Hochzeit meiner Cousine gab, wie eine Mischung aus Butter, Multi-Sanostol und Blue Curaçao.

Die Polen sehen zufrieden aus und fangen sofort an, sich das Zeug mit gesundem Appetit zwischen die Kiefer zu schaufeln. Ich versuche, unauffällig den Fondant-Überzug abzukratzen, den Biskuit freizulegen und den Rest unter der Serviette verschwinden zu lassen. Als Onkel Paweł den vermeintlich leeren Teller sieht, springt er sofort auf und holt mir ein zweites Stück.

»Ach, Onkel Paweł, das ist *so nett!*«, sage ich, als er mir den Teller bringt. »Und die Torte ist ganz *köstlich!* Aber, weißt du, ich bin schon so satt, und außerdem …« Ich klopfe mir mit der flachen Hand demonstrativ auf den Bauch. »Außerdem werde ich zu dick!«

»Ach, niiix! Muss du dick sein für viel Kinder!«

Ich lache gekünstelt und fange mit meiner Stocherei auf dem Teller von vorne an. Ich brauche dringend noch eine zweite Serviette!

Wenigstens kommt Georg nicht auf den Gedanken, mich jetzt auch noch aufzuziehen.

Ping! Ping! Ping!

Ich nutze die Ablenkung, um das zweite Stück Torte auf den Teller mit dem ersten zu schieben und die Serviette darüber auszubreiten. Ein schneller Blick zu Onkel Paweł, doch der hat nichts bemerkt.

Ping! Ping! Ping!

Erst jetzt merke ich, dass mein Vater sich erhoben hat und darauf wartet, dass die Gespräche verstummen. Georg nimmt meine Hand und drückt sie aufmunternd. Papa zieht einen Computerausdruck aus der Jacketttasche, faltet ihn auseinander, rückt seine Lesebrille zurecht und räuspert sich.

»Liebe Anna, lieber …«

Ist er verrückt geworden? Er klaut sich eine Rede aus dem Internet und korrigiert nicht mal die Namen? Am liebsten würde ich zu ihm hinrennen, ihm seine Krawatte in den Mund stopfen und ihn am Stuhl festbinden. Hört das denn nie auf, dass Eltern peinlich sind?

Zum Glück begreift er seinen Fehler sofort und fängt von vorne an. Und das Publikum scheint nichts bemerkt zu haben. Alle lächeln ihn voller Erwartung an.

»Liebe Charlotte, lieber Georg, liebe Ingrid, lieber Rudolf, liebe alte und neue Verwandtschaft, liebe Hochzeitsgäste!«

Ich ziehe den Kopf ein.

»Ein bisschen nervös bin ich schon: Eine Hochzeit ist schließlich ein ganz besonderes Fest. Und nun soll ich auch noch eine Rede halten – aber irgendwie muss ich meiner Freude ja Ausdruck verleihen.«

Gleich wird er sich komplett blamieren. Und mich auch. Uns alle!

»Große Worte liegen mir nicht – das, was zu sagen ist, haben andere schon besser gesagt. Deshalb möchte ich mit einem Zitat beginnen. Marie von Ebner-Eschenbach …«

Marie von Ebner-Eschenbach? Weiß mein Vater überhaupt, wer das ist?

»… hat gesagt: ›Soweit die Erde Himmel sein kann, so weit ist sie es in einer glücklichen Ehe.‹ Nun, aus eigener Erfahrung kann ich guten Gewissens hinzufügen, dass eine dauerhafte, verlässliche Partnerschaft das Beste ist, was einem im Leben passieren kann. Das hat auch schon Albert Schweitzer gewusst: ›Glück ist das Einzige, das sich verdoppelt, wenn man es teilt.‹«

O Mann. Hat er nicht gemerkt, dass das die Standesbeamtin auch schon gesagt hat? Wahrscheinlich hat er während der Trauung überhaupt nicht zugehört. Das passt ja mal wieder zu ihm. Kann ganze Fußballspiel-Kommentare auswendig, aber sobald eine Frau den Mund aufmacht, schaltet er auf Durchzug.

»Aber egal wie glücklich eine Ehe ist, der schönste Tag im Eheleben wird immer der Hochzeitstag sein. Es ist sicher ganz natürlich, dass an einem solchen Tag niemand darüber spricht, wie schwer es dem Vater einer Tochter fällt, diesen zu begehen. Kaum hat man sie mit viel Freude großgezogen und blickt voller Stolz auf ihr Tun und Treiben, schwupp, hat sie einem ein junger Mann weggeschnappt. Das ist zwar der Lauf der Dinge, doch fair, fair ist das nicht. Zumindest aus der Sicht des Vaters.«

O weh. Worauf will er hinaus? Ich ahne Düsteres, aber das Publikum ist heiter, lacht, als wäre es ein Witz.

»Plötzlich werden alte Erinnerungen wach. Der selbst gebaute Sandkasten, das erste Fahrrad, die schönen Ausflüge, die Leichtathletik-Turniere …«

Leichtathletik-Turniere? Ich? Ich habe bei den Bundesjugendspielen nicht einmal eine Siegerurkunde gekriegt! Aber keinem fällt etwas auf, sogar meine Mutter strahlt, als würde sie meinen Sieg beim Stabhochsprung noch ganz deutlich vor sich sehen.

»… die Geburtstagsfeiern, Urlaube, Partys … auf einmal denkt man so an dies und das und freut sich über all die tollen Dinge, die wir gemeinsam erlebt haben. Charlotte war immer so ein liebenswertes Kind, und vor allem neugierig! Ich kann Georg nur wünschen, dass keiner der Gäste heute auf die Idee gekommen ist, dem Brautpaar eine Mikrowelle zu schenken, denn das Lieblingshobby unserer Tochter war es auszuprobieren, was passiert, wenn man Negerküsse, Tomaten, Schoko-Nikoläuse, ganze Eier oder auch Kakteen darin erhitzt. Nun – sie musste sie ja auch nicht sauber machen.«

O mein Gott. Das soll der persönliche Touch sein? Der ganze Saal bepisst sich vor Lachen. Georgs Gesicht ist tränenüberströmt, er blinzelt mir verliebt zu. Wo, bitte, ist hier die Stopp-Taste? Der Notausgang? Ein Beamer? Was für ein Desaster!

»Und dann ihr Lachen! Schon als junges Mädchen bezauberte Charlotte Menschen mit ihrem Lachen und mit ihrer offenen, gewinnenden Art. Das zeichnet sie vor allem aus: ihr Humor und ihr Optimismus in allen Lebenslagen. Es gibt wohl kaum eine Situation im Leben, der Charlotte nicht auch etwas Positives abgewinnen kann.«

Nun ja, das ist nicht von der Hand zu weisen, trifft auf diesen Augenblick hier allerdings nicht ganz zu. Obwohl: Immerhin hört er auf, meine Kindheit auszuschlachten. Und erzählt vor allem nicht, was damals so alles mit meinem Chemiekasten passiert ist.

»Sicher ist sie auch mal niedergeschlagen, wenn nicht alles so klappt, wie sie es sich vorstellt. Doch das hält nie lange an. Georg wird auf jeden Fall eine Frau bekommen, mit der er Pferde stehlen und durch dick und dünn gehen kann! Und Charlotte hat mit Georg einen tatkräftigen Mann gewonnen, der ihr mit Liebe den Rücken stärkt, ihr bei all ihrem Tun kritisch zur Seite stehen und ihr ein verlässlicher Begleiter sein wird. Wir sind auf alle Fälle überglücklich, dass es Georg war, der Lottes Herz erobert hat. Es hätte schlimmer kommen können.«

Im Publikum schallendes Lachen. Ich lächle höflich. Haha.

»Nein, ich mache nur Spaß. Wer Georg kennt, der weiß, dass sich ein Vater keinen besseren Mann für seine Tochter wünschen kann, und niemand anderem vertraue ich unsere Lotte lieber an als ihm. Ich bin glücklich, meine Tochter in solch guten Händen zu wissen, und obwohl wir das eigentlich alle schon lange so empfinden, sage ich es jetzt noch einmal offiziell: Willkommen in der Familie, lieber Georg.«

Mein Vater sieht Georg an, mit einer Innigkeit, die selbst die Pflaster nicht verbergen können. Ich nehme alles wieder zurück. Das war *echt* süß. Ich muss aufpassen, dass ich nicht gleich anfange zu heulen, so gerührt bin ich plötzlich.

»Liebe Lotte, lieber Georg, aus eurem Zusammenleben wisst ihr längst, dass eine Beziehung nicht nur aus Freudentagen besteht und sich nicht immer alle Sorgen weglachen lassen. Es gilt, auch die schlechten Zeiten zu akzeptieren, das Beste aus ihnen zu machen und mit dem Partner über alles zu reden. Das ist ohnehin das Wichtigste in einer Ehe. Das offene und ehrliche Gespräch, auch über das, was einen am anderen stört. Nur dann können Vertrauen und Verständnis, die beiden Fundamente einer soliden Partnerschaft, entstehen und bestehen. All das gehört zu einem Leben zu zweit.«

Jetzt heule ich doch. Herrje! Hat jemand ein Taschentuch? Nein? Verdammt, und die Serviette kann ich nicht nehmen, denn da liegt immer noch die Torte drunter.

»Und was bleibt einem sitzen gelassenen Vater dann noch zu tun? Dazu will ich eine Anekdote erzählen: Der berühmte Maler Max Liebermann, so wird gesagt, hatte eine Tochter, die er abgöttisch verehrte. Darauf angesprochen, dass er sie irgendwann einmal in die Hand eines anderen Mannes geben müsste, erwiderte der Vater knurrend: ›Den Kerl hass ich jetzt schon!‹«

Ich muss lachen, die Tränen fließen mir übers Gesicht, ich weiß nicht mehr, wo oben und unten ist, und ich lache noch mehr, weil ich weiß, dass das eine Fertig-Rede ist und ich trotzdem weinen muss vor Rührung. Es ist absurd, aber es ist wunderschön, und es ist wunderschön, dass alles so absurd ist.

»Aber wie wir alle wissen: Hunde, die bellen, beißen nicht. Vom weisen Liebermann wird berichtet, dass er seinen Schwiegersohn später immer wieder beiseitegenommen habe, um ihm Tipps für die Beziehung zu geben. Liebe Lotte, lieber Georg, als Vater der Braut und Schwiegervater des Bräutigams gebe ich euch hiermit gleich den ersten Ratschlag mit auf den gemeinsamen Weg: Seid glücklich und genießt das Leben! Darauf lasset uns das Glas erheben!«

»Auf das Brautpaar!«, rufen unsere Gäste. »Auf uns!«, ruft Georg und strahlt so sehr, dass der hell leuchtende Mond da oben vor dem Fenster dagegen blass aussieht.

Die Sterne funkeln, die Nacht leuchtet. Aus der Scheune dringt gedämpft Musik, irgendein Superhit, dessen Titel mir gerade nicht einfällt. Die Nacht ist wunderbar warm, und das Gras fühlt sich angenehm kühl an unter meinen nackten Füßen. Die Chloé-Pumps liegen irgendwo drinnen unter dem Tisch, ich habe sie abgeworfen, denn wir haben getanzt und gelacht und sind uns in die Arme gefallen, was auf Pfennigabsätzen einfach nicht so gut geht.

»Herrlich«, seufze ich und zupfe ein paar Grashalme mit den Zehen aus.

»Ja, nicht wahr?«, sagt Georg. »Wohin wollen wir gehen?«

»Keine Ahnung. Zum See?«

»Gute Idee«, sagt er und umarmt mich noch ein bisschen fester.

Arm in Arm spazieren wir weiter. Als der Steg vor uns

auftaucht, bleibt Georg plötzlich stehen und gibt mir einen Kuss auf die Stirn. Ich denke, dass er mir eine Liebeserklärung machen will, und strahle ihn an, aber er ruft: »Wer zuerst im Wasser ist!« und rennt los. Perplex beobachte ich, wie er direkt auf den Steg zupest.

Na toll. Dieses Kind!

»Los, komm schon!«, ruft er. Ich frage mich einen Moment lang, ob er jetzt vollkommen betrunken oder doch nur ein bisschen übermütig ist, dann renne ich hinterher. Ich sehe gerade noch, wie Georg eine Arschbombe ins Wasser macht, ich laufe bis ans Ende des Stegs, blinzle ins Dunkel, aber da ist nur schwarzes Wasser und Wellen, die im Mondlicht glitzern.

»Georg?«, rufe ich.

Keine Antwort.

»Georg!«

Die Wellen beruhigen sich. Ganz still liegt der See da.

»Georg, mach kein Scheiß!«

Nichts. Mein Herz fängt an zu rasen. War das Wasser nicht tief genug? Was ist passiert?

Ich setze mich an den Rand des Stegs, um mich ins Wasser gleiten zu lassen, da packt mich plötzlich etwas am Knöchel. Ich quietsche erschrocken, es ist eine Hand, die mich ins Wasser ziehen will. Plötzlich taucht Georg auf, das Gesicht zu einer Monstervisage verzerrt.

»Äch binnn därrr Mann aus dem Wassssärrr«, ruft er mit Darth-Vader-Stimme, dann lacht er: »Uuh-hoahoahoa!«

Er greift meinen Knöchel fester, versucht, mich ins Wasser zu ziehen, ich kreische, lache, strample, schaffe es, aufzustehen und mich seinem Griff zu entziehen.

Ich sehe auf Georg hinab, wie er da schwimmt, man sieht nur seinen Kopf und die Krawatte, die auf dem Wasser treibt wie eine Schlange.

»Spring!«, ruft er und streckt die Arme nach mir aus.

Zögernd mache ich einen Schritt nach vorne. Soll ich?

»Na los, holde Braut, so rette mich!«

Ich denke an mein Kleid, die zweitausend Euro – und vor allem die Nerven, die es mich gekostet hat.

»Das Wasser ist ganz warm!«

Zweitausend Euro! Ich sehe an mir hinunter, sehe einen Fetzen Stoff, der doch eigentlich völlig egal ist. Mir wird klar, wie idiotisch es war, unbedingt schön sein zu wollen, wenn es doch eigentlich nur darum geht, dass man glücklich ist. Ich hätte genauso gut in Jeans und Turnschuhen zur Trauung marschieren können, es hätte sich kein bisschen anders angefühlt. Und es wäre auch völlig egal gewesen, wenn auf den Einladungskarten keine Vöglein abgedruckt gewesen wären, wenn wir keine Menükarten gehabt hätten und keine Vergissmeinnicht-Sträußchen und keine farblich passenden Servietten und Kerzen. Wir sind verheiratet, und es gibt nichts, was das wunderbarer machen könnte, als es ist.

Mein Herz macht einen Hüpfer, dann stoße ich einen Schrei aus und springe.

»Arme hoch!«, sagt Georg und trocknet mich mit dem Handtuch unter den Achseln ab. Er rubbelt mir den Rücken, den Hintern, die Beine, dann kniet er sich vor mich hin und trocknet jede einzelne meiner Zehen.

»Das kitzelt!«, lache ich.

»Schon fertig!«

»Was zieh ich denn jetzt an?«, frage ich und werfe einen Blick auf mein Brautkleid, das tropfend neben Georgs Anzug in der Dusche hängt.

»Keine Ahnung. Irgendwas.«

Ich tapse zum Kleiderschrank, ziehe frische Wäsche, Jeans und ein weißes T-Shirt heraus und schlüpfe hinein. Ich sehe in den Spiegel, meine Haare sind noch nass, dafür hat die Wimperntusche gehalten, was sie versprochen hat. Georg nimmt mich von hinten in den Arm, küsst mich am Ohr, am Hals, am Nacken.

»Ach, Lotte, du bist die schönste Braut, die man sich vorstellen kann. Weißt du das?«

»Und du bist betrunken«, sage ich.

»Nein! … Na gut, ein bisschen. Aber es stimmt! Die schönste *Frau* der Welt!«

Aus Reflex will ich »Blödmann« sagen, aber dann muss ich doch lächeln und sage: »Ja?«

»Ja! Mir wollte schier das Herz zerspringen, als du in der Kirche auf mich zugekommen bist. Du warst so schön, aber gleichzeitig, na ja.«

»Na ja?«

»Na ja …« Georg streichelt meinen Bauch und meine Hüften. »Könntest du jetzt bitte wieder du werden? Bitte?«

»Wieder *ich*?«

Ich sehe ihn an, er erschrickt.

»Nein, nein, so war das doch gar nicht gemeint! Es ist nur … wenn du dünn bist, gefällst du mir natürlich auch, aber wenn du vielleicht wieder ein bisschen dicker werden könntest, dann …«

Plötzlich habe ich ein komisches Gefühl im Bauch, ein ganz komisches Gefühl.

»Lotte? Was guckst du denn so? Ich wollte dich wirklich nicht verletzen, wenn du dünn bleiben willst, dann bleib dünn, bitte!«

Ich sage nichts, nur mein Magen, der brüllt. Brüll! Ich

muss lachen, ich lache wie verrückt. Georg schaut immer noch ein bisschen perplex.

»Wie spät ist es?«, frage ich.

»Kurz nach zwölf.«

»Komm«, sage ich.

»Wohin?«, fragt er, dann kommt er selbst drauf: »Das Mitternachtsbuffet?«

Ich grinse. Wir hatten Frau Kronfeld von Bismarck davon überzeugt, unsere Leberwurst-Vorräte zu den anderen Leckereien auf dem Buffet zu stellen. Leberwurst vom Bunten Bentheimer Landschwein! Mit einem Mal habe ich unglaubliche Angst, dass nichts mehr davon übrig ist. Ich nehme Georgs Hand und will ihn hochziehen, aber plötzlich wird sein Gesicht wieder ernst.

»Wart kurz, Lotte.«

Ich sehe ihn an, er mich.

Es steckt so viel Liebe in seinem Blick, dass er gar nichts sagen muss. Zur Antwort küsse ich ihn. Dann schlüpfen wir in unsere Turnschuhe und rennen hinüber zur Scheune, wo unsere Party gerade auf dem Höhepunkt ist.

Die Rede des Brautvaters auf S. 229–234
wurde inspiriert von folgenden Webseiten:
www.weddix.de
www.diehochzeitsrede.de
www.richtigheiraten.de